Martin Suter

De duivel van Milaan

Vertaald door Herman Vinckers

2007
uitgeverij Signature / Utrecht

© 2006 by Diogenes Verlag AG Zürich
Oorspronkelijke titel: Der Teufel von Mailand
Vertaling: Herman Vinckers
© 2007 uitgeverij Signature, Utrecht
Alle rechten voorbehouden.

Omslagontwerp: Wil Immink Design
Omslagfoto: ImageStore/Millennium Images
Typografie: Pre Press B.V., Zeist
Druk- en bindwerk: Koninklijke Wöhrmann, Zutphen

ISBN 978 90 5672 230 2
NUR 305

 **© Mixed Sources**
Productgroep uit goed beheerde
bossen, gecontroleerde bronnen
en gerecycled materiaal.
www.fsc.org Cert no. CU-COC-802528
© 1996 Forest Stewardship Council
FSC

Dit boek is gedrukt op papier dat het keurmerk van de Forest Stewardship Council (FSC) mag dragen. Bij dit papier is het zeker dat de productie niet tot bosvernieti- ging heeft geleid. Een flink deel van de grondstof is afkomstig uit bossen en plantages die worden beheerd volgens de regels van FSC. Van het andere deel van de grondstof is vastgesteld dat hiervoor geen houtkap in de laatste resten waardevol bos heeft plaatsgevonden. Daarom mag dit papier het FSC Mixed Sources label dra- gen. Voor dit boek is het FSC-gecertificeerde Munkenprint gebruikt. Dit papier is 100% chloor- en zwavelvrij gebleekt en wordt geleverd door Arctic Paper Munkedals AB, Zweden.

Voor Albert en Anita Hofmann

'Aan gene zijde van de verschijningsvorm van de ons omringende wereld, die wij als onze werkelijkheid beschouwen, gaat een transcendentale werkelijkheid schuil, waarvan de ware aard een geheim blijft.'

– DR. ALBERT HOFMANN

1

Het rook niet meer grijsblauw en ook de stemmen kon ze niet meer zien.

De kamer lag in het halfduister. De jaloezieën lieten net genoeg daglicht door voor Sonia om tussen de meubels en kledingstukken de weg naar de deur te kunnen vinden.

Ze deed hem open en kwam in een hal. Door de figuurtjes in het melkglas van de voordeur was het licht van het trappenhuis te zien, tot het weer uitging.

Op de tast zocht ze langs de muur naar de eerste van de drie deuren die ze in het licht van het trappenhuis had kunnen onderscheiden. Achter een van de drie moest de wc zijn.

De deurkruk voelde koud aan. Meer niet. Niet bitter of zoetzuur, gewoon koud.

Ze stapte een verduisterde kamer binnen en hoorde een diepe, regelmatige ademhaling. Hoorde. Niet hoorde en zag. Dat was alvast iets.

Langzaam sloot ze de deur, ging op de tast naar de volgende deur en kwam terecht in een helder verlichte keuken.

Aan de keukentafel zaten twee mannen. Ze dronken zwijgend koffie en zaten te roken. Overal stonden halfleeg glazen en borden met etensresten. In de gootsteen stond een enorme berg afwas.

De mannen keken naar de deur en aan de manier waarop ze haar aanstaarden, merkte ze dat ze naakt was.

"De wc?" vroeg ze. Ze stond hier nu toch.

"Volgende deur", zei een van de twee. De ander keek alleen maar.

Sonia gunde hun ook een blik op haar achterkant en verliet de keuken.

In de wc stonk het naar braaksel, dat iemand van de bril had proberen te vegen. Er was geen papier meer.

Ze keek in de spiegel om erachter te komen of ze er net zo afschuwelijk uitzag als ze zich voelde.

Nee, zo erg was het ook weer niet. Maar er was wel iets wat haar

zorg baarde: het gezicht dat haar aankeek, riep geen enkel gevoel bij haar op. Geen sympathie of verbondenheid, geen begrip of medelijden. Ze had niets met de vrouw in deze spiegel te maken.

Ze onderzocht de staat van de handdoek en zag ervan af om hem om haar heupen te binden. Ze verliet de wc zoals ze er was binnengegaan.

Het licht in het trappenhuis was weer aangegaan en hielp haar de weg terug naar de kamer te vinden.

Daar vond ze een lichtknop, waar ze op drukte. In de vier hoeken begonnen verticale tl-buizen te knipperen. Een rode, gele en blauwe bleven na een paar seconden branden. Een groene bleef flikkeren.

Behalve de vier tl-buizen had de kamer geen wandversiering. Op de parketvloer heerste een wanorde die ouder moest zijn dan één nacht.

Sonia vond haar slipje en trok het aan.

"Zijn wij niet met elkaar naar bed geweest?"

In de deuropening stond een van de mannen uit de keuken. Hij had blote voeten, droeg een zwarte broek en een wit T-shirt. Zijn gezicht was ongeschoren en zijn zwarte haar zat in de war. Of dat een kwestie van styling was, kon ze niet duiden.

"Ik zou het niet meer weten."

De man grijnsde en trok de deur achter zich dicht. "Misschien herinneren we het ons zo weer."

"Nog één stap en ik trap je in je kloten." Sonia ging verder met het bij elkaar zoeken van haar kleren. De man bleef staan en tilde zijn handen op, alsof hij wilde laten zien dat hij ongewapend was.

Sonia vond haar bh en trok hem aan. "Wat was dat voor spul?"

"Acid."

"Jullie zeiden dat het California Sunshine was."

"Blue Mist, Green Medge, Instant Zen, White Lightning, Yellow Dimples, California Sunshine: allemaal namen voor acid."

Dat Sonia er niks meer van wist, was niet waar. Ze vond het moeilijker om iets te vergeten dan om het te onthouden. Haar geheugen was een immens archief van beelden, die ze naar believen kon oproepen. Ook woorden had ze als beelden gearchiveerd, net als werkwoordsvervoegingen, gedichten en namen.

En getallen. De tafels van één, twee, drie, vier, vijf en zes waren in

de kleuren rood, blauw, geel, groen, paars en oranje opgeslagen op een zwarte lei, in het krullende, schoolse handschrift van juffrouw Fehr, haar schooljuf. Allemaal verkeerde kleuren, behalve de gele drie. Toen ze juffrouw Fehr daarop attendeerde, kreeg ze op haar kop. Er zijn geen goede en foute kleuren voor getallen, beweerde ze. Vanaf dat moment begon Sonia dit soort dingen voor zichzelf te houden.

De tafel van zeven had het rondere handschrift van de veel jongere en veel leukere juffrouw Keller, wier naam ze ook als beeld had opgeslagen. IK BEN URSULA KELLER in roze krijt op een zwart schoolbord; zo had ze zich aan de klas voorgesteld, toen ze juffrouw Fehr moest vervangen. Eerst voor een paar weken, toen voor een paar maanden en nadat alle leerlingen van de school een bloem hadden moeten meebrengen voor de arme juffrouw Fehr, voor altijd.

Alle tafels vanaf zeven hadden het handschrift van juffrouw Keller. Tot op de dag van vandaag kon Sonia ze met gemak oproepen als dat nodig was.

Toen ze dat op school deed, had ze een slecht geweten gehad. Afkijken was verboden, en wat zij deed was immers niets anders. Rekensommen, woorden en versregels schreef ze gewoon over of las ze op van de beelden die ze in haar hoofd had. Ze was niet echt blij met haar goede cijfers en op een dag legde ze bij juffrouw Keller een bekentenis af. Pas toen die haar verzekerde dat het niet verboden was om uit je hoofd over te schrijven, verdween haar gewetenswroeging.

Deze gave had haar tijdens haar schooltijd en vervolgopleiding meer schade gedaan dan geholpen. Ze kon weliswaar de meest complexe algebraformules opschrijven als ze ze slechts één keer had gezien, maar begrijpen deed ze ze nooit. Hetzelfde gold voor scheikundige en natuurkundige formules, rivieren, steden, jaartallen, vreemde woorden en gedichten. Daarom werd ze altijd beschouwd als iemand met een fenomenale begaafdheid, maar zonder enige ambitie. Ze haalde het eindexamen met de laagste cijfers, die de leraren haar gaven als straf voor zoveel verspilling van talent.

De beelden van de afgelopen nacht had ze natuurlijk ook opgeslagen.

De natgeregende straten, met plassen waarin de naam van club Meccomaxx neonblauw en halogeenwit weerspiegeld werd.

De gedaantes op de dansvloer, die zich in plaats van op het rustige ritme van de trancemuziek versneld bewogen in het licht van de stroboscoop.

De bar, met de in bloedrood licht gedompelde gezichten, waaronder zich ook die van de beide mannen uit de keuken bevonden.

De twee tabletten in haar handpalm, die in het blauwe junkenlicht van het damestoilet bijna onzichtbaar waren.

En toen veranderde de muziek plotseling in het beeld van zilveren en grijze dobbelstenen die in slow motion als een lawine op haar af kwamen rollen, huppelen en tuimelen. En de stem van een van de mannen uit de keuken – hij had een zandgele naam – die als een patroon van golvende zwarte en witte linten langzaam perspectivisch in de rechterbovenhoek van haar gezichtsveld verdween. Een patroon dat iedere keer wanneer hij iets zei voor haar ogen ontstond.

En later – hoeveel later? – het witte behang, waarvan de structuur veranderde in donkere vlekken of hoge golven die over de muur bewogen zoals de aren van een korenveld wanneer de zomerwind eroverheen waait.

Hoe lang had ze naar de bedrijvigheid van het behang gekeken? Minuten? Uren? Na hoeveel tijd was de man met de zandgele naam – Pablo? Ja, Pablo – na hoeveel tijd was Pablo opgedoken en had hij de donkere vlekken doen verdwijnen?

Ook van hem waren er beelden. De yin-yangtatoeage op zijn rechterbil. De geplooide huid over zijn heiligbeen, die als blauwe rook aanvoelde. En weer de stem, nu gekleurd, maar nog steeds grafisch, een late Vasarely.

"De meeste vrouwen weten nog wel of ze met mij naar bed zijn geweest", zei Pablo.

"De mannen bij mij meestal ook." Sonia was nu helemaal aangekleed. "Heb je mijn handtas gezien?"

"Hoe ziet hij eruit?"

"Zoals een elektrische gitaar klinkt."

De taxi zag eruit alsof de chauffeur erin woonde. En ook de chauffeur zelf wekte deze indruk. Het stonk er naar rook en naar

de Big Mac die in een open doos van piepschuim tussen de chauf-feurs- en de passagiersstoel in lag, waarvan hij bij elk rood stoplicht een stuk afhapte.

Sonia morrelde aan het raam om het open te krijgen, maar er kwam geen beweging in.

"Hebt u het warm?"

"Nee."

"Mooi. Ik heb het namelijk koud."

"Ik wil alleen maar voorkomen dat ik uw bekleding onderkots."

De bestuurder drukte op een knopje en de ruit naast Sonia gleed in het binnenste van de deur.

De koele lucht van een groezelige aprildag blies in haar gezicht. De taxichauffeur zette demonstratief de kraag van zijn lumberjack omhoog.

Pas vlak voor Sonia's eindbestemming verbrak hij zijn stilzwij-gen. Ze werden aangehouden door een politieagent en moesten wachten tot een van de drie ambulances die langs de kant van de weg geparkeerd stonden, was weggereden.

Achter een afzetting stond een groepje mensen te kijken naar café Rambazamba. Daar was vaak live volksmuziek, en de ingang werd nu bewaakt door twee agenten in uniform.

"Misschien hadden ze een andere naam moeten kiezen", meende de chauffeur.

"Misschien", antwoordde Sonia. Ze wachtte zwijgend tot de agent gebaarde dat ze door mochten.

Voor het huis waar ze woonde, stond een vrachtwagen. VER-HUISBEDRIJF KOHLER stond er op de zijkant, OOK VERHUUR VAN VERHUISWAGENS. De 'O' van Kohler was een gele smiley. Op het asfalt achter de laadvloer stonden een paar sjofele meubelstukken te wachten tot ze erbij gepropt zouden worden.

Alle meubels zien er sjofel uit als ze achter een verhuiswagen staan, dacht Sonia. Toen ze hier kwam wonen, hoopte ze dat nie-mand uit haar kennissenkring haar hier zou zien. De kans daar-op was trouwens niet groot; de mensen die Sonia kenden, me-den deze buurt. Dat was een van de redenen dat ze hiernaartoe was verhuisd, hoewel ze zich best iets beters had kunnen veroor-loven.

Ze betaalde de taxi en stapte uit. De chauffeur vond het niet nodig om het portier voor haar te openen, hoewel ze hem een fooi

had gegeven. Daarom vond ze het ook niet nodig om het portier weer dicht te doen. Ze verstond niet wat hij haar nariep.

In het trappenhuis moest ze een paar treden terug om twee jonge mannen met een rode bank te laten passeren. Een van de twee had ze weleens gezien. Als ze niet zo doodop was geweest, had ze gezegd: "Ga je verhuizen?" of iets anders intelligents.

Toen ze haar woning binnenging, begon het al donker te worden. Weer een dag voorbij die ze graag uit haar geheugen zou willen wissen. Vanuit de woonkamer klonk het metaalachtige geluid dat ontstond wanneer Pavarotti in zijn kooi heen en weer klauterde. Ze ging naar hem toe en haalde de doek eraf. "Sorry, Pavarotti, ik ben een sloerie."

Ze gaf hem vers water en vers voer en klemde een nieuw gierststokje tussen de spijlen. "Sloerie", zei ze met een hoog stemmetje, "zeg sloerie."

In de slaapkamer brandde licht, op het onopgemaakte bed lagen de kleren die ze aan- en toch maar weer uitgetrokken had toen ze zich had aangekleed om uit te gaan. In het glas op de kaptafel zat nog een slok van de champagne waarmee ze zichzelf in een feeststemming had gebracht.

De keuken zag er niet veel beter uit dan die waar ze een uur geleden nog naakt had gestaan. In de koelkast vond ze een fles met een restje mineraalwater waar het koolzuur allang uit verdwenen was.

Ze kleedde zich uit en gooide het wasgoed in de mand in de badkamer. In de wasbak stond water met daarin een paar slipjes. De zeep van het handwasmiddel had zich als een witte laag op het zwarte goed afgezet. Net als krijt op de zeebodem.

Sonia trok het douchegordijn opzij, draaide aan de kranen tot de temperatuur goed was, stapte in het zitbad, ging onder de bijna te hete waterstraal staan en begon hard te huilen.

Een langgerekte gil haalde haar met een ruk uit haar slaap. Ze stond op, trok haar kimono aan, ging naar de voordeur en zette die op een kier. Vanuit het trappenhuis klonk het ontroostbare gehuil van een vrouw. En af en toe de barse stem van een man.

Sonia deed de deur weer op slot en pakte zonder aarzelen de telefoon. Ze belde het alarmnummer van de politie. "Amboßstraße honderdelf, eerste, tweede of derde verdieping, een vrouw die hulp nodig heeft."

Terwijl ze voor het raam op de surveillancewagen stond te wachten, kwamen de beelden weer naar boven.

De barstende ruit naast de deurkruk.

De hand die erdoorheen kwam.

De nog bloedeloos diepe snee tussen duim en wijsvinger.

De hand die de sleutel van de woning probeerde te pakken.

De snee die plotseling bloedde.

De speekseldraden in de mondhoeken, net als toen hij werd gepasseerd bij de bevordering tot hoofd van de afdeling *private equity*.

Het bloed. Overal het bloed van Frédérics hand en van haar lip.

Bloed op de verse emulsieverf. Bloed op zijn witte overhemd. Bloed op haar witte schildersoverall.

Steeds weer die drie woorden. Drie messcherpe driehoeken van glanzend staal: Jij. Gaat. Dood.

Het sneeuwwitte hemd op de zwarte huid van een van de Senegalezen van de vierde verdieping.

Het bloed van Frédéric op dit witte hemd, rond en rood als de vlag van Japan.

Het officierspistool uit de linkerla van Frédérics bureau.

Frédéric met zijn gezicht op de grond.

De handboeien om de pols van zijn bloedende hand.

Nog steeds hoorde ze het gehuil vanuit het trappenhuis. Aan het eind van de Amboßstraße zag ze een blauw zwaailicht dat steeds dichterbij kwam, tot ze de surveillancewagen zag. Zonder sirene naderde hij het huis, langzaam, als een escorte bij een staatsbezoek.

Twee agenten in uniform stapten uit, keken langs de gevel omhoog en liepen naar de deur.

Er werd gebeld. Sonia schrok ervan, ging naar de intercom en liet hen binnen. Ze deed de deur open om te horen wat er in het trappenhuis gebeurde.

Voetstappen, aanbellen, stemmen. Geleidelijk verstomde het gehuil. Nu werd er bij haar aangebeld.

"Ja?" vroeg ze door de dichte deur.

"Politie. Hebt u gebeld?" De stem klonk ruw en kwaad.

Sonia deed open. De agenten waren allebei jong. Ze droegen beiden een gordel vol wapens en politiegereedschap, waardoor hun armen iets uiteen stonden. De blonde zag er vriendelijker uit dan die met donker haar. Maar de donkere nam het woord.

"De hond is dood", blafte hij, "en daarom belt u de politie?"

"Ik wist toch niet waarom die vrouw huilde."

"En waarom bent u dan niet gaan kijken?"

"Ik was bang."

"Zo zo, bang." De agent keek langs Sonia de woning in. "Bent u alleen?"

"Hoezo?"

"Of u alleen bent."

"Ja, waarom?"

Hij gaf geen antwoord, keek haar alleen maar aan.

"Ik dacht dat die vrouw geslagen werd." Waarom verdedigde ze zich eigenlijk?

De blonde maakte aanstalten om te vertrekken. Maar de ander was nog niet klaar. "Niet iedere huilende vrouw wordt mishandeld."

"Ik zal het onthouden." Sonia legde haar hand op de deurkruk en schoof de deur langzaam dicht.

De agent zette zijn voet tegen de deur.

"Kom, Karli", zei de blonde.

"Wacht even. Hebt u gedronken?"

"Wilt u mij arresteren wegens slapen in aangeschoten toestand?"

De vriendelijke agent moest zijn lachen inhouden. Bij de ander steeg het bloed naar zijn wangen. "Door jouw soort laat ik me niet in de zeik nemen. Jouw soort krijg ik wel klein. Geen enkel probleem."

"Kom nou, Karli." De blonde agent trok zijn collega aan zijn mouw. Deze bleef nog even staan, alsof hij in dubio stond haar er heelhuids vanaf te laten komen. Plotseling draaide hij zich op de overloop om en liep naar de trap.

"Bedankt voor het bellen", zei de blonde agent zacht en hij liep achter zijn collega aan.

Sonia deed de deur op slot. Voor zover ze wist was er in het hele gebouw maar één hond. Een dik, hijgend mormel met kale plekken, dat misschien ooit een slanke hond was geweest. Hij was van een vrouw uit de Balkan. Ze woonde met haar man op de tweede verdieping, was best knap en veel te jong voor zo'n oudewijvenhond. Wie had kunnen denken dat zij zo aan het beest gehecht was.

Bij Sonia kwamen opnieuw de tranen. Ze ging naar bed en probeerde zich in slaap te huilen.

Maar de beelden van Frédéric verschenen weer op het projectiescherm voor haar ogen. Ze stond op, ging naar de badkamer en goot met een glas kraanwater een rohypnol naar binnen. Ze sliep tot de volgende middag. Diep en zonder beelden.

Sonia droeg haar Pumatrainingspak uit de tijd dat ze zich had voorgenomen drie keer per week te joggen. Pavarotti ging tekeer tegen het lawaai van de stofzuiger. In de gang lagen twee bergen wasgoed. Een voor de stomerij en een voor de wasmachine. Ze was al drie keer in de gemeenschappelijke wasruimte geweest, maar iedere keer waren beide wasmachines bezet.

Ze droeg latex handschoenen zoals een chirurg en een hoofddoek zoals een schoonmaakster in een film uit de jaren zestig. Ze liet het stofzuigermondstuk langzaam over de plek glijden waar de plint het tapijt raakte. Elk stofje en elke kruimel die zich hier hadden opgehoopt in de paar maanden nadat ze deze truttige, zandkleurige vloerbedekking had gelegd en deze troosteloze, nephouten plinten had aangebracht, wilde ze opzuigen en zo diep mogelijk in de vuilcontainer op de binnenplaats wegstoppen.

Ze was ruim een halfuur bezig met het tapijt van nog geen twaalf vierkante meter. Toen zette ze de stofzuiger uit en ging met de wasmand naar de kelder.

In de wasruimte brandde licht. Een vrouw zat op haar hurken voor een van de wasmachines en tilde wasgoed vanuit de trommel in een turquoise plastic mand. Haar korte topje was omhooggekropen en over het naakte gedeelte tussen broek en bovenstuk liepen twee diagonale blauwe striemen.

Ze stond moeizaam op, keek om en deinsde even terug. Het was de vrouw van de tweede verdieping. Je kon nog steeds aan haar zien dat ze gehuild had.

"Wat vervelend van uw hond", zei Sonia.

"Was al oud." Ze pakte de wasmand. "Machine vrij."

Ze stonden een ogenblik tegenover elkaar, ieder met een mand vol wasgoed. "Alles oké?" vroeg Sonia.

"Alles oké", antwoordde de vrouw.

Sonia ging aan de kant en liet haar passeren.

Op de weg terug naar haar woning leegde ze de brievenbus. Er lagen kranten van de afgelopen twee dagen en een brief in. Als afzender stond er een discreet B&Z op de achterkant. Sonia kende

de initialen: Baumann & Zeller, Frédérics advocaten. Ze gooide hem ongeopend bij de papieren op de keukentafel en ging verder met de voorjaarsschoonmaak.

Ze haalde de zwarte, leren kussens van haar Corbusierbank – ze haatte het ding, iedereen had een Corbusierbank – en legde ze op de grond. Ze zoog het frame en de bekleding tot de stofjes, pluisjes, vlokjes, draadjes en herinneringen aan het bezoek van de laatste maanden volledig waren verdwenen.

Daarna schonk ze een gin-tonic zonder gin in, trok nieuwe chirurgenhandschoenen aan en pakte de brief. Ze bekeek hem van alle kanten, haalde gin tevoorschijn en deed een scheut bij de tonic. Toen ze een slok nam, merkte ze dat haar handen trilden.

Ze doorzocht de vuilniszak onder het aanrecht en vond het pakje sigaretten dat ze een paar uur geleden vol walging had weggegooid. Ze vond geen lucifers. Ze drukte op de ontstekingsknop van het gasfornuis en stak de sigaret met de gasvlam aan. Toen ging ze bij het open raam staan roken.

Een koude oostenwind joeg donkergrijze wolken voor zich uit. Soms maakten ze plaats voor een paar zonnestralen, die de straat enkele ogenblikken in een fel licht zetten. De voorbijgangers, die zich met lange gezichten voortbewogen, keken dan verbaasd naar de lucht en hielden een hand voor hun ogen, alsof ze incognito wilden blijven.

De brief bevatte de oproep om een verzoek te ondertekenen voor het opschorten van het proces tegen haar ex-man, dr. Frédéric Forster, plus een paar nieuwe argumenten waarom dit beslist noodzakelijk was. Dat wist ze, zonder de brief open te maken. Ze zou hem onbeantwoord laten en de vrijlating van Frédéric daarmee verder vertragen.

Op een dag zou hij op vrije voeten zijn. Maar dat was een gedachte waar ze allang aan gewend was. Ze had alleen nog niet nagedacht over wat ze dan zou doen. In haar vorige leven had ze zich tot vervelens toe met de toekomst beziggehouden.

In de wintervakantie planden ze de zomervakantie. Tijdens het avondeten het menu van de volgende avond. Bij het kopen van een woning het kopen van een huis voor wanneer er kinderen waren. Toen er geen kinderen kwamen de ivf-behandeling. Tijdens de ivf-behandeling de adoptiescenario's. Bij het feest ter ere van een promotie de volgende carrièrestap. Bij de verhuizing naar Londen de

verhuizing naar New York. Bij het naar bed gaan het opstaan. Bij het aankleden het uitkleden. In haar vorige leven was het heden door de toekomst in de vergetelheid geraakt.

Er kwam een vuilniswagen voorrijden. Twee mannen in oranje overalls sprongen eruit, verdwenen door de ingang naar de binnenplaats, duwden een container naar buiten en keken toe hoe deze met hydraulische kracht opgetild en in de laadruimte leeggegooid werd. Sonia moest aan de dode hond denken. Misschien zat hij wel in een van de vuilniszakken, die met donderend geraas werden samengeperst. Samen met haar stofzuigerzakken vol nare herinneringen.

Ze deed het raam dicht. De parkiet keek haar aan via zijn kleine spiegeltje. "We kunnen hier het beste maar verdwijnen, Pavarotti."

De vogel opende zijn snavel, liet zijn dikke tong zien en begon aan zijn zitstok te knagen.

Vlak voor middernacht zag de woning eruit alsof er nog nooit iemand had gewoond. De kleren waren naar de stomerij, de schone was lag weer in de kast, badkamer en keuken roken naar schoonmaakmiddel, de woonkamer naar tapijtreiniger en de slaapkamer naar schoon beddengoed. Sonia was onder de douche geweest, had haar zwarte haar geföhnd en haar groene Chinese zijden pyjama aangetrokken, die ze anders alleen droeg wanneer ze griep had.

Toch voelde ze zich niet beter. Naast het gevoel van onwerkelijkheid dat ze had overgehouden aan de afgelopen nacht, en naast de dagelijks toenemende weerzin tegen zichzelf, vloog de angst haar weer aan die haar sinds die dag in december achtervolgde.

Sonia ging de keuken in en maakte muntthee. Terwijl ze hem wat liet afkoelen, bladerde ze door de krant.

In café Rambazamba had een bezoeker op de barkeeper en een andere bezoeker geschoten. Hij had drie keer geprobeerd de barkeeper te roepen terwijl deze met de andere bezoeker bleef praten, gaf de dader als reden aan. De barkeeper was levensgevaarlijk gewond, de bezoeker was dood.

Bij de vacatures viel haar oog op een advertentie. Ze scheurde deze uit voor het geval ze morgen nog steeds van plan was haar leven te veranderen.

De vrouw die de deur opende was zo iemand die gesprekken deed verstommen wanneer ze een kamer binnenkwam. Ze was hoogstens halverwege de twintig.

"Neem me niet kwalijk", zei Sonia, "ik wilde naar ..."

"Barbara Peters?"

Sonia knikte.

"Ik ben Barbara Peters. En u bent mevrouw Frey?" Ze gaf haar een hand. "Komt u binnen."

Ze betrad junior suite nummer zeshonderdvijf. Een grote kamer met een queensize bed, een zitje en een bureau. Internationale viersterrennorm, wat Sonia nog kende uit haar vroegere leven.

Barbara Peters bood Sonia een stoel aan. "Ik had me een fysiotherapeute anders voorgesteld."

"Ik me een hoteleigenares ook."

De jonge vrouw lachte en zag er nog mooier uit. "Wie begint?"

"Waarmee?"

"Met de vragen."

"Meestal de werkgever."

"Goed. Welk beroep hebt u uitgeoefend in de zes jaar sinds uw laatste baan?"

"Ik ben getrouwd geweest."

"Dat is toch geen beroep."

"Volgens de opvattingen van mijn man wel."

"Wat is uw man?"

"Bankier. Was."

"Niet meer?"

"Niet meer mijn man."

"Ik begrijp het. Gaat me ook niks aan."

"Nee."

Heel even was Barbara Peters wat geïrriteerd. Toen glimlachte ze. "En nu wilt u weer aan de slag."

"Ik loop rond met de gedachte."

"U hoeft niet?"

"In materieel opzicht bedoelt u?"

"Ja."

Sonia dacht even na. "In materieel opzicht niet, maar verder wel."

Barbara Peters aarzelde even voor ze de volgende vraag stelde. "Hebt u zich in die zes jaar ontwikkeld?"

"U bedoelt of ik op mijn vakgebied nog up-to-date ben?"

"Ja."

"Zijn we nu bij de financiën aangekomen?"

"Ja."

"Voor een universitair medisch centrum misschien niet."

"Maar voor een wellnesshotel wel?"

"Precies."

Barbara Peters liet haar betoverende lach weer zien. "Nu u."

"Hebt u foto's?"

Mevrouw Peters stond op, ging naar het bureau en kwam terug met een tekenmap. Er zaten verschillende ontwerpen voor een hotelbrochure in. Ze hadden allemaal op de voorkant de afbeelding van een paleisachtig gebouw met twee torens van natuursteen, die boven een complexe dakstructuur van steile topgevels, hoge schoorstenen en puntige kantelen uitstaken. De voorgevel werd onderbroken door gotische ramen, speelse erkers, schietgaten en duizelingwekkende balkons. Het geheel zag eruit als een tekening die een jongen honderd jaar geleden in bed had liggen maken, terwijl hij aan het genezen was van een kinderziekte.

Het opvallendst was een constructie van staal en glas, die vastgeklonken zat aan de linkervleugel van het gebouw. Alsof het paleis in botsing was gekomen met een ruimtevaartuig.

"Hotel Gamander", zei Barbara Peters, half trots, half geamuseerd.

"Geërfd?" Sonia wist niet zo gauw een betere reactie.

"Gekocht. Gekocht en gerenoveerd en uitgebreid."

Het liefst had Sonia gevraagd: waarom? Als zij genoeg geld had om een hotel te kopen, wist ze wel duizend andere dingen die ze zou doen. En daar zat een hotel kopen niet bij.

Maar ze vroeg: "Is het nieuwe deel het wellnessgedeelte?"

"Zwembad, thermaal bad, Romeins-Iers bad, sauna, whirlpool, fitness, massages, solaria. En wat u verder nog maar kunt bedenken."

"Fango."

"Fango."

Sonia pakte een van de ontwerpen op en bladerde erin. Meer uit onzekerheid dan uit belangstelling.

"Welke vindt u het best?"

"U bedoelt van de folderontwerpen?"

Barbara Peters knikte.

"Eerlijk gezegd geen een."

"U hebt de baan", lachte de jonge hoteleigenares.

Een kwartier lang bespraken ze de voorwaarden. Eigenlijk waren ze het eens, toen Sonia zei: "Ik heb een parkiet, is dat een probleem?"

"Ik heb een hekel aan vogels." Barbara Peters zag er niet uit alsof ze een grapje maakte.

Sonia zuchtte en stond op. "Jammer. Over de vogel valt niet te onderhandelen."

Barbara Peters aarzelde. "Maakt hij lawaai?"

"Alleen tijdens het stofzuigen."

"En u houdt hem in uw kamer?"

"Vanzelfsprekend."

"Hebben parkieten niet die besmettelijke papegaaienziekte?"

"Die hebben duiven ook."

"Ik heb ook een hekel aan duiven."

"Zoals ik al zei: over Pavarotti valt niet te onderhandelen."

"Pavarotti? Zo hard?"

"Zo dik."

Sonia's nieuwe bazin lachte. "Dan moet u die snertvogel maar meenemen."

Het had niet veel gescheeld of door Pavarotti waren de dingen heel anders gelopen.

Drie uur 's middags en al bijna avond. Een loodgrijze hemel drukte zwaar op de stad en liet een mengsel van regen en sneeuw op de door het weer geplaagde voorbijgangers neervallen. April had zijn reputatie van wisselvallige maand niet waargemaakt: tot vandaag was het bestendig geweest. Bestendig slecht.

Sonia kocht bij een moedeloze man uit een land met meer zon een daklozenkrant, zeker het vijfde of zesde exemplaar van dit nummer dat ze aanschafte, en ging het warenhuis binnen. Ze was bijna de enige klant die over de fonkelende parfumerieafdeling liep, langs de feestelijk opgemaakte verkoopsters. Ze zagen er niet veel vrolijker uit dan de werkloze bij de ingang.

Sonia had bij de Thaise snackbar op de levensmiddelenafdeling afgesproken met Malu. 's Middags zijn daar bijna geen mensen en kun je ongestoord praten. Maar Sonia vermoedde dat plaats en tijdstip van deze afspraak meer te maken hadden met de daginde-

ling van haar vriendin en haar financiële situatie van dat moment.

Toen Sonia op de Thai afliep, zag ze vanuit de verte dat Malu er al was.

Malu was een grote, drukke blondine met een voorliefde voor roze en paars. Ze was de enige persoon uit Sonia's vroegere leven met wie ze nog contact had. Malu heette eigenlijk Vreni en had het gepresteerd om achter elkaar met drie verschillende mannen uit de kennissenkring van Frédéric een verhouding te hebben, zonder uit deze kringen te worden gestoten. Sonia had haar daarom altijd bewonderd. Niet dat ze ook maar de geringste behoefte had gehad om hetzelfde te doen; aan een van dat soort had ze ruimschoots voldoende gehad. Maar dat het Malu lukte om de conventies van deze lieden volkomen aan haar laars te lappen en toch geaccepteerd te worden, verdiende Sonia's respect.

Malu was ook de enige die haar niet als een paria behandelde, nadat ze was weggegaan bij Frédéric. Ze bleven elkaar zien bij lunchafspraken en zij was het ook geweest die Sonia in het clubleven van de stad had geïntroduceerd. Malu was altijd van mening geweest dat een vrouw een privéleven moest hebben, en al helemaal wanneer ze gebonden was.

En dus was het ook Malu die als eerste van Sonia's plannen hoorde. Ze was het niet eens met Sonia's beslissing. "Geen millimeter, weet je nog?"

"Ik wijk niet, ik wil alleen mijn leven veranderen. Mijn leven hier is niet goed voor me." Sonia vertelde over haar lsd-trip.

"Je hebt kleuren geroken en stemmen gezien? En je bent niet tevreden? Geef mij het adres van die vent."

"Het was geen goede ervaring."

"Daarom hoef je nog niet meteen in de diepte te verdwijnen."

"Het is het tegendeel van diepte. Ik ga de hoogte in. Bergen, berglucht, zon en de hele dag wellness."

"Wellness voor anderen, jij moet hangbillen kneden."

"Ik ben fysiotherapeute, geen masseuse."

"Sonia, gun hem dat plezier niet. Laat je niet wegjagen."

"Pas als ik weg ben, gelooft hij dat ik niet meer bij hem terugkom."

"Je hebt geen idee hoe mannen zijn. Hij wil je niet terug hebben. Hij wil alleen degene zijn die er een punt achter zet. Neem dat nou maar aan van een oude vrouw." Malu noemde zichzelf een oude

vrouw sinds ze haar veertigste verjaardag niet had gevierd. Een halfjaar geleden.

"Ik ben liever niet in de buurt wanneer ze hem vrijlaten."

"Zo snel laten ze hem niet vrij."

"Ze mogen hem niet langer vasthouden dan zijn straf zou duren."

"Die man is geestesziek. Een gevaar voor de maatschappij."

"Slechts voor een klein deel van de maatschappij. Voor mij."

Een jonge Thaise in een zijden blouse met een opstaand kraagje bracht Sonia's Tom Yam Kung. Ze boog zich over de kom en snoof de geur op. Hij rook roodgeel en voelde aan als een spits toelopende spiraal.

"Is er iets met de soep?" vroeg Malu bezorgd. Ze had hem aanbevolen, maar had voor zichzelf satéspiesjes besteld.

"Nee, hij ruikt fantastisch." Sonia doopte de porseleinen lepel in de soep, liet hem iets afkoelen en proefde. Het was alsof ze brandende sterretjes naar binnen slurpte. Zilveren vonken vulden haar mondholte en doofden langzaam op haar tong. Tranen schoten in haar ogen.

"Zo heet?" informeerde Malu.

Sonia knikte. Langzaam en geconcentreerd lepelde ze de soepkom leeg. Maar de tranen bleven stromen.

"Nog steeds de soep?"

"Nog steeds het leven", antwoordde Sonia.

"Misschien heb je gelijk. Misschien moet je hier wel weg."

Later, bij het afscheid, vroeg Malu: "En wat doe je met je huis?"

Diezelfde avond belde Frédéric op. Ze wist dat hij het was, nog voor hij een woord had gezegd. Ze hield de hoorn tegen haar oor, zei "ja" en wachtte.

Ze hoorde zijn ademhaling en zag tegelijkertijd een vage contour van een merkwaardig soort kobaltgroen. "Wat wil je, Frédéric?"

Toen hij begon te praten, werd de contour scherper.

"Ik wil met je praten."

"Ik niet met jou." Sonia beëindigde het gesprek. Het kobaltgroen loste op, alsof iemand het met helder water had vermengd.

Maar de hartkloppingen bleven. Ze nam ze mee de gang, de keuken en de badkamer in, en uiteindelijk ging ze ermee op bed liggen. Ze probeerde zich op andere geluiden te concentreren: het geluid van de afvoer in de badkamer, het tikken van de verwarming, de

voetstappen in de woning boven haar en het gekletter in de kooi van Pavarotti. Haar hart werd niet rustiger, maar de hartkloppingen verdwenen wat naar de achtergrond.

Wat was dat geweest, die kobaltgroene schaduw? Hij hoorde bij Frédéric, dat was duidelijk. Maar waarom had ze hem door de telefoon gezien?

Nee, ze had de kobaltgroene schaduw niet gezien. Ze had hem gehoord.

Sonia stond op van het bed en ging naar de keuken. In de gang viel haar blik op de plek op de muur, voor het eerst sinds lange tijd. Het gips waarmee het ingeslagen gat was dichtgemetseld, had bij het opdrogen een deuk achtergelaten.

Ze opende een van de twee Siciliaanse wijnen die ze voor een bijzondere gelegenheid had bewaard. Bij wijn hoefde ze zich tenminste geen zorgen te maken als hij rood rook en rond smaakte.

2

Pavarotti zat in een transportkooi. Ze had hem in een badstof doek gewikkeld en daarna in een kleine weekendtas van Louis Vuitton gestopt. De tas had ze een keer gekregen van Frédéric en nooit gebruikt. Sonia vond Louis Vuittontassen ordinair, maar voor dierentransport nog wel acceptabel.

Ze zat alleen in een vierpersoonscoupé met de tas naast zich. Op de bank tegenover haar had ze haar handtas en reislectuur neergelegd. Op die manier hoopte ze medereizigers te ontmoedigen bij haar te komen zitten. Ze had nog ruim vier minuten voor de trein het station van Chur zou verlaten.

Ze keek door de waterstroompjes op de ruit naar het perron. Een dikke jongen gooide een munt in een automaat vol junkfood en toetste een cijfercombinatie in. Er gebeurde niets. Hij probeerde het nog een keer. Er gebeurde weer niets. Nu drukte hij op een knop om zijn geld terug te krijgen. Niets.

Hij keek om zich heen en hun blikken ontmoetten elkaar. Sonia haalde haar schouders op.

De jongen sloeg op het bedieningspaneel van de automaat. Eerst zachtjes, toen steeds kwader.

Zeker gesaboteerd door het ministerie van Volksgezondheid, dacht Sonia en ze moest glimlachen. Sinds vanmorgen, toen ze Malu de sleutel van haar woning had overhandigd, was ze in een goed humeur. Het was alsof ze een zware last van zich had afgegooid.

Ze begon een nieuw leven met lichte bagage. Behalve Malu wist niemand waar ze heen ging. En ook haar nieuwe mobiele nummer wist verder niemand.

Malu nam de woning met de meubels erbij, want ze wilde er niet gaan wonen, ze had de woning alleen nodig om, zoals ze zich had uitgedrukt, 'wat speelruimte te krijgen in haar vaste verhouding met Alfred'. Aan het eind van het zomerseizoen zou ze weer plaatsmaken voor Sonia.

Maar Sonia wist dat ze nooit meer zou terugkeren naar deze trieste straat. Nooit meer door het bedompte trappenhuis naar boven lopen. Nooit meer de sleutel in het nieuwe veiligheidsslot van de stevig gerepareerde deur steken. Nooit meer in de goedkope inbouwkeuken kant-en-klare maaltijden opwarmen. Nooit meer de vreemde kookluchtjes uit de luchtkoker in de badkamer ruiken. Nooit meer het lawaai van haat en liefde van de buren horen. Nooit meer midden in de nacht een taxi bellen, alleen om de treurnis van haar woning te verruilen voor de melancholie van een loungebar.

De hoofdconducteur liet een lang, klaaglijk fluitsignaal horen. De jongen gaf de automaat nog een laatste trap en sprong toen in de trein. Met een schok begon deze te rijden.

Sonia verdiepte zich in haar handboek balneologie, om oogcontact met een eventuele passagier die een plaats zocht te kunnen vermijden. Maar er kwam niemand, behalve de conducteur. Hij controleerde haar kaartje en wenste haar een prettige reis.

Na een paar minuten had de trein de periferie van de kleine stad bereikt. Sonia zag sombere woonwijken, waar de regen zijn sporen had nagelaten op de gevels, en lelijke industriepanden van kleine bedrijven, waarvan de onbeholpen opschriften opdringerig oplichtten in het duistere regenlandschap. Sonia keek weer in haar boek.

"Is hier nog plaats?"

Sonia keek onwillig op. Een oude vrouw in een gele regenjas stond naast de coupé en keek misprijzend naar de volle bank. Zonder iets te zeggen haalde Sonia haar spullen weg. De vrouw trok haar regenjas uit. Daaronder was ze ook in het geel gekleed. Een broek met een voornamelijk gele Schotse ruit. Een twinset van jasje en trui van geel gevlekt kasjmier. Een gele sjaal met een fijn bloemmotief. Ook haar haren waren geel. Alleen haar ogen waren groen, omringd door eyeliner in dezelfde kleur. Haar lippen waren Chinees rood opgemaakt.

Sonia concentreerde zich weer op haar boek. Ze voelde dat de vrouw naar haar zat te kijken. Maar Sonia bleef strak naar beneden kijken. Ze had geen zin in een gesprek.

Uitgerekend op dat moment begon Pavarotti lawaai te maken. Sonia probeerde het te negeren. Tot de vrouw zei: "Uw parkieten hebben zuurstof nodig."

Sonia keek door de halfopen rits in de tas. Ze kon het niet laten om te zeggen: "Hij krijgt genoeg lucht."

De vrouw zweeg een ogenblik. Toen vroeg ze: "Heeft hij geen vriendje?"

"Nee, hij is single."

"Dat noem ik eenzame opsluiting. Parkieten zijn groepsdieren."

"Pavarotti heeft een hekel aan parkieten."

"Hoe kunt u dat nou weten?"

"Hij heeft al twee keer een vriendje gehad. Die heeft hij allebei doodgepikt."

"Doodgepikt?" riep de gele vrouw ongelovig. "Dan is het beest niet in orde."

"Hij is gewoon liever alleen. Kan gebeuren."

"Ik hoop dat hij tenminste een spiegel heeft."

"Daar pikt hij ook naar."

"Natuurlijke takjes. Geen stokjes van bewerkt hout of plastic. Daar krijgen ze ontstoken pootjes van."

"Hij zit op een biologisch gekweekte beukentak."

"Ja, maak er maar grapjes over."

De rode trein reed door een nauwe kloof. Aan weerszijden stonden dennenbomen met takken die nat waren van de regen. Zo nu en dan was er het zachte groen van een lariks doorheen te zien. De oude tweedeklaswagon rammelde over de rails. Sonia moest haar wijsvinger gebruiken om de regels van haar boek te kunnen volgen. Vanuit haar ooghoeken keek ze naar de oude vrouw. Die staarde naar de tas, alsof ze op telepathische wijze contact probeerde te krijgen met Pavarotti.

Ze had haar handen op haar knieën gelegd. Abnormaal groot en plomp. Haar nagels waren net zo Chinees rood als haar lippen en golfden als gelakte notendoppen over de nagelbedden.

Sonia vond de handen maar griezelig. Ze keek op. De gele vrouw keek haar recht in het gezicht. "Ik heb mijn hele leven zwaar werk gedaan", zei ze, alsof ze haar handen wilde rechtvaardigen.

Sonia wist niet wat ze daarop moest antwoorden.

"Neemt u de vogel altijd mee op vakantie?" informeerde de vrouw.

"Ik ga niet op vakantie."

"Woont u daarboven in de bergen?"

"Ja."

"Waar?"

"Val Grisch."

"Dan had u via Klosters moeten rijden, door de Vereinatunnel."

"Ik hou niet zo van tunnels."

Sonia pakte haar boek weer op, maar de vrouw begreep de hint niet.

"Werkt u daar?"

Sonia knikte, zonder op te kijken.

"Als wat?"

"Fysiotherapeute", zuchtte ze. Nu komt ze met haar kwaaltjes. Maar de oude vrouw ging er niet verder op in. "Ik maak maar een klein ritje. Ik heb een ov-kaart."

"Hm."

"Ik ga 's morgens naar het station en stap in een trein. 's Avonds ben ik weer thuis."

"Fijn."

Sonia merkte dat de vrouw haar aankeek en wachtte tot ze nog iets zou zeggen. Sonia hield zich in.

"Misschien schijnt in de bergen de zon."

"Misschien wel", mompelde Sonia.

"Weet u hoe lang we hier geen zon meer hebben gehad?"

Sonia schudde haar hoofd.

"Tweeënveertig dagen."

Sonia keek op van haar boek. "Ik wil niet onbeleefd zijn, maar ik moet dit lezen."

De gele vrouw knikte. "Op uw leeftijd ben je nog niet zo op de zon aangewezen. Maar wij worden er somber van."

Van nu af aan zweeg de gele vrouw. Sonia probeerde zich op het boek te concentreren, maar steeds betrapte ze zich er weer op dat ze met haar ogen las en niet met haar hoofd. Wat was ze toch een kreng geworden. Wat was het nou voor moeite om een paar woorden te wisselen met een eenzame, oude vrouw, die haar tijd doodde met treinritjes? Was zij niet ook een eenzame vrouw, op reis met haar parkiet?

Sonia keek uit het raam. Ze kon de locomotief zien. Boven op de zandstenen bogen van een duizelingwekkend hoog viaduct. Ze deed haar ogen dicht.

Toen ze ze opende, bleef het stikdonker.

"De Landwassertunnel", zei de gele vrouw. Heel even zag Sonia

haar stem. Die was niet geel, maar van een stoffig soort grijs, dat zich nauwelijks onderscheidde van het duister van de tunnel. Een paar seconden later vulde de wagon zich weer met het miezerige daglicht. Toen lag de tunnel achter hen.

"U houdt niet van tunnels en niet van hoogten", stelde de vrouw vast. "Dan woont u in de verkeerde streek."

"In het verkeerde land."

De vrouw lachte en Sonia lachte mee.

In Samedan moest ze overstappen. Ze nam afscheid van Susi Bellini. Zo heette de gele vrouw, naar haar bijna dertig jaar geleden overleden man, een pijpfitter uit Calabrië over wie Sonia nu alles wist.

De hoop van mevrouw Bellini op een beetje zon werd niet vervuld. Sonia stond met haar rolkoffertje en tas met Pavarotti op het perron en huiverde van de kou. Een hardnekkige regen viel op het afdak en op de bielzen. Het oponthoud duurde ruim twintig minuten. Te kort voor de stationsrestauratie, had ze besloten. Behalve zij had nog één andere reiziger dezelfde beslissing genomen. Een oudere man met een leren hoed met smalle rand, die glom van de regen. Hij droeg twee boodschappentassen die hij niet op de grond wilde zetten, want ze waren van papier.

Sonia's goede humeur was verdwenen. Ze kon amper een naderende depressie op afstand houden. Ze had een zekere virtuositeit ontwikkeld in het omgaan met haar zwaarmoedigheid. Ze wist achter welke gedachten ze zich verstopte, in welke beelden ze zich nestelde en door welke geluiden ze werd aangetrokken. Ze vond het niet moeilijk om zich eraan over te geven en ook niet om het gevoel weer van zich af te schudden.

Pavarotti was zo stil dat ze een blik in de tas wierp. Ze schoof de doek opzij en zag dat ze hem wakker had gemaakt. Hij deed een paar zijwaartse passen op het krantenpapier waarmee ze de bodem van de transportkooi had bedekt en keek haar verwijtend aan. "Sorry", mompelde ze en ze deed de rits weer wat verder dicht.

Er reed een elektrisch karretje met twee aanhangwagens vol bagage langs. Sonia herkende haar beide koffers en de doos met de grote kooi van Pavarotti. Een eindje verderop stopte de chauffeur en hij begon in een verkreukelde boulevardkrant te lezen.

De aanhoudende zachte regen zwol plotseling aan tot een stort-

bui. De rode locomotief die in de verte opdook, had zijn schijn-
werpers aan.

Val Grisch lag in een zijdal van het Unterengadin, een kwartier rijden met de postauto van station Storta. De ongeveer zeshonderd
inwoners – in het hoogseizoen iets meer – waren merendeels
forenzen die in het Oberengadin werkten. Er woonden een paar
fulltime en enkele parttime boeren. Wie een meubelmaker, elektri-
cien, monteur, dokter, apotheker of leraar nodig had, kon die in Val
Grisch ook vinden. Er waren vier restaurants, vijf pensions, enkele
tientallen vakantiehuizen en -appartementen, een basisschool en
een katholieke kerk uit de zestiende eeuw.

Het dorp had een toeristische bloeiperiode gekend in de tijd dat
de Engelsen Zwitserland hadden ontdekt. In negentiendertig, hetzelfde jaar als de Rhätische Bahn het traject van Bever naar Scuol
in gebruik nam en Val Grisch met de hoofdsteden van deze wereld
verbond, opende Gustav Mellinger, een ondernemer uit St. Gallen,
hotel Gamander. Deze zomer/herfst van negentiendertig zou als
het beste seizoen van hotel Gamander de geschiedenis ingaan. In
de zomer daarop brak de Eerste Wereldoorlog uit en na de Tweede
Wereldoorlog kwam de opmars van de skilift. Val Grisch probeerde de ontwikkelingen tot in de jaren zestig bij te benen, bouwde
drie sleepliften en een stoeltjeslift, en zelfs een nooit voltooide
springschans. Maar de hellingen vlak boven het dorp spraken als
skigebied te weinig tot de verbeelding en de hoger gelegen hellingen waren eigenlijk beter te bereiken vanuit de kuuroorden in de
buurt, die verder ook meer te bieden hadden.

Hotel Gamander, ooit ontworpen voor de gegoede burgerij,
overleefde aanvankelijk dankzij een paar trouwe stamgasten en
later steeds meer dankzij bergwandelaars, natuurvrienden en
gezelschappen op doorreis. Het kreeg het patina van een jeugdher-
berg, met vrolijk opgetekende huisregels op het mededelingenbord
en gasten die op het terras hun zelf meegebrachte lunchpakketten
opaten.

Toen het dorp zich er allang mee had verzoend te leven van de
inkomsten die de forenzen, het dagtoerisme, de vakantiewoningen
en de pensions met zich meebrachten, wisselde het hotel van eigenaar. Het werd voor veel geld gerenoveerd en uitgebreid.

Val Grisch lag op een terras op het zuiden aan de mond van een

breed dal op ongeveer veertienhonderd meter boven de zeespiegel. Op heldere dagen had je een prachtig zicht op de beboste uitlopers van de rotsketen aan de overkant van het dal en zijn steile, grijswitte pieken. De laatste kilometers van de kronkelende straat die het dorp in liep, voerden tussen glooiende weiden door, die eruitzagen alsof ze door een tuinarchitect waren aangelegd.

Maar op deze mistige regendag zag Sonia door het beslagen raam van de postauto slechts de rand van de wei, dichtbegroeid en verzorgd als de green van een golfbaan. De bus was maar voor een derde bezet. De meeste passagiers waren scholieren die de basisschool van Val Grisch waren ontgroeid en op en neer reisden naar de middelbare school. Ze waren in Storta met de vanzelfsprekendheid van vaste klanten op hun plaats gaan zitten, knikten elkaar vluchtig toe en richtten hun aandacht vervolgens op hun huiswerk of mobiele telefoon. Er was tijdens de rit nauwelijks een woord gevallen. Alleen wanneer de postauto stopte en iemand liet uit- of instappen, was er een kort *"buna saira"* te horen.

Ook de overige passagiers – een oude man met een versleten militaire rugzak, een vrouw van rond de vijftig met twee tassen waaruit de toppen van stekjes van tomatenplanten staken en een oververmoeide rekruut op verlof – zaten in hun eentje op een bank voor twee. Alleen een oud echtpaar, beiden in een rookkleurige doorzichtige pelerine, zat naast elkaar. Maar ook zij wisselden geen woord.

Plotseling mengde zich door het geruststellende gebrom van de dieselmotor de hoorn van de postauto. "Tu-ta-to!" klonk het voor een bocht die zo nauw was dat de chauffeur een deel van de andere weghelft moest gebruiken. En nog een keer "Tu-ta-to!", alsof hij opgelucht was dat er niets tegemoetgekomen was.

Een groet uit een lang verdwenen wereld. Sonia was een paar seconden vol van de zorgeloosheid van haar jeugd.

Ze geeuwde en veegde in een voorgewende aanval van vermoeidheid twee tranen uit haar ogen.

Het oude echtpaar stond op, de postauto minderde vaart en stopte. Ze stapten uit en liepen naar een klein zijstraatje. De deur ging weer dicht, de chauffeur schakelde en reed verder. Toen Sonia omkeek, waren de grijze pelerines van het stel nauwelijks meer te onderscheiden van het grijs van de late namiddag.

Sonia stapte als laatste uit. De postauto stond voor het postkantoor, een nieuw gebouw in de stijl van oude Engadiner huizen. De klep van de bagageruimte onder de bus stond open. De chauffeur hielp Sonia haar beide koffers, de doos met de kooi en het rolkoffertje te pakken. Daarna wenste hij haar een prettige vakantie. Een grote man van rond de veertig met een groen schort kwam op haar af. Hij droeg een paraplu en een pet waarop in gouden letters HOTEL GAMANDER stond. "Sonia Frey?" vroeg hij. Hij had een diepe, prettige stem en een Slavisch accent.

Ze knikte.

"Ik ben Igor." Ze gaven elkaar een hand. Twee collega's die elkaar voor het eerst ontmoetten. "Wacht hier maar even."

Hij nam haar koffers en verdween ermee om de hoek van het gebouw. Vlak daarna kwam hij terug en nam de doos met de kooi en het rolkoffertje.

"Laat maar", zei Sonia, "ik kan ook wat dragen."

Igor schudde zijn hoofd. "Ik moet oefenen."

Ze volgde hem de hoek om. Daar stond een donkerblauwe landauer met een leren kap en het opschrift HOTEL GAMANDER. Twee natte paarden en een koetsier in een doorweekte loden jas stonden chagrijnig te wachten tot ze weer verder konden. Igor borg de bagage op en opende het portier.

Sonia lachte. "Halen jullie hiermee het personeel op?"

"Om te oefenen." Igor sloot het portier en klom bij de koetsier op de bok. Met een paar schokken kwam het rijtuig in beweging. Sonia voelde zich opgelaten.

Colonials Bruhin was een mengeling van kruidenierszaak, souvenirwinkel, kiosk en kantoorboekhandel. Ze hadden er wandelkaarten, taalgidsen Reto-Romaans voor beginners, handboeken voor de alpiene flora en fauna, maar ook Himalayazout, geurkaarsen, gezondheids- en ontspanningsthee en andere restanten van de verschillende assortimenten die de eigenares ooit had uitgeprobeerd. Je kon er ook een goedkope paraplu of een windjack kopen. Anna Bruhin, een lange, magere vrouw van iets over de zestig, was gespecialiseerd in de dingen die je had vergeten of niet had willen meenemen.

Maar eigenlijk deden de dorpsbewoners hun inkopen bij de groothandels in het dal. Daar was het goedkoper en de keus was

groter. Ook de handel met de toeristen liep slecht. Ze kochten geen filmpjes meer bij haar, omdat ze allemaal een digitale camera hadden. En het was ook niet waarschijnlijk dat hotel Gamander, nu het voor miljoenen was gerenoveerd, het nog steeds zou toestaan dat de toeristen de broodjes die ze bij Colonials Bruhin hadden gekocht, op het hotelterras opaten. Misschien kon ze koude dranken gaan verkopen. En haar ijsassortiment uitbreiden. Als het tenminste ooit zomer werd. Het was begin juni, nog niet eens zes uur, en ze had het licht in de winkel al aan.

Ze opende de winkeldeur. Het getinkel boven haar hoofd dat ze daarmee teweegbracht, merkte ze allang niet meer op. Naast de ingang stond een bord met de tekst VANDAAG VERSE AARDBEIEN! Er zat plasticfolie overheen, zodat de regen het krijt niet zou wegspoelen. Ze had maar één bakje verkocht. Ze zou niet zo gauw weer verse producten in de aanbieding doen.

Mevrouw Bruhin veegde de folie droog met een doekje en zette het bord binnen. Toen ze de deur dichtdeed, reed de koets van hotel Gamander voorbij.

Op de vensterbank in de bijkeuken van de Steinbock lag een brandende sigaret. De gloed trok langzaam richting het hout. Nog vijf millimeter en er zou een brandvlek ontstaan, bij de vele andere die er al zaten.

Vanuit de keuken kwamen wit neonlicht en salsamuziek. Af en toe klepperde een pan of ruiste een kraan. Maar het was veel te stil voor een restaurantkeuken, ruim een uur voor het avondeten.

Peder liep de ruimte binnen, peuterde de sigaret van de vensterbank en nam een flinke trek. Hij droeg een koksbuis met bolknopen en het monogram PB, een geruite broek, een halsdoek en een koksmuts. Allemaal smetteloos, zoals bij een echte televisiekok.

Peder ging naar een voorraadrek waarop zich lang houdbare producten, zoals zout, suiker, rijst, olie en conserven bevonden. Daar stonden een aangebroken fles bordeaux en een leeg glas. Hij vulde het glas en deed het raam open.

Koele regenlucht kwam de kleine ruimte binnen. De straat was uitgestorven. Hij gooide de sigaret uit het raam.

Er kwam een oude groene landrover aanrijden, die naast de ingang van de Steinbock parkeerde. Luzi Bazzel, een gedrongen oudere man in grijze werkkleding, stapte uit en liep naar de ingang.

Hij zou de hele avond zitten kaarten, bier drinken en een *Salsiz* met brood eten, misschien ook wel twee.

Peder trok een nieuwe sigaret uit een pakje dat op het voorraadrek lag en stak hem aan. Hij nam een trek en legde hem op de vensterbank. De wijn had hij nog niet aangeraakt.

Er kwam rustig hoefgeklepper dichterbij. Peder draaide zich om, sloot het raam, leegde het glas en ging terug naar de keuken.

Sandro Burger, de koster, slenterde door het middenschip en keek bij iedere rij banken of er niets was blijven liggen. Hij deed dat eerder voor de vorm, want doordeweeks buiten het seizoen bleef er nooit iets liggen. Omdat er nooit iemand in de kerk kwam. Behalve de oude Seraina en de nog oudere Annamaria. Maar die baden alleen voor het Maria-altaar en lieten nooit iets liggen.

Alleen op de vierde zondag van de maand, wanneer pater Dionys de mis opdroeg, moest Sandro Burger de stofzuiger tevoorschijn halen. En tijdens het seizoen soms, wanneer een groep de kerk had bezichtigd.

Hij doofde het eeuwige licht bij het altaar en de spaarlampen. Toen controleerde hij of het hoofdportaal gesloten was, ging naar het zijportaal, wierp een laatste blik in de stille kerk, ging naar buiten en sloot af. Het was precies zes uur. Morgenvroeg om zes uur zou hij de San Jon weer openen.

Het regende weer harder. Hij trok de capuchon van zijn goretexjas over zijn bijna kale hoofd en liep de weg naar het kerkplein in. De beide lantaarns brandden al. De landauer van hotel Gamander reed over het plein. Burger zwaaide naar de koetsier. Hij heette Curdin Josty en was zijn neef. De paarden waren van hem. Hij werkte sinds kort voor een vast bedrag als hotelkoetsier.

Curdin zwaaide terug.

De ijzeren punt van de wandelstok van Gian Sprecher tikte op het glimmend natte asfalt. Hij had de capuchon van zijn ouderwetse, rode skileraarsjas omhooggetrokken. De slappe rugzak van geitenleer was bijna zwart van het vocht. Sprecher liep mank als gevolg van een verwaarloosd ongeluk bij het houthakken, maar hij liet zich er niet door weerhouden twee keer per week zijn eenassige tractor thuis te laten en de vermoeiende weg naar het dorp te voet

te ondernemen. Zijn lippen waren smal geworden door het voortdurend samenpersen.

Bij de aanblik van de koets ging hij langzamer lopen om Curdin de tijd te geven de oprit van het hotel in te rijden. Hij had geen zin om met hem te praten.

De koetsier groette hem met een nauwelijks zichtbare handbeweging, die Gian beantwoordde met een hoofdknik. Hij bleef staan en keek het voertuig na tot het bij de ingang van het hotel was aangekomen en de portier van de bok klom, een paraplu uitklapte en de deur van de koets opende.

Toen de jonge vrouw uitstapte, wendde Gian zijn blik af en hinkte verder.

Een paar brede treden leidden naar de ingang van het hotel. Toen ze de op een na bovenste tree had bereikt, gleed de glazen deur opzij. Sonia betrad de ontvangsthal.

Het rook er naar verf en politoer. Het houtsnijwerk, dat de ontvangstbalie, de portiersloge, de zuilen, balken en trapleuningen versierde, was geloogd en opgeknapt. Een oudere vrouw, gekleed als kamermeisje, zoog het rode tapijt. Op een trapleer stond een electricien, die bezig was met een zware kroonluchter. Achter de ontvangstbalie zat een jongeman voor een plat beeldscherm. Twee vrouwen keken mee over zijn schouders. Een van hen was Barbara Peters.

Niemand leek de aankomst van Sonia op te merken. Pas toen Igor met de bagage binnenkwam en zei: "Hier is mevrouw Frey", keek Barbara Peters op. Ze was niet opgemaakt, wat er bij haar uitzag alsof ze heel licht was opgemaakt, en droeg haar haar zorgvuldig ongekamd.

"Neem me niet kwalijk, we zitten hier midden in een computercursus. Mag ik voorstellen: uw collega Michelle Kaiser, receptioniste, en meneer Kern, die probeert ons zijn hotelsoftware uit te leggen."

Naast Barbara Peters zag de receptioniste eruit als de onaantrekkelijke vriendin met wie een mooie vrouw haar eigen uiterlijk nog beter laat uitkomen. Maar zonder dit contrast was ze best knap. Ze had een rond gezicht, zwart, ultrakort haar en glimlachte alsof ze zich de hele dag al had verheugd op Sonia's komst. Nu ze opstond om haar te begroeten, zag Sonia dat ze klein was. Bijna te klein

voor de ontvangstbalie, waarachter ze haar werkdagen zou door-brengen. Ze overhandigde Sonia een ring met twee sleutels en haar nieuwe bazin zei: "Igor zal u uw kamer laten zien, en als u een beet-je op orde bent, kom dan naar beneden, dan laat ik u de rest zien."

Sonia had een hekel aan schuine daken. Ze deden haar denken aan de tijd dat ze een beugel droeg (toen nog geen modeartikel) en ze een kop groter was dan alle jongens die ze leuk vond. Het schuine dak in haar toenmalige kamertje was pistachegroen geverfd, wat volgens haar moeder, die verder ook weinig van jonge meisjes begreep, een echte meisjeskleur was. Het schuine vlak boven haar had haar het gevoel gegeven dat ze uit de kamer zou wegglijden.

En nu had haar nieuwe onderkomen ook een schuin dak. Niet pistachegroen, maar met schrootjes, wat bijna nog erger was. Het deed haar denken aan haar kamer in het vakantiehuis in het Berner Oberland, waarvan de wanden zo dun waren dat ze iedere ruzie van haar ouders had kunnen horen. En iedere verzoening.

Sonia trok het gordijn opzij en deed het raam open. Gelukkig lag deze zolderkamer niet zo hoog als gewoonlijk. Het dak van hotel Gamander met al zijn hoogteverschillen was op deze plek heel laag. De kruin van een berk, waarvan ze de takken bijna kon aanraken, nam het grootste deel van het uitzicht in beslag en gaf haar een gevoel van veiligheid.

De kamer was klein, misschien drie bij vier meter. Hij was gemeubileerd met een commode, een kast met een ovale spiegel en een smal ledikant met een nachtkastje. Aan alle vier de meubel-stukken was te zien dat ze deel hadden uitgemaakt van het oor-spronkelijke meubilair van het hotel. Ze hadden een loogbehande-ling gekregen om de mufheid eruit te halen. Sonia betwijfelde of dat gelukt was.

Bij het raam stond een bureau uit de jaren zestig, daarnaast een olijfgroene fauteuil, eveneens uit het depot van het hotel. De modernste onderdelen van het interieur waren een goedkope hoteltelevisie op een zwenkarm, bevestigd aan de betimmering van de niet-schuine wand, en een telefoon.

De badkamer maakte alles goed. Hij was enorm en had zwart-witte tegels, een ouderwetse wastafel met bijpassend toilet en een vrijstaande badkuip op leeuwenklauwen. In het schuine dak was een raam aangebracht met ruitjes van melkglas, waardoor het grij-

ze licht van de vroege schemering viel. Waarschijnlijk was het vroeger de badkamer van de hele verdieping geweest, waarvan men later deze kleine slaapkamer had afgescheiden.

Sonia ging op het bed zitten. Door het open raam hoorde ze het geritsel van de regen op de berkenbladeren. Achter de boom zag ze een stuk van de straat en nog verder de blauwgrijze regenslierten die de helling aan het zicht onttrokken. Ze deed het raam dicht en begon Pavarotti's kooi uit te pakken.

Midden in de nacht werd ze wakker met een bonzend hart. Ze moest opgeschrikt zijn van een geluid. Misschien de kerkklok, die in de verte elk kwartier sloeg. Of misschien iemand die niet kon slapen. In dit soort oude gebouwen hoorde je elke voetstap. Ze hield haar adem in en luisterde.

De gestalte op de fauteuil waren haar kleren, dat wist ze van de eerste keer dat ze uit haar slaap was opgeschrikt. Daarna had ze het licht in de badkamer aangedaan en de deur op een kier gelaten. De smalle streep licht viel in de lengte de kamer in en ontnam het vertrek het onheilspellende dat vreemde kamers 's nachts hebben.

Ze had meer moeten drinken, dan zou ze nu beter slapen. Barbara Peters had gezegd: "Ik neem water, maar als u bij het eten een glas wijn wilt, ben ik niet gechoqueerd." Sonia had toen een glas veltliner besteld en had het bij dit ene glas gelaten. De kwaliteit van de wijn had geholpen bij deze beslissing.

Alle werknemers hadden in de eetzaal gegeten, als oefening voor het bedienend personeel. Voor het eten had Barbara Peters haar nog het hotel laten zien. Ze had het met behulp van een binnenhuisarchitecte teruggebracht tot de kern, zoals ze het zelf noemde. Aan de hand van de oorspronkelijke plannen en foto's uit het openingsjaar draaiden ze de meeste pogingen van de vorige eigenaars om het gebouw te moderniseren terug, maar de voorzieningen voldeden helemaal aan de eisen van de tijd. De poging om het gevaarte een jeugdige uitstraling te geven, was niet helemaal gelukt. Het duistere en muffe dat verwijderd had moeten worden, kwam hier en daar juist nog sterker naar voren. Het probleem was niet de inrichting. Het probleem was de architectuur.

Hotel Gamander bezat achtentwintig kamers, waaronder zes junior suites, drie grotere suites en een torensuite van twee verdiepingen. Ze waren allemaal smaakvol en sober ingericht met mooie,

moderne meubelstukken. Slechts een klein deel van het meubilair was afkomstig uit de vele zolderkamers van het huis.

Het wellnessgedeelte, deze wig van glas, graniet, staal en water, die in de zijkant van dit historische monstrum was gedreven, had niet het gebruikelijke feelgooddesign en zorgde met zijn minimalistische strengheid voor meditatieve rust. Er waren twee baden, een om te zwemmen en een thermaal bad van zevenendertig graden, dat was gevuld met natuurlijk zout water. Een derde deel ervan bevond zich in de openlucht en in de koele regennacht steeg er door spotjes verlichte damp uit op. Vier geometrische watervallen zorgden voor een constante ruis op de achtergrond. Een trap naast het thermale bad leidde naar een souterrain. Daar bevonden zich de ruimtes voor het Romeins-Ierse badritueel: warmeluchtbad, heteluchtbad, douches, stoombaden, bubbelbaden, koudwaterbaden, massage- en behandelkamers en een relaxruimte. Alle vertrekken waren gemaakt van exact gevoegde blokken glanzend graniet, stil en ernstig als grafkelders.

Hierbeneden zou ze dus haar dagen doorbrengen. Samen met mevrouw Felix en Manuel, haar beide collega's.

Mevrouw Felix was een zeer kleine, stevige en sterke vrouw met kort zwart haar, Sonia schatte haar op iets boven de zestig. Ze had het grootste deel van haar leven doorgebracht in het Unterland, waar ze heilgymnastiek had gegeven. Een paar jaar geleden was ze teruggekeerd naar de plaats van haar jeugd en ze had gewerkt als fysiotherapeute aan huis. Ze had tijdens het avondeten niet veel gezegd, maar Sonia had haar er steeds op betrapt dat ze haar stiekem zat te observeren. Het merkwaardigst aan haar was een extravagante vlinderbril, die helemaal niet bij haar verschijning paste en waarvan de dikke glazen haar ogen groot en wazig maakten.

Manuel, de andere fysiotherapeut, was twee dagen geleden aangekomen. Sonia dacht dat hij halverwege de dertig was. Een iets gezette man van gemiddelde lengte met een snor en een baardje. Zijn hippe laagjescoupe met geblondeerde plukjes in zijn donkere haar paste niet helemaal bij de rest van zijn verschijning. Wanneer Manuel lachte, wat hij vaak en luid deed, was een brede open plek tussen zijn voortanden te zien. Hij deed geen enkele moeite om te verbergen dat hij homo was. Sonia dacht dat ze wel aansluiting bij hem zou vinden.

Vanuit de badkamer klonk het metaalachtige geluid dat ontstond

wanneer Pavarotti met zijn snavel en pootjes langs de spijlen omhoogklom. Dat was het zeker waardoor ze wakker was geworden. Ook de vogel kon niet slapen op deze nieuwe plek. Normaal had ze allang een rohypnol genomen. Maar ze had het bijna volle doosje vanmorgen, vlak voordat ze haar woning aan Malu had overgedragen, in de laatste vuilniszak gegooid die ze eigenhandig naar de container had gebracht. Ze wist zeker dat de treinreis zou werken als een desinfecterende sluis en dat ze alles wat op haar drukte achter zich zou laten.

Ze draaide zich met haar gezicht naar de loodrechte muur en probeerde het schuine dak uit haar bewustzijn te verdringen. Maar hoe meer ze zich daarop concentreerde, hoe slechter ze zich ging voelen. De kamer begon te kantelen. Zo meteen zouden de meubels beginnen te schuiven.

Sonia knipte de lamp op het nachtkastje aan. Meteen kregen de kamer en de voorwerpen hun kalmerende gewoonheid terug. Ze stond op en begon de zware commode met de lichtgrijze marmeren plaat te verschuiven. Beetje bij beetje, om zo weinig mogelijk lawaai te maken, tot het meubel aan de lange kant van het bed stond.

Ze kroop weer onder de dekens, deed het licht uit en sloot haar ogen. Ze voelde de commode achter zich, zwaar en niet van haar plaats te krijgen. Ze dwong zichzelf diep en regelmatig adem te halen. Een truc die ze nog kende uit haar huwelijk. Net doen alsof je slaapt, tot je in slaap valt.

Nog één keer werd ze die nacht door een geluid uit haar slaap opgeschrikt. Deze keer was het karmozijnrood en bijna doorzichtig aan de randen.

Toen Sonia de volgende ochtend de gordijnen opende, waren de nevelsluiers nog iets dichterbij gekomen. De regen moest nog maar net zijn opgehouden, want van de berk vielen af en toe nog druppels. Ze had nauwelijks geslapen en toen ze in de spiegel keek, vond ze dat je dat aan haar kon zien.

Ze haalde de doek van Pavarotti's kooi. Ook hij zag er enigszins verfomfaaid uit. "Kijk me niet zo aan, ik had het me ook anders voorgesteld", zei ze. Ze trok een badpak en badjas aan en verliet haar kamer.

Zodra de glazen deur opzij gleed, was het ruisen van de watervallen te horen. Het rook er naar stoom en chloor. Het thermale bad was leeg, maar uit het zwembad dook een hoofd met een nauwsluitende citroengele badmuts op en weer onder, op en onder. Aan een van de verchroomde haken naast de glazen douchecabines hing een badjas. Sonia hing die van haar ernaast en ging douchen. Toen ze eronder vandaan kwam, klom net Barbara Peters uit het zwembad, die haar badmuts met een soepele handbeweging van haar hoofd trok en haar haar schudde. "Goed geslapen?"

"Het gaat."

"De verandering van lucht. Bij mij duurt het drie dagen."

Barbara Peters zag eruit als een kandidate van een missverkiezing die zeker was van haar overwinning na de badpakkenronde. Ze lachte vrolijk: "Als ik u was, zou ik het vandaag rustig aan doen. Een beetje de omgeving verkennen, met de vogel gaan wandelen, een stoombad nemen, slapen en eten. In de Steinbock kun je trouwens lekker eten. Maak er een mooie dag van, u ziet er een beetje moe uit. U hebt immers nog drie dagen de tijd voor de eerste gasten komen."

Sonia wachtte tot ze door de deur was verdwenen. Toen liep ze om het zwembad heen en liet zich zachtjes in het thermale bad zakken.

Ze dobberde in het warme water tot ze de tijd vergat. Daarna hulde ze zich in een warm badlaken uit een verwarmde kast en ging op een van de ligstoelen in de relaxruimte liggen. In een grote granieten kubus midden in de ruimte was een zoutwateraquarium aangebracht, waarin clownsvissen en Chinese danio's gelaten rondjes zwommen. Een onzichtbare verstuiver parfumeerde de lucht met etherische oliën en uit verborgen luidsprekers klonk zachtjes Aziatisch aandoende meditatiemuziek. Misschien was het toch geen vergissing geweest om hiernaartoe te komen, dacht Sonia voordat ze in slaap viel.

Reto Bazzel manoeuvreerde de Mitsubishi Pajero uit achtentachtig voorzichtig over de glibberige landweg die van het erf van Wenger naar de hoofdstraat leidde. De tankwagen had ruimte voor achtenvijftighonderd liter melk en was voor twee derde gevuld. Uit de boxen klonk *Rat race* van Bob Marley.

Reto was melkrijder, een baan die zijn vader voor hem had be-

dacht. Hij had de laatste acht melkboeren van de streek voorgerekend hoeveel gemakkelijker, goedkoper en kwalitatief beter het zou zijn om de melk op te slaan in koeltanks op het erf en iedere dag te laten ophalen, in plaats van er tweemaal per dag met de tractor mee naar een verzamelpunt te rijden. De boeren hadden, de een na de ander, opslagtanks aangeschaft en zijn vader had deze tweedehands tankwagen gekocht. Sindsdien was Reto verantwoordelijk voor het ophalen van de melk in Val Grisch. Niet echt een droombaan.

Maar beter dan de meeste banen die hij de laatste jaren had uitgeprobeerd. Hij had een agrarische opleiding gedaan, met examen en al. Toen had zijn vader hem geen keus gelaten. Maar nog in de nacht van zijn laatste schooldag had hij zijn koffer gepakt en was vertrokken. Tot nooit meer ziens, had hij tegen zijn vader geroepen.

Dat was eenentwintig jaar geleden. Acht of negen keer was hij sindsdien tot nooit meer ziens vertrokken. De laatste keer bijna vier jaar geleden. En nu was hij de melkrijder van Val Grisch.

Hij sloeg de hoofdstraat in, nog altijd voorzichtig. Rijden met modderige banden op nat asfalt was als rijden op gladgewreven ijs.

Op de dorpsstraat haalde hij een vrouw in die hij niet kende. Ze droeg een groene paraplu met de tekst HOTEL GAMANDER. Hij zag haar slechts kort van opzij en daarna nog even in de achteruitkijkspiegel. Lang, zwart haar, slank. En, voor zover hij dat vanaf deze afstand kon beoordelen, aantrekkelijk. In elk geval liep ze op de manier waarop vrouwen lopen die weten dat ze aantrekkelijk zijn.

Een gast kon ze niet zijn, het hotel ging pas zaterdag open. Dus hoorde ze bij het personeel. Precies zoals hij had gehoopt. Het nieuwe hotel Gamander zorgde voor wat vers bloed in dit godverlaten oord. Reto zette de muziek harder en ging wat sneller rijden.

In het begin van haar huwelijk had Sonia de kerstdagen altijd in het Engadin doorgebracht, maar wel in het mondainere deel. Frédérics ouders hadden een huis in St. Moritz en het was traditie dat ze de feestdagen daar gezamenlijk doorbrachten. "Wanneer komen jullie?" vroeg haar schoonmoeder elk jaar op z'n laatst vlak na de zomer.

Er waren sowieso veel tradities in de familie van Frédéric. De verjaardag van zijn moeder werd altijd met een tuinfeest in de Beeren-

straße gevierd. De Beerenstraße was het ouderlijk huis, een kapotgerenoveerde villa met uitzicht over stad en meer. "We zijn zondag in de Beerenstraße", placht Frédéric haar mede te delen, of: "Ik ga na het werk vlug nog even langs de Beerenstraße."

In de tuin van deze Beerenstraße werd bij iedere weersgesteldheid het verjaarsfeest van maman gevierd, steeds op de eerste zondag na de eigenlijke datum, achtentwintig juli. Frédéric en zijn beide broers en hun gezinnen moesten hun zomervakantie erop afstemmen. Traditie.

Ook moederdag had zijn tradities. Paps nodigde hen uit in het Imperial, steeds aan dezelfde tafel. En altijd kregen ze asperges met rauwe ham, kalfsfilet met verse morieljes en aardbeiengebakjes. En daarna gingen ze naar de Beerenstraße, waar vader, zoons en schoondochters zoveel bloemen hadden laten bezorgen dat het wel een rouwkapel leek. Ze bleven altijd tot na de thee en mamans zelfgebakken, onovertroffen marmercake.

De eerste barst in de traditie wist Sonia te bewerkstelligen door te eisen dat ze oud en nieuw thuis zouden vieren. Met of zonder Frédéric, zoals ze had gedreigd. Die gaf uiteindelijk toe en nam wraak door de hele oudejaarsavond bijna niets te zeggen en om twaalf uur een halfuur lang met zijn moeder aan de telefoon te hangen. Daarna bracht ze elk jaar steeds een paar andere Forster-tradities ten val. En uiteindelijk ook de laatste, die eruit bestond dat een Forster onder geen enkele voorwaarde zou scheiden.

In St. Moritz was ze nooit mensen tegengekomen die er echt woonden. Of ze had ze niet als zodanig herkend. Ze gingen net zo gekleed als de vakantiegasten en reden in dezelfde grote terreinwagens. Maar iedereen die ze hier zag, woonde hier ook. Ze groetten met onoprechte hartelijkheid of deden alsof ze haar niet zagen, om haar daarna stiekem te observeren.

De aanblik van Val Grisch werd beheerst door oude Engadiner huizen, waarbij de ramen, die diep in de dikke muren waren aangebracht, rondom waren versierd met sgraffito. Op de vensterbanken prijkten geraniums en petunia's. Alsof men het dorp niet al te aantrekkelijk had willen maken voor het toerisme, was deze idylle in de laatste vijftig jaar opgezadeld met een paar architectonische gruwelijkheden. Hier een gemeentehuis, daar een brandweerkazerne en verderop een appartementencomplex in zogenaamd lokale stijl.

Sonia ging restaurant de Steinbock binnen, dat haar door Barbara Peters was aanbevolen. Het stond aan het dorpsplein, voor zover je de verbreding in de hoofdstraat zo kon noemen, tegenover de kerk en naast de met geraniums volgehangen dorpsfontein. Op een witgele lichtbak stond in grote letters CALANDA BRÄU en daaronder, kleiner, STEINBOCK. Het zag er binnen precies zo uit als ze had verwacht. Houten tafels met banken, krukken en smeedijzeren lampen onder de glazige blikken van gemzen, reeën, herten en steenbokken.

Aan de stamtafel hielden een paar kaartspelers ineens hun mond. Een jong meisje in een strakke, lage spijkerbroek en met een navelpiercing kwam achter de bar tevoorschijn en zei: "Gaat u maar ergens zitten."

Sonia ging aan een tafel bij het raam zitten en bestelde thee.

"Wat voor thee?" vroeg het meisje.

"Zwarte."

Ze liep naar de bar en kwam terug met een kaart. "De theekaart." En inderdaad, de Steinbock had een theekaart met vier pagina's thee, van Assam via Oolong tot Gunpowder en van frambozenblaadjes via gember tot rooibos. Sonia bestelde oranjebloesemthee en kreeg een kannetje met een porseleinen filter vol geurige oranjebloesem.

Ook de menukaart vond ze verrassend. Behalve de standaardgerechten als *Bündnerteller*, *Käseschnitte*, Salsiz en gerstesoep hadden ze *Pizokel* met Thaise basilicum, *Capuns* met kreeftenvulling en hertencurry. Sonia nam zich voor hier een keer te gaan eten zodra ze iemand had gevonden die met haar mee wilde. Ze at niet graag alleen in restaurants.

De kaartspelers hadden maar kort gezwegen. Nu lieten ze zich weer horen. Ze begeleidden hun slagen met triomfkreten en hun verliezen met vloeken en gedroegen zich als schooljongetjes die indruk probeerden te maken op de meisjes.

Toen Sonia iemand van het personeel riep, stond een van hen op en kwam bij haar tafel staan. Een dikke man met een grijzende baard, helderblauwe ogen met zware oogleden en bruine traanzakken. "Ja?"

"Ik wil graag betalen."

"Dat kan ook bij mij."

Sonia betaalde haar thee. "Veelbelovende kaart", merkte ze op om het ijs te breken. "Bent u de kok?"

"De eigenaar." Meer zei hij niet.

Sonia gaf niet op. Tenslotte zou ze de komende maanden hier doorbrengen. "Ik werk in hotel Gamander."

"Zo zo. In hotel Gamander." Hij viste een handvol munten uit zijn broekzak en telde Sonia's wisselgeld uit op de tafel. "In hotel Gamander, zo zo", mompelde hij nog een keer voordat hij naar zijn kaarten terugkeerde.

De regen was wat minder geworden. Hij kwam niet meer loodrecht naar beneden, maar verstoof in de koele berglucht. In plaats van naar het hotel liep Sonia verder door het dorp, tot een gele wegwijzer met het opschrift ALP PETSCH, 2 UUR. Die kant ging ze op.

In het begin was het straatje nog geasfalteerd. Het leidde langs een paar boerenhuizen, waarvan de stallen en schuren waren verbouwd tot garages en woonruimtes. Sommige hadden bordjes. VAKANTIEWONING TE HUUR of: ABITAZIUN DA VACANZAS! En heel af en toe lag er een mesthoop voor de deur en was door de open stalramen het stampen en snuiven van het vee te horen.

Sonia liep snel en was algauw buiten adem. Bij haar nieuwe leven hoorde ook dat ze haar conditie terug wilde krijgen. Toen ze nog als fysiotherapeute had gewerkt, had het bij haar beroep gehoord om in vorm te zijn. En later, toen Frédéric haar had overgehaald om te stoppen met werken, was ze fit uit verveling. Ze trainde regelmatig in een club, alleen omdat ze niet wist wat ze met haar tijd aan moest. En toen haar dat ook ging vervelen, begon ze met yoga. Daar had ze Peter leren kennen, haar eerste slippertje. Toen ze met hem stopte, was het ook voorbij geweest met de yoga. Vanaf dat moment was haar leven steeds minder saai geworden. En steeds ongezonder.

Het straatje veranderde in een landweg met een begroeide middenstrook. In de rijgeulen stonden plassen die ze steeds moest ontwijken. Algauw waren haar zwarte Hogans doorweekt. Ze had geen schoenen die geschikt waren voor dit terrein en ze zou er niet omheen kunnen in de enige sportzaak van het dorp een paar wandelschoenen te kopen.

Ze had de paraplu ingeklapt en gebruikte hem als wandelstok. Door de fijne regen plakten glimmende slierten haar aan haar voorhoofd en wangen. Ze had zich nog geen moment zo goed gevoeld sinds haar aankomst in Val Grisch.

De begaanbare weg eindigde bij een kleine steengroeve die niet meer in bedrijf was en nu werd gebruikt als parkeerplaats. Hier begon een pad dat net breed genoeg was om twee mensen elkaar te kunnen laten passeren. Het liep een stuk over een wei en ging langzaam omhoog.

Aan de horizon werd de mist een ondoordringbare muur. Toen ze dichterbij kwam, werden de omtrekken van bomen zichtbaar. Ze kwam in een licht dennenbos en bleef staan. De fijne motregen viel onhoorbaar naar beneden. Geen vogelgeluid, geen gekraak, geen geritsel. Uit het tapijt van gras, mos, korstmossen en lage struiken rezen grijze, natte boomstammen op, die weer verdwenen in de laaghangende, wazige mistdeken. Het rook naar nat mos en schimmelig hout.

Sonia liep verder. De weg ging met nauwe bochten steil omhoog. Ze rende, gleed en strompelde omhoog, alsof dit, wanneer ze maar snel genoeg liep, de enige gelegenheid was die ze kreeg om zichzelf ver achter zich te laten.

Buiten adem bereikte ze het einde van de klim. De weg beschreef een wijde bocht en leidde haar naar de bosrand. Daar stond een bank van twee gehalveerde boomstammen, waarin SOCIETÀ DA TRAFIC VAL GRISCH stond gebrand. Ze ging hijgend zitten, zonder eerst de druppels van de zitting te wissen.

Voor haar lag een wei, die licht hellend onder het mistgordijn verdween. Met mooi weer had je hier vast een prachtig uitzicht over het dal en op de tegenoverliggende bergketen.

Langzaam kwam Sonia weer op adem. En plotseling merkte ze de verandering.

Het gras, dat daarnet nog wazig groen was, was nu helder als jonge spinazie. De kleurloze stippen en vlekken waarmee de wei bespikkeld was, waren veranderd in hemelsblauwe veldsalie, sneeuwwitte margrieten en zachtroze adderwortel. Door een spleet in het mistdoek kwamen een paar zonnestralen, die het natte gras en de bloemen lieten glinsteren als de etalage van een juwelier.

En toen zag Sonia de regenboog. In de onzekerheid van de mist ontstond hij in vage tinten, groeide uit tot een trotse halve boog in de volle kleuren van het spectrum en verdween heel hoog in het grijs van de regenachtige middag.

Het paars voelde aan als een katje van een boswilg, het blauw als een schroefdraad, het groen als een gepolijste kiezelsteen, het geel

als een hoekig stuk schuimrubber, het rood als de binnenkant van haar wang wanneer ze die met haar tong aanraakte.

Maar het vreemdst aan deze regenboog: helemaal aan de rand, naast het roodste rood, daar waar het spectrum ophield, bevond zich nog iets. Een smalle streep van een kleur die ze nog nooit had gezien en waar ze geen naam voor kon bedenken. Hij was maar zwak, maar Sonia wist zeker dat ze zich niet vergiste. Hij zag eruit als de geur van koriander en voelde aan als mollenvel.

Een paar stille ogenblikken was alles betoverd: de wei, de mist, de regenboog en Sonia zelf.

En net zo plotseling als het was opengegaan, sloot het gat zich weer en doofden de zonnestralen. Er kwam weer een grauwsluier over de wei te liggen, de regenboog was verdwenen.

Maar waar hij geweest was, glom nog heel even het smalle reepje van de kleur die niet bestaat.

Sonia stond op van de bank en ging dezelfde weg terug. Langzaam en voorzichtig, zodat ze de betovering kon vasthouden.

Anna Bruhin selecteerde de overrijpe vruchten en deed ze in een Tupperwaredoos. Zo maakte ze van elf bakjes niet meer geheel verse aardbeien acht bakjes verse. De doos legde ze in de koelkast in de achterkamer, de bakjes gingen terug naar de etalage. Ze haalde het bord van buiten en veranderde de tekst in: ALLEEN VANDAAG: AARDBEIEN! Misschien kon ze daarmee nog een paar klanten uit de postauto van zes uur lokken.

Een jonge vrouw kwam de dorpsstraat ingelopen. Ze had haar al een keer gezien. De afgelopen drie dagen was er hotelpersoneel aangekomen. Degenen die niet met hun eigen auto kwamen, werden met de hotelkoets van het station afgehaald. Waar had je nou een hotel waarvan het personeel met een koets werd afgehaald?

De vrouw die eraan kwam, was een van hen. Ze had een dichtgeklapte paraplu in haar hand en was helemaal doorweekt. Haar zwarte broek was smerig tot op haar knieën en de kleur van haar schoenen was door de modder niet meer te herkennen. Ze liep langzaam, met een gelukzalige gezichtsuitdrukking, en leek de regen niet op te merken.

Anna Bruhin riep een vrolijk "*Allegra!*" naar haar. Misschien was ze gestoord, maar het was wel een potentiële klant.

Maar ze kreeg geen antwoord. De vrouw deed alsof ze lucht was.

Zonder haar een blik waardig te keuren, liep ze haar voorbij, op nog geen twee meter afstand.

Daar kom je niet ver mee, meisje, dacht Anna Bruhin. Verwaande types, daar houden we hier niet van.

Sonia lag in bad. Ze had haar ogen gesloten en telde de druppels die op grote afstand van elkaar uit de ouderwetse kranen in het badwater vielen. Ze was bij driehonderdtweeënveertig. Eerst had ze bij honderd uit bad willen stappen. Daarna had ze de termijn verlengd tot tweehonderd, toen tot driehonderd en uiteindelijk tot driehonderdvijftig.

Iedere keer dat ze het beeld van de regenboog opriep, kon ze de kleuren voelen en voelde ze de betovering weer. En iedere keer dat het gevoel wegebde, werd het afgelost door een groeiende onrust.

Sinds die nacht in de Meccomaxx werd ze door deze hallucinaties achtervolgd. Ze had gehoopt dat ze die achter zich kon laten zoals haar meubels, maar ze leken nu nog intensiever te worden. Wat was er met haar aan de hand? Was ze gek aan het worden? Was ze al te ver heen? Had ze blijvende schade opgelopen door haar levenswandel van de afgelopen maanden?

Driehonderdzesenveertig.

Was het te laat voor een nieuw begin? Moest ze morgen maar weer vertrekken? Het verzoek van Frédérics advocaat tekenen en zelf in psychiatrische behandeling gaan?

Vijfhonderd.

Ze hield op met tellen. Maar ze stond niet op. Ze zou net zolang blijven zitten tot het water te koud was geworden. Meteen verbood ze zichzelf om er nog warm water bij te doen.

Misschien had ze zichzelf overschat. Ze was niet zo sterk als ze zich voordeed. Misschien moest Frédéric maar winnen. Dan zou hij haar misschien met rust laten. Hij was, net als alle slechte verliezers, een grootmoedige winnaar.

Ze opende haar ogen. Inmiddels was het donker geworden. Een van de spots die de gevel van het hotel verlichtten, wierp wat licht door het raam. Ze zag de vogelkooi en het silhouet van Pavarotti. Hij stond op één pootje, zijn kopje in de veren op zijn rug gestoken, en hij sliep.

Sonia deed er nog wat warm water bij.

Ze schrok wakker door het rinkelen van een telefoon en meteen stond ze druipend in de badkuip. Haar hart bonkte als een razende. Sonia klom uit het bad, hulde zich in het badlaken, liep haar kamer in en nam op.

"Sliep je?" Het was de stem van Malu.

"Ik lag in bad."

"Zal ik later terugbellen?"

"Ik ben er nu toch al uit."

"Waarom reageer je niet op mijn sms'je?"

Het schoot Sonia te binnen dat ze na het avondeten met haar nieuwe bazin haar mobiele telefoon niet meer had aangezet.

"Mijn mobiele telefoon staat uit."

"Waarom?"

"Omdat ik ben vergeten hem weer aan te zetten. Wat wil je?"

"Weten hoe het met je gaat."

"Goed."

"Echt? Zo klink je niet."

"Hoe klink ik dan?"

"Zoals je klinkt wanneer je je klote voelt."

Sonia keek de kamer rond. De deur van de overvolle kledingkast stond open. Op de stoel stond een van haar koffers. Op de grond lagen her en der natte, vuil geworden kledingstukken. "Een beetje moe, dat is alles."

"Moe waarvan?"

"Van het hoogteverschil. En de wandeling."

"Wandeling? Bij ons plenst het."

"Ik bedoel maar."

"En? Hoe is je kamer?"

"Leuk."

"Dat klinkt minimaal."

"De badkamer is enorm."

"En de mensen?"

"Ik denk wel oké."

"En het eten? Mijn god, moet ik alles vragen?"

"Er is in het dorp een restaurant met een Reto-Aziatische keuken."

"Reto-Aziatisch?"

"Hertencurry, pikante reesaté met pindasaus."

"Klinkt smerig."

"Vind ik niet ... Er wordt geklopt. Ik moet stoppen."

"Wie klopt er dan?"

"Geen idee."

"Bel me terug."

"Oké."

"Doen, hoor."

"Doe ik."

Sonia hing op. Ze ging weer naar de badkamer, trok de stop uit het bad, legde de doek over de vogelkooi en deed het licht aan. Ze wierp een blik in de spiegel. Misschien moest ze eens wat aan haar haar gaan doen.

3

De mist hing nog steeds laag, maar het was opgehouden met regenen. Vanaf het huis van Gian Sprecher kon je nu tot hotel Gamander het dal in kijken. Hij zat op het bankje voor de stal en hield de oude militaire veldkijker voor zijn ogen.

Sinds gisteren arriveerden er gasten. Een paar minuten geleden een Renault Espace. Er stapten een man en een vrouw uit en drie, nee: vier kinderen. Dure grap, met vier koters in zo'n paleis. De Joegoslaaf liep naar hen toe, met pet en schort, helemaal zoals het hoort. De vader opende de achterklep en begon uit te laden. De Joegoslaaf hielp een beetje. Maar de vader droeg de zwaarste koffers. Als ik hem was, zou ik geen vinger uitsteken, voor meer dan driehonderd frank per kamer. Per dag!

De hele familie liep met bagage te zeulen. Vanaf de ingang kwam die jonge vrouw hun tegemoet. Ze wees op de Joegoslaaf en zei iets. Waarschijnlijk dat hij ervoor betaald werd om de koffers te dragen. De gast lachte en antwoordde iets. Waarschijnlijk dat de koffers helemaal niet zwaar waren. Nu zette hij ze neer en gaf de jonge vrouw een hand. De Joegoslaaf had intussen twee koffers naar binnen gedragen en kwam weer naar buiten om die van de man te halen.

Sprecher deed de veldkijker weer in het beduimelde leren etui en hing hem aan de spijker in de staldeur. Toen begon hij met uitmesten. Hoofdschuddend.

Al tijdens de effleurage was het haar duidelijk dat madame Lanvin haar tegenstond. Effleurage is de techniek waarmee men een klassieke massage begint en eindigt. En een klassieke massage was het enige wat ze vandaag kon opbrengen. Voor haar specialiteit, de combinatie van klassieke massage met shiatsu, voelde ze zich niet goed genoeg. Dat was de eerste les van haar shiatsumeesteres geweest: als je niet in je *hara* bent, kun je geen shiatsu geven. En Sonia was allesbehalve in haar hara. Ze had gedroomd dat iemand haar van een waterval naar beneden had gegooid. Ze had zich vast-

geklampt aan een tak, terwijl het water met donderend geraas verdween in de diepte onder haar, en ze merkte dat ze aan kracht verloor. Toen ze met een gil wakker werd, ging het geraas verder. Het duurde even voor ze doorhad dat het de wind was, die door de bladeren van de berk voor haar raam waaide.

Daarna had ze lang wakker gelegen en had ze aan haar eerste behandeling gedacht. Morgen, vier uur, madame Lanvin.

Sonia had al jaren geen massage meer gegeven. Afgezien dan van het masseren van Frédéric, maar dat was in de loop van hun huwelijk steeds zeldzamer geworden. Normaal zou dat niet zo erg zijn. Ze zou kunnen doen alsof. De patiënten merkten het meestal niet. Maar iemand die speciaal uit België was gekomen en meteen voor de eerste dag een behandeling had geboekt, liet zich waarschijnlijk vaker masseren. Die liet zich vast niets wijsmaken.

Tot het moment dat de berkentakken een duidelijke vorm hadden aangenomen en de vogels begonnen te zingen, had Sonia de beelden van de basistechnieken uit haar leerboek van vroeger opgeroepen. Toen was ze in een onrustige slaap gevallen, waaruit ze veel te vroeg en geradbraakt wakker werd.

Madame Lanvin lag op haar buik en was tot halverwege haar lichaam bedekt met een badlaken. Sonia had haar vingers gespreid boven het zitvlak gelegd, links en rechts van de wervelkolom, en maakte de patiënte nu met krachtige streken over rug en schouderbladen vertrouwd met haar handen.

Maar madame Lanvin had dwars over haar rug een diepe, rode afdruk van haar bh. Om de een of andere reden kon Sonia die plek niet aanraken. Net als vroeger, toen ze als klein meisje onder geen enkele voorwaarde de voegen tussen de stoeptegels mocht aanraken.

Ze streek aarzelend beide handen naar boven. Vlak voor de afdruk tilde ze ze op en aan de andere kant legde ze ze weer neer. Zo ging het nog wel.

Vroeger was haar dat nooit overkomen. Ze wist wel uit haar opleidingstijd dat er mensen waren die een afkeer hadden van patiënten. Een paar studiegenotes hadden hun opleiding daarom na het eerste semester afgebroken. Maar zelf had ze er nooit problemen mee gehad.

Madame Lanvin was geen afstotelijke verschijning. Ze was iets

over de veertig, niet dik en niet mager, niet onverzorgd of onge-
zond. Ze had geen huidproblemen en ook geen onaangename
lichaamsgeur. Het waren alleen deze rode textielafdruk en de
scherpomlijnde afdruk van een bh-sluiting op de bleke, van olie
glimmende huid waar Sonia moeite mee had. Ze deed haar ogen
dicht en probeerde madame Lanvin weg te denken.

Maar die zuchtte een keer zachtjes en tevreden en toen was ze er
weer. Sonia dekte haar rug af en ontblootte haar benen. Ze legde
haar beide handen op de enkels van de vrouw en streek over kuit
en knieholte tot bovenaan het dijbeen. Daar voelde ze de stoppels
van de weer aangroeiende beenbeharing en ze trok haar handen
weg alsof ze een elektrische schok kreeg.

"Heb jij dat ook weleens, dat je walgt van patiënten?"

"Alleen van patiëntes", grinnikte Manuel.

"Dat had ik vroeger nooit. Ik kon dat scheiden. Natuurlijk had ik
weleens iemand die ik niet mocht, maar dan had ik er toch geen
moeite mee om die aan te raken."

In de personeelskamer van het wellnessgedeelte bevonden zich
een paar kasten, een toilet, een douche, een wastafel, een koelkast,
een gootsteen, een keukentje en een televisie. In het midden van de
kamer stond een tafel met zes stoelen. Daar zaten Sonia en Manuel
thee te drinken. Er was niet veel te doen. Er waren tot nu toe twaalf
gasten gearriveerd en behalve mevrouw Lanvin had nog niemand
zich laten behandelen.

"Als ze stinken, vind ik het wel moeilijk. Ik heb weleens iemand
onder de douche gestuurd."

"Maar zij stonk niet. '1000', Jean Patou. Ik kon haar gewoon niet
aanraken. Ik vond haar weerzinwekkend."

"Hoe lang heb je niet gewerkt?"

"Zes jaar."

"Dan ben je er gewoon niet meer aan gewend om vreemde mensen aan te raken."

"Bedoel je dat ik dit nu bij iedereen zal hebben?"

"Ik ken iemand die dit beroep moest opgeven. Om deze reden.
Nu is hij vuilnisman." Manuel moest vreselijk lachen. Sonia glimlachte mee.

"Ik vroeg aan hem of het beter ging. Nee, zei hij, maar nu kon hij
handschoenen dragen." Hij lachte weer.

Op de avond na de regenboog was Sonia in haar kamer gebleven. Maar de volgende ochtend had ze zichzelf bijeengeraapt en was ze naar het ontbijt in het personeelsrestaurant gegaan. Daar was ze met Manuel aan de praat geraakt en omdat ze zich alle twee een beetje eenzaam voelden, hadden ze vriendschap gesloten.

"Maar nu even serieus: als je haar niet kunt aanraken, neem ik haar wel. Het maakt mij niets uit."

"En wat zeg ik dan tegen haar?"

"Niets. De volgende keer ben ik er gewoon. Klaar."

"En als ze naar mij vraagt?"

"Doet ze niet."

"Hoe weet je dat zo zeker?"

"Omdat ik haar wel kan aanraken."

In haar mobiele telefoon stond een nieuw bericht.

```
wat doe je
reto-aziatisch eten
alleen
met collega's en jij
hanspeter
nog steeds
weer
groetjes
```

Bij het buffet was een kleine schuifdeur in de grenen betimmering gemaakt, waar het keukenpersoneel de gerechten doorheen schoof. Vandaar was een deel van de gelagkamer te overzien.

Peder Bezzola zette zijn koksmuts af, opende de schuifdeur en boog voorover naar de opening. Hij moest de gasten zien die rode hertencurry, gemssaté en gesauteerde *Mistchratzerli* met gember en gele pepers hadden besteld. Het waren twee vrouwen en een man. Gasten of personeel van hotel Gamander. Eerder personeel, want een van de vrouwen was hier al een keer geweest toen het hotel nog niet open was, had hij gehoord van Nina, die haar had bediend.

Hij keek hoe de knapste van de twee de wijn proefde. Je kon zien dat ze dat niet voor het eerst deed. Ze draaide het glas snel rond, rook eraan, hield een kleine slok even in haar mond en knikte toen. Allemaal heel terloops en losjes.

Hij deed de schuifdeur weer dicht en ging aan het werk.

Ze hadden maar één gespreksonderwerp: het raadsel Barbara Peters. Michelle Kaiser, de receptioniste, was al twee weken eerder gekomen om het seizoen voor te bereiden en wist daarom meer dan Sonia en Manuel. Ze maakte een beetje misbruik van deze voorsprong en het duurde tot het *Bündner Trockenfleischtrio* met bosbessenchutney tot ze hun achterstand hadden ingehaald.

Barbara Peters woonde alleen in haar toren van Raponsje. Zo noemde Michelle het appartement dat de bazin in een van de twee torens had ingericht. Exclusief ingericht, zoals Michelle te verstaan gaf. Het enig mannelijke wezen dat er binnengelaten werd, was Bango, haar antiautoritair opgevoede cockerspaniël.

De hoteleigenares kwam niet uit de branche. Haar vakkennis was gering. Maar ze had op kantoor, in de keuken en voor de bedrijfsvoering goede mensen aangesteld. En zij, Michelle, verklaarde Michelle bescheiden, beschikte over de ontbrekende papieren die voor het leiden van een hotel nodig waren.

Het hotel kon ongeveer vijftig gasten hebben. Op dit moment bedroeg de bezetting vierenveertig procent, inclusief kinderen.

"Hoeveel mensen zijn dat?" vroeg Manuel.

"Tweeëntwintig dus", zei Michelle.

"Op hoeveel personeelsleden?"

"Zesendertig."

Manuel floot even. "We kunnen maar beter meteen om ons heen gaan kijken, Sonia."

Op de vraag waar Barbara Peters de miljoenen vandaan had gehaald voor de aankoop, verbouwing en bedrijfsvoering van hotel Gamander, kon Michelle geen antwoord geven.

"Van een bank kan het geld in elk geval niet zijn", stelde Sonia vast. "Een bank had een ondernemingsplan geëist."

"Kijk, iemand met verstand van banken", merkte Manuel op.

"Van bankiers", zuchtte Sonia.

Die avond zag Sonia meneer Casutt voor het eerst. Het was bijna halftwaalf, laat voor Val Grisch, toen ze terugkwamen in het hotel. Meneer Casutt zat achter de ontvangstbalie en had zo te zien net een dutje gedaan. Hij was de nachtportier. Niet altijd geweest. Hij had vroeger overdag gewerkt. En in grotere hotels dan hotel

Gamander. Dat hij naar de nacht was verbannen, had met drank te maken. Niet dat hij tijdens zijn werk had gedronken. Maar daarvoor en daarna wel. In de loop der jaren had dat zijn vermogen om namen te onthouden aangetast, een vaardigheid waar een portier van een groot hotel absoluut niet buiten kon.

Meneer Casutt was lang en mager, vierenzestig, met voor zijn leeftijd zeer donker en dik haar. Hij droeg een donkerblauw uniform, waarvan het vest door zijn gebogen houding enigszins slobberde. Hij beheerste behalve het Engels alle vier de talen van Zwitserland. Casutt was in deze streek geboren.

Hij kwam glimlachend op Sonia af en stelde zich voor. Michelle en Manuel maakten van de gelegenheid gebruik om zich in hun kamers terug te trekken.

Meneer Casutt leed onder de eenzaamheid van het nachtportier zijn en begon meteen een gesprek met Sonia. Hij wilde weten hoe het eten in de Steinbock was geweest en of hij het restaurant eventueel kon aanbevelen. Hij vroeg of ze al eens eerder in een hotel had gewerkt en hoe het haar beviel.

Elk antwoord dat ze gaf, was voor hem een voorzet voor een eigen verhaal. De Aziatische inslag van de Steinbock leidde naar een Chinees restaurant in Parijs, waar in de jaren zeventig in de vuilnisbakken tientallen lege blikjes hondenvoer waren gevonden. Haar eerste aanstelling in een hotel bracht zijn harde leertijd als ober in herinnering, waaraan hij op zijn vijftiende in een grand hotel was begonnen.

Casutt was geen slecht verteller. Aan zijn verhalen was te horen dat hij ze al vaak had verteld en steeds mooier had gemaakt. Hij wist wanneer hij een pauze moest inlassen en hoe hij de clou moest brengen. Alleen zijn glimlach, die de hele tijd onveranderd bleef, stoorde Sonia een beetje.

Ze zaten in de zithoek, die naast de grote ficus in de ontvangsthal stond. Het hotel was stil, alle gasten waren in hun kamers. Ze had zich laten overhalen om een slaapmutsje te nemen. Zij een biertje, de nachtportier een glas water.

Meer dan een uur lang hoorde ze zijn herinneringen en anekdotes aan, tot ze hem eindelijk welterusten kon wensen. Toen ze vanaf de trap een laatste blik in de hal wierp, stond hij weer achter de ontvangstbalie. Hij zag eruit alsof hij haar alweer vergeten was. Maar hij glimlachte nog steeds. Nu had ze door dat het geen glim-

lach was. Het was de grimas van een dodelijk vermoeide langeaf-
standsloper.

Zodra ze haar kamer binnenkwam, wist ze dat ze het niet alleen uit
beleefdheid had uitgehouden. Ze had het zo lang mogelijk willen
uitstellen om weer alleen te zijn in dit vertrek.
Ze zette de televisie aan. De herhaling van een talkshow, de herhaling van een spaghettiwestern, de herhaling van een politiek
item, de herhaling van het journaal. In het noordwesten van het
land liep iemand rond die bij drachtige koeien de uiers afsneed.

Toen ze haar ogen opsloeg, was het licht in de kamer. Sonia sprong
uit bed. Ze moest om acht uur beginnen.
Maar de klok wees pas een paar minuten voor zes aan. Ze mocht
nog even gaan liggen.
In haar hoofd heerste het verdoofde gevoel dat ze altijd na een
wilde nacht had. Maar gisteren was het geen wilde nacht geweest.
Een paar glazen wijn en twee biertjes met meneer Casutt. Misschien was dat een goed teken. Misschien was ze al zo ontgift dat ze
door zo'n avond als gisteren al gevloerd was.
Ze kruiste haar armen achter haar hoofd en fixeerde haar blik op
een knoest in de betimmering van het schuine dak. Een oude truc
om op een ochtend als deze wat helderheid in haar hoofd te krijgen.
Ineens begon de knoest te bewegen. Hij dreef als een stuk wrak-
hout over de betimmering heen. Sonia kneep haar ogen dicht en
deed ze weer open. De knoest bewoog nog steeds.
Er begon nog een knoest te bewegen. Hij gleed met dezelfde snel-
heid vanaf een andere kant naar hetzelfde doel: een grote knoest
helemaal boven in het schuine dak.
Dat was de enige knoest die niet bewoog. Alle andere werden
naar dit punt toe gezogen. Op een onzichtbare, stroperige vloeistof
stevenden ze erop af.
De eerste kleine knoest verdween in de grote. Hij draaide er een
keer omheen, zoals het schuim bij de afvoer van een badkuip, en
weg was hij.
Daarna de volgende. En de volgende. En nog een. Alle knoesten
van de betimmering werden door de grote knoest opgeslokt. Tot
alleen de grote knoest over was.

En toen kwam er beweging in de naden tussen de planken. Sonia zag dat zich binnen in de overgebleven knoest een enorme kracht moest bevinden. De twee naden die het dichtstbij lagen, kwamen in de greep van de knoest en werden naar binnen gezogen als zachtgekookte slierten spaghetti.

De ene naad na de andere viel ten prooi aan deze enorme zuigkracht en verdween slingerend in de ronde opening.

Het schuine dak was nu van een reinheid die Sonia nog nooit had gezien. Maar de kleur kende ze: het was de kleur die ze aan de rand van de regenboog had gezien.

Boven haar hoofd scheen, net zo doorzichtig als die middag, de kleur die niet bestaat.

Toen ze in de hal kwam, had de ficus geen bladeren meer.

De kale takken zaten als filigraan aan de dunne, lichtgrijze stam, en de zitgroep, waar Sonia met meneer Casutt had gezeten, was bedekt met het glimmende, altijdgroene gebladerte. Daarnaast zat de nachtportier met zijn groteske glimlach op zijn hurken, veegde de bladeren bij elkaar en deed ze in een grote vuilniszak.

"Die zaten er de afgelopen nacht nog allemaal aan", stamelde hij toen hij Sonia zag.

Ze herinnerde zich dat er een paar uitgevallen blaadjes op het tapijt hadden gelegen, maar daar had ze verder geen aandacht aan besteed.

"Toen u naar boven ging, ben ik even gaan liggen. En toen ik weer opstond ..." Hij wees hulpeloos op de blaadjes.

De aanblik van de ellendig aan zijn einde gekomen kamerplant had iets bedreigends. Een geraamte dat uit een pot omhoogstak.

De ontvangsthal zag eruit alsof er een misdrijf had plaatsgevonden: achter de ontvangstbalie stonden Barbara Peters en Michelle met ernstige gezichten te bellen, meneer Casutt leek sporen te verzamelen en nu kwam ook Igor nog binnen met een kruiwagen om het slachtoffer af te voeren.

Sonia wilde iets troostends tegen meneer Casutt zeggen, maar ze voelde dat ze geen woord uit haar mond zou krijgen en vluchtte naar het wellnessgedeelte.

Ze werd ontvangen door het ruisen van de watervallen en de geur van chloor en etherische oliën. Ze rende de trap af naar de personeelskamer en begon te huilen. Ze wist niet of ze huilde om

de plant, van eenzaamheid of om de hallucinatie na het ontwaken.

En er huilde nog iemand. Het klonk als een kind. Sonia snoot haar neus, droogde haar tranen, opende de deur en luisterde. Het huilen was wat zachter geworden. Ze liep de gang in. Het kwam uit een van de behandelkamers. Nu klonk het weer hard en wanhopig. Het was van een kind dat pijn had. Ze maakte zachtjes de deur open. Mevrouw Felix drukte met een geconcentreerd gezicht een kleine jongen op het massagebed. Ze hield hem stevig vast in een rare houding, waaruit hij zich tevergeefs probeerde los te maken. Er stond een mollige, jongere vrouw naast te kijken. Met een aparte glimlach. Opbeurend? Met leedvermaak? Hulpeloos?

De twee vrouwen keken nu geschrokken naar Sonia. Geen van beiden zei wat, alleen het kind huilde nog wanhopiger.

"Neem me niet kwalijk." Sonia deed de deur weer dicht.

De straat naar Val Grisch glom van de regen en van de bergketen waren alleen de uitlopers te zien. Hans Wepf stuurde zijn volkswagenbus met het opschrift WEPF TUINCENTRUM door de nauwe bochten.

Vanmorgen had de eigenares van hotel Gamander hem op zijn mobiele telefoon gebeld en hem praktisch bevolen om alles uit zijn handen te laten vallen. De ficus benjamin die hij haar zes weken geleden had geleverd, had in één nacht al zijn bladeren verloren. Ze verwachtte hem nog voor de middag met een nieuw en identiek exemplaar.

Hij had de hele tuin van hotel Gamander aangelegd en ook al het binnengroen gedaan. En hij had een eenjarig snijbloemencontract met de mogelijkheid van verlenging. Barbara Peters was een goede klant. Misschien niet zijn beste, maar beslist zijn mooiste.

Daarom had hij het toezicht op het werk aan de tuin van een andere klant overgedragen aan zijn voorman en in de kas naar een soortgelijke ficus gezocht. Hij had er uiteindelijk een gevonden die iets kleiner was. Als ze daar niet tevreden mee was, zou hij zeggen: maar deze heeft tenminste bladeren.

Nee, dat zou hij natuurlijk niet zeggen. Hij zou haar aanbieden deze hier achter te laten tot hij een grotere had gevonden.

In één nacht al zijn bladeren verloren. Dat had hij nog nooit gehoord. In één week misschien. Maar in één nacht? Tussen Storta en Val Grisch lagen drie haarspeldbochten. De tweede lag nu voor hem. Toen hij in hotel Gamander werkte, was de postauto hem hier een keer op de verkeerde weghelft tegemoetgekomen. Hij schakelde een versnelling lager en bleef zo ver mogelijk rechts rijden.

Net toen hij weer wilde optrekken, zag hij de Pajero. Die had de bocht afgesneden en reed recht op hem af. De chauffeur zag de volkswagenbus nu ook, remde en rukte zijn stuur naar rechts. Aan de terreinwagen zat een aanhangwagen met een tank, die heel langzaam begon te slingeren. Hans Wepf moest machteloos toekijken hoe de aanhangwagen op hem af kwam. Vlak voor de botsing zwaaide hij naar de andere kant en miste de volkswagenbus op een haar na. In de achteruitkijkspiegel zag Wepf de auto met zijn slingerende aanhangwagen in de bocht verdwijnen.

Hij had de motor laten afslaan. Hij startte hem weer en reed de bocht uit. Een stuk verder naar boven stopte hij aan de rand van de berm en keek naar de weg beneden zich, die bochtig het dal in kronkelde. Ergens rekende hij erop dat hij de Pajero met aanhangwagen naast de weg zou zien liggen, maar hij zag hem nog net achter een helling verdwijnen. "Klootzak", zei hij en hij reed verder.

"Het is heel normaal dat kinderen huilen tijdens een Vojtabehandeling!" Mevrouw Felix was de personeelskamer binnengestormd en keek Sonia strijdlustig aan.

"Weet ik. Maar juist dat vind ik er minder prettig aan." Sonia had tijdens haar opleiding kennisgemaakt met Vojtatherapie. Die werd vooral toegepast bij kinderen met motorische stoornissen en berustte op de wetenschap dat door bepaalde prikkelingen reflexen in de beweging opgewekt kunnen worden. En dat deze reacties versterkt kunnen worden door ze met de ene hand te veroorzaken en met de andere te onderdrukken. Toen Sonia de eerste keer moest toezien hoe een therapeut bij een huilend kind een duim tussen de ribben drukte en tegelijkertijd probeerde te voorkomen dat het kind wegliep, stond haar mening vast.

"Ik geef al meer dan twintig jaar Vojtabehandelingen en ik kan u honderden brieven van dankbare ouders laten zien. Honderden!"

"Ik vind het gewoon niet zo'n sympathieke methode."

Mevrouw Felix zocht even naar een antwoord. Toen riep ze uit: "En ik vind u ook niet sympathiek." En ze vertrok.

alles oke
alles nog erg nieuw
dat wilde je toch
en jij
alles nog steeds erg oud

Sonia liep heen en weer bij het zwembad en vond dat ze er belachelijk uitzag. Alleen de fluit ontbrak nog, anders was ze precies Gerbo, meneer Gerber, de gevreesde badmeester van het zwembad waar ze als kind het grootste deel van haar zomervakanties had doorgebracht. Ze had nooit durven dromen dat ze op een dag in witte kleding aan de rand van een zwembad zou lopen surveilleren en kinderen zou verbieden in het water te springen of te gillen.

En juist dat deed ze nu. Pascal, Dario en Melanie, de drie jongste kinderen van de familie Häusermann, verjoegen de verveling op deze regenachtige dag in het zwembad. Ze waren verschrikkelijk druk, terwijl Lea, die vijftien was, op een ligstoel in een tijdschrift lag te bladeren en zich van haar broertjes en zusje distantieerde. In het thermale bad stond de oude mevrouw professor Kummer bij een onderwaterstraal en iedere keer als het lawaai te hard werd, wierp ze Sonia een verontwaardigde blik toe. "Jongelui!" riep Sonia daarop streng en dan zakte het geluidsniveau even.

Als het aan Frédéric had gelegen, had ze nu minstens een kind van Pascals leeftijd gehad. In het tweede jaar van haar huwelijk, lang voordat ze zich aan de handen van de voortplantingsmedici hadden toevertrouwd, verraste Frédéric haar soms met erotische avonden. Candlelight, kaviaar en knuffelrock. Ze beschouwde deze gelegenheden als langdradige en naar haar mening overbodige pogingen om afwisseling aan te brengen in hun liefdesleven, maar ze speelde braaf mee. Tot ze een keer toevallig haar eisprong berekende en vaststelde dat die op de dag af samenviel met Frédérics schemerige avondjes. Ze rekende terug en was niet verbaasd dat het bij de vorige keren net zo was geweest.

Ze vond het nog steeds onzin, maar ook wel schattig en daarom maakte ze er bij het volgende candlelightdiner een grapje over. En toen bleek dat niet hij het was die het rekenwerk deed, maar maman.

Hij leverde de benodigde informatie en zij hield Sonia's cyclus bij! En tipte haar zoon op welke avond het weer zover was. Waarschijnlijk zat ze thuis in de Beerenstraße, proostte met haar man met een glaasje van die verschrikkelijke rosé van haar en duimde voor hen.

Sonia was ontzet en vond het walgelijk.

Ze wist niet wat erger was: dat haar schoonmoeder haar seksleven op afstand bestuurde of dat Frédéric niet wist dat hij het Sonia nooit, nooit, onder geen enkele voorwaarde had mogen vertellen. Ze werd door een harde plons uit haar gedachten gerukt. Dario had alweer een bommetje gemaakt. Hij nam een aanloop, sprong, trok zijn benen in, deed zijn armen eromheen en liet zich als een menselijke kogel in het water vallen. Sonia stond op van haar stoel, ging aan de rand van het bad staan, zette haar vuisten op de heupen en zei streng: "Dario, ophouden."

Dario klom uit het zwembad en mopperde: "Ik wilde er toch al uit gaan." Hij droogde zich af, legde het badlaken over zijn schouders en vertrok. Pascal en Melanie volgden hem, Lea bleef op de ligstoel liggen.

Sonia ging weer op haar stoel zitten en hield mevrouw Kummer in de gaten. Ze zou dadelijk tegen haar moeten zeggen dat ze het thermale bad maar beter kon verlaten en naar de relaxruimte moest gaan. Dat was beter voor haar bloeddruk.

De vorige keer dat ze dat had gedurfd, was de oude vrouw tegen haar uitgevaren: "Wat hebt u met mijn bloeddruk te maken?"

Professor Kummer behoorde tot de oude garde, zoals Barbara Peters het uitdrukte. Ze had in de kaartenbak van hotel Gamander gezocht of er nog levende mensen in zaten, had de gegevens geactualiseerd en de mensen aangeschreven. De respons was niet overweldigend geweest, maar de actie had toch een paar boekingen opgeleverd. Meneer en mevrouw Lüttger uit Hamburg, die hier sinds de jaren zestig nooit meer waren geweest; het echtpaar Lanvin, waarvan zij hier als kind de zomervakanties met haar ouders had doorgebracht; en de familie Häusermann, waarbij het de man was die het hotel nog uit zijn jeugd kende.

En professor Kummer dus. Ze moest tegen de negentig zijn, haar precieze leeftijd was niet uit de reservering op te maken. Net zomin als de herkomst van haar titel. Maar wel dat ze ook toen al in het gezelschap van juffrouw Seifert was geweest, die nauwelijks jonger

was dan de professor. Zij was ook deze keer weer van de partij en verdroeg de grillen, hatelijkheden en pesterijen van de oude vrouw met de deemoed van een arm familielid, wat ze misschien ook wel was.

Lea stond op van haar ligstoel, pakte haar spullen bij elkaar en vertrok. Mevrouw Kummer maakte echter geen aanstalten om het bad te verlaten. Ze stond bij een onderwaterstraal en gluurde steeds weer naar Sonia. Waarschijnlijk in de hoop dat Sonia zich weer met haar bloeddruk zou bemoeien.

Manuel kwam de trap op. "Wat is het hier stil, heb je de kinderen verdronken?"

"Het had niet veel gescheeld."

Hij ging op de stoel naast Sonia zitten en zweeg even. Toen, ineens: "Heb jij nooit kinderen gewild?"

"Ik?" Sonia was verbaasd. "Nee. Ja. Er was een periode dat ik ze wel wilde."

"En? Waarom heb je er geen?"

"Passagestoornissen."

"Wat zijn dat?"

"Hoe precies wil je het weten?"

"Ik snap het al."

Ze keken zwijgend naar de professor, die net van de laatste onderwaterstraal terugging naar de eerste. Manuel pakte de draad weer op. "Is er niets aan te doen?"

"Het hangt ervan af hoe graag je het wilt."

"Wilde jij niet graag?"

Sonia schudde haar hoofd. "Steeds minder graag."

"Ik begrijp het." Hij wees met zijn kin naar de oude vrouw bij de massagestraal. "Hoe lang zit zij er al in?"

"Te lang. Maar ik haal haar er niet uit. Ze zoekt alleen maar ruzie."

"Haal mevrouw Felix erbij. Ze is bang voor haar."

"Ik ook."

"Ah, joh. In wezen is ze heel aardig."

"Wist je dat ze hier een kind Vojtatherapie geeft?"

"Dat heeft ze me verteld. Ze heeft met de bazin afgesproken dat ze haar privépatiënten hier mag blijven behandelen."

"Heeft ze haar ook verteld dat de kinderen daarbij gillen als speenvarkens?"

"Verdorie!" Manuel rende naar het thermale bad en sprong erin. Sonia ging erachteraan. Van mevrouw Kummer was alleen nog haar rode badmuts te zien. Manuel tilde de drenkelinge op, tot haar hoofd weer boven water was. "Professor!" riep hij. "Hoort u mij? Verdorie, we moeten haar beademen." De oude vrouw opende haar ogen en liet triomfantelijk haar kunstgebit zien. "Dat zou u wel willen, hè?"

De glazen deur gleed open en Barbara Peters kwam binnen in het gezelschap van een roodharige man in een grijze overall. Hij had zijn hand in een servet gewikkeld. "Meneer Wepf heeft bijtend spul over zijn hand gekregen. Heeft iemand daar verstand van?"

Manuel liet mevrouw Kummer in het bad staan en ging brandzalf halen.

"Iemand heeft de ficus met zuur vergiftigd", legde Barbara Peters uit.

"Zwavelzuur", vulde Wepf aan. "Ruikt als een leeggelopen accu."

```
beatrice is gebotoxt
hoe ziet ze eruit
nog lelijker en jij
de ficus werd vermoord
wie
de plant in de hotelhal
vermoord
zuuraanval
door wie
geen idee
nogal ziek die bergbevolking
nogal
```

Yves Montand reed met een vrachtwagen vol nitroglycerine over een gevaarlijke bergpas. De radioactieve straling van de geheimzinnige supernova 1979C werd de afgelopen vijfentwintig jaar maar niet minder. Er was weer een verminkt slachtoffer van de dierenbeul gevonden.

Sonia zette de televisie af en deed het licht uit. Het was nog vroeg en ze was niet moe, maar ze wilde de knoesten niet meer zien. Ze zouden weer tot leven kunnen komen.

Ze luisterde naar de geluiden van de avond. Het zachte gerinkel als Pavarotti zich in zijn kooi verplaatste. Het gekraak wanneer iemand liep. Het geritsel wanneer de wind door de bladeren van de berk voor haar raam streek. De kerkklokken, die in de verte elk kwartier sloegen.

De geluiden werden weer zichtbaar. Het gerinkel van Pavarotti zag eruit als lichtgele noppen. De voetstappen waren grijsbruine dobbelstenen met vage contouren. Het geritsel in de bladeren gaf diagonale zilveren strepen, die met een bibberend penseel waren geschilderd. En de slagen van de kerkklok vervormden al deze beelden, zoals een golvend wateroppervlak de ondiepe bodem vervormt.

Sonia stond op, trok haar badjas aan en ging bij het raam staan. Ze voelde het laaghangende wolkendek en de steile rotswanden erachter. De wind voerde de geur van de mesthopen aan, die hier en daar nog voor de stallen lagen te dampen.

Niets gezelligs, niets vredigs. Alles koud en dreigend.

```
ik moet een volmacht voor de post hebben
waarom
een aangetekende brief
niet aannemen
de politie zal me dwingen
je weet niet waar ik ben
de politie voorliegen
dat zijn ook maar mannen
```

Met een grote opscheplepel schepte Sonia het hete mengsel van fango en paraffine uit de mengmachine en goot het op het blik. Langzaam als lava stroomde het uiteen, terwijl Sonia de lepel opnieuw in de machine doopte.

De geur deed haar denken aan haar tijd in Bad Waldbach. Daar had ze in het therapiecentrum een vervolgcursus gedaan en iedere dag fangobehandelingen gegeven. De meeste patiënten die ze had, verbleven in een van de drie luxehotels in het dorp. Vrouwen die gehoord hadden dat fango tegen cellulitis hielp. Mannen die tijdens het golfen op de nabijgelegen golfbaan een spier hadden verrekt.

In Bad Waldbach had ze ook Frédéric leren kennen. Hij had haar

aangesproken in een café in het dorp, waar ze uit eenzaamheid en verveling naartoe was gegaan. Ze had niet zoveel met haar collega's en vond in haar werk niet genoeg uitdaging. Ze wilde mensen helpen die echt hulp nodig hadden.

Ze had Frédéric twee drankjes laten betalen en op een gegeven moment had ze gezegd: "Ik kan die golfknulletjes niet meer zien, ik wil nu weleens een patiënt die echt wat mankeert." Twee dagen later lag Frédéric bij haar op het massagebed. Hij wilde een fangopakking. Hij had een spier verrekt. Bij het golfen. Dat had ze grappig gevonden en ze had de uitnodiging voor het avondeten aangenomen. Pas maanden later kwam ze erachter dat Frédéric daadwerkelijk een golfer was. Toen waren ze al verloofd.

Sonia verdeelde de zwarte vulkanische brij gelijkmatig over het blik en schoof het in de warmkast. Daarna begon ze een nieuw blik te vullen. Ze had de hele dag geen massageafspraak. En nog geen enkele keer sinds ze hier was, had iemand een fangobehandeling besteld.

Anna Bruhin zat met een puzzelboekje achter de toonbank. Ze had overtrekpapier over een van de kruiswoordraadsels gelegd en schreef de letters met een zacht potlood in de vakjes. Zo kon ze het boekje daarna nog verkopen. Ze kon het zich niet veroorloven steeds een boekje op te offeren.

Voor de winkel stopte een grote, stoffige limousine. De bestuurder stapte uit en ging de winkel binnen. Hij droeg een hoog dichtgeknoopt, grijs kostuum, dat haar aan een uniform deed denken. Hij sprak Italiaans en kocht een pakje Marlboro. Zodra hij had betaald, scheurde hij het cellofaan eraf, maakte het pakje open en haalde de sigaretten eruit. Op twee na. De rest legde hij op de toonbank en toen verliet hij de winkel.

Anna Bruhin ging naar de deur en keek naar buiten. Achter in de auto zat een oudere heer, die net op dat moment het pakje sigaretten kreeg aangereikt. Een chauffeur, dacht Anna, een geüniformeerde chauffeur. Ze deed de deur open en keek de auto na. Een Italiaans EU-nummerbord.

Anna Bruhin ging terug naar de toonbank, trok een la open en legde de achttien sigaretten in het doosje voor de losse verkoop.

Gian Sprecher reed op zijn knetterende eenassige tractor het dorp in. Bij de afslag naar Quatter kwamen hem midden op straat twee wandelaars tegemoet. Een jonge vrouw en een oude man. Toen ze hem hoorden aankomen, hieven ze hun hoofd op. Het was die vrouw van hotel Gamander.

Sprecher nam geen gas terug, ze hadden genoeg tijd om naar hun kant van de weg te gaan. Dat deden ze ook. In het voorbijrijden glimlachte de vrouw naar hem. Zonder het te willen, groette hij terug. Weliswaar met een miniem hoofdknikje, maar hij had teruggegroet.

Hij keek in zijn achteruitkijkspiegel of ze hem nakeken en kon nog net een zwarte auto ontwijken die stapvoets uit de bocht kwam. Dure slee, Italiaans nummerbord.

Sonia was de enige bezoeker van het wellnessgedeelte geweest. Ze had gezweet in het Romeins-Ierse bad en had twee kilometer gezwommen. En dat allemaal onder de afkeurende blikken van mevrouw Felix, die vandaag toezicht hield.

Nu haalde ze Michelle af bij de ontvangstbalie. Ze hadden afgesproken om het dorp in te gaan.

Bij de ingang van het hotel kwam Casutt hen in uniform en met pet tegemoet.

"Moet een nachtportier op dit tijdstip niet in bed liggen?" vroeg Sonia verbaasd.

"Niet als hij nodig is", antwoordde Casutt. Hij richtte zich tot Michelle: "Hier ben ik."

Michelle keek hem geamuseerd aan. "Dat zie ik. Maar waarom?"

"Om u af te lossen natuurlijk."

"Hoe komt u erbij dat ik afgelost moet worden?"

"Ik werd gebeld door het kantoor." Casutt verhief zijn stem iets. "Door het kantoor? Dat u mij moet aflossen?"

"Vraag het maar na."

Michelle verdween in de deuropening achter de ontvangstbalie. "Ik ben toch niet gek", zei Casutt tegen Sonia.

Michelle kwam hoofdschuddend terug. "Niemand van ons heeft gebeld."

"Jawel. Een man."

"Heeft hij zijn naam genoemd?"

"Nee. Alleen 'Hotel Gamander.'"

"Dan heeft iemand een grap uitgehaald. Gaat u maar rustig weer slapen, meneer Casutt."

"Leuke grap." Casutt zag er teleurgesteld uit. Sonia had medelijden met hem.

"Nu hij hier toch is, kan hij misschien de wacht houden tot wij gegeten hebben", stelde Sonia voor.

"Niet nodig. Als er iemand komt, kan hij bellen. Zo doen we het altijd."

Ze lieten de beteuterde meneer Casutt staan en gingen naar buiten. De lucht was grijs, rond de rotsen boven Val Grisch hingen mistflarden. Op de oprit parkeerde een zwarte Mercedes uit de S-klasse. In het stof op de rechterachterdeur had iemand geschreven: DE DUIVEL VAN MILAAN.

4

Onder aan Alp Petsch zag je niets van de toppen van de pijnbomen die zich tegen de bleke hemel begonnen af te tekenen. Op een heldere dag waren de contouren van de bergketen aan de rechterkant van het dal nu al zichtbaar geworden. In een paar stallen brandde licht en je kon het gerammel van melkbussen en het gezoem van melkmachines horen. Een haan kraaide droevig en in de verte kreeg hij antwoord van een soortgenoot.

In het hotel was alles nog donker. Alleen achter de ontvangstbalie brandde een klein leeslampje. Meneer Casutt was de hele nacht opgebleven. Niemand zou hem kunnen verwijten dat hij zijn werk niet plichtsgetrouw deed. Hij merkte aan de bazin en aan de collega's dat ze sinds het voorval met de plant en de mysterieuze oproep om overdag te komen werken, twijfelden aan zijn betrouwbaarheid. Hij was de afgelopen jaren een paar keer ontslagen en kende de voorboden daarvan. Hij zou geen aanleiding geven.

Sonia lag met open ogen in bed. Ze had een nacht zonder zinsbegoochelingen doorgebracht, was twee keer wakker geworden en meteen weer in slaap gevallen. Nu dwong ze zichzelf om wakker te blijven.

Ze werd niet veel wijzer over Barbara Peters. Miss Gamander, zoals Manuel haar had gedoopt. Ze stond vroeg op, trok iedere morgen haar baantjes, ging door weer en wind wandelen met Bango, at de speciaal voor haar gemaakte vegetarische gerechten en gedroeg zich verder ook alsof ze op een beautyfarm verbleef.

Dat het hotel hopeloos onderbezet was, leek haar niet te deren. Ze deed alsof hotel Gamander met zijn wellnesscomplex er was voor haar persoonlijk gerief, waar een handvol gasten royaal in mocht delen. Voor hen was ze een altijd stralende, maar gereserveerde gastvrouw.

Ook ten opzichte van het personeel bewaarde ze een vriendelijke distantie. Alleen Michelle, de receptioniste, mocht iets dichterbij

komen. In elk geval was Michelle de enige die haar tutoyeerde. Zelfs de aanslag op de kamerplant scheen haar vreemd genoeg koud te laten. Toen iemand haar voorstelde om de zaak aan te geven bij de politie, lachte ze en vroeg: "Als moord op een ficus?" Een man leek er in haar leven niet te zijn. Behalve de elegante, oudere Italiaan, die twee nachten in het hotel had doorgebracht en aanleiding gaf tot allerlei speculaties. Hij at bij Barbara Peters aan tafel en ze stelde hem voor als *il senatore*. Ze leken intieme vrienden te zijn, maar geen geliefden. Hij verbleef in een van de drie suites en zijn chauffeur was ondergebracht in een junior suite. Ze spraken Italiaans met elkaar, maar volgens de Italiaanse ober sprak Barbara Peters dat slechts gebrekkig.

Onder het personeel ging het gerucht dat il senatore te maken had met de financiële achtergrond van de bazin.

Sonia stond op en trok de gordijnen open. Er viel wat van het zwakke licht van de schemering in de kamer. Te weinig om de meubels en voorwerpen weer echt te laten lijken. Ze deed het licht aan, ging naar de badkamer, deed ook daar de plafondlamp aan en nam de doek van Pavarotti's kooi.

De vogel knipperde met zijn oogjes. Toen begon hij op zijn stokje heen en weer te trippelen.

"Tijd om te vliegen?" vroeg Sonia en ze maakte het deurtje van de kooi open. Pavarotti bewoog niet. Hij zou wachten tot Sonia zich had verwijderd en dan op een zelfgekozen moment de kooi verlaten. Of niet. In kringen van parkietenhouders werd één keer vliegen per dag aanbevolen. Maar Pavarotti leek genoeg te hebben aan één of twee keer per week. Ze was altijd blij als hij geen gebruik maakte van de open deur. Dan hoefde ze hem tenminste niet weer te vangen. Toen hij na tien minuten nog steeds in de kooi rondscharrelde, sloot ze het deurtje weer.

Pavarotti was altijd bij vrouwen geweest. Ze had hem al toen ze Frédéric leerde kennen. De vogel was meer dan tien jaar oud en was oorspronkelijk van een vriendin van haar. Die heette Caroline en zat bij haar op de fysiotherapieopleiding. Sonia had Pavarotti drie weken te logeren gekregen toen Caroline met vrienden een zeiltocht op de Middellandse Zee ging maken. Caroline zou het ook voor Sonia hebben gedaan, zei ze, alleen had Sonia geen huisdieren, laat staan een parkiet.

Caroline voer dus met haar vrienden rond de Griekse eilanden

en één dag voor ze terug zou komen, kreeg Sonia een telefoontje dat Caroline was verdwenen. Ze waren onderweg geweest met goed weer en een iets ruwe zee, en plotseling was ze er niet meer. Aan dek dachten ze dat ze in de kajuit zat, beneden dachten ze dat ze boven was. Niemand kon precies zeggen wanneer ze haar voor het laatst hadden gezien. De nogal oppervlakkige zoekactie van de Griekse marine leverde niets op. Caroline verdween in de boeken als een van de verdrinkingsslachtoffers van die zomer.

Sonia hield Pavarotti, omdat ze er eerst van uitging dat Caroline elk moment weer boven water zou komen. Ze kon niet geloven dat zo'n vrolijke en levendige meid zo ongemerkt en stilletjes van de wereld kon verdwijnen.

```
ik ben met kurt naar bed geweest
je bent gek
ja
en
ach
en nu          ,
die houdt z'n mond
niemand houdt z'n mond
```

Die dag gebeurde het weer. Sonia liep met mevrouw Lüttgers van het stoombad naar de relaxruimte. Meteen toen ze er binnenkwam, merkte ze dat er iets was veranderd. Ze nam een badhanddoek uit de warmkast en spreidde die uit over een ligstoel. Mevrouw Lüttgers ging liggen en Sonia dekte haar toe met nog een warme doek. Het viel haar op dat de doek niet goed aanvoelde. Niet alleen warm, zacht en donzig, maar ook koud, hard en glad. Als het chroomwerk van een Amerikaanse slee.

Ze liet de doek los en wreef met haar vlakke handen over haar dijen. Het gevoel ging niet weg. Het werd alleen maar vermengd met het gevoel van de fijn geweven stof van haar witte kostuum, waar op de linkerborst de naam van het hotel stond.

Ineens werd haar duidelijk wat er anders was. Iemand had de verstuiver opnieuw gevuld. Een sterke bergamotgeur vulde de ruimte. En het was deze geur die ze aan haar handen voelde.

Ze moest een verschrikt gezicht getrokken hebben, want mevrouw Lüttgers vroeg: "Is er iets?"

"Nee, nee. Ik voel me alleen niet zo goed. Neemt u me niet kwalijk, ik moet even weg."

Ze vroeg Manuel, die in de personeelskamer onder de afzuigkap in het keukenhoekje een sigaret stond te roken, of hij het wilde overnemen omdat ze zich niet goed voelde.

"Wat is er?" vroeg hij bezorgd.

"Niets ergs."

"O, dat."

Sandro Burger knielde naast een kerkbank en schroefde de knielplank weer vast. Op een dag zou hij de vlegel te pakken krijgen die tijdens de mis de tijd doodde door met zijn zakmes de schroeven te verwijderen. Voor je het wist, gebeurden er ongelukken. En dan kreeg hij de schuld.

De deur ging open en een jonge vrouw kwam binnen. Een van de mensen die in hotel Gamander werkten. "Door haar zou ik me ook wel willen laten masseren", had hij gegrinnikt, toen Chasper Sarott van de Steinbock zei dat ze masseuse was.

Ze had hem niet gezien en hij dook weg achter de rij banken.

De vrouw sloeg een kruis en liep naar het hoofdaltaar. Ter hoogte van het kleine Maria-altaar aarzelde ze en ze bleef staan. Ze keek om zich heen. Toen ging ze erheen en sloeg nogmaals een kruis. Ze opende haar schoudertas, viste haar portemonnee eruit en zocht naar een muntje. Hij hoorde hoe het in het geldbusje viel. De vrouw pakte een nieuwe kaars, stak hem met de enige brandende kaars aan en prikte hem op de kaarsenstandaard.

Zeker vijf minuten bleef ze roerloos voor het altaar staan. Sandro Burger durfde zijn gewicht niet te verplaatsen. Het knakken van zijn knie zou hem al verraden, zo stil was het in de kerk.

Toen ze eindelijk vertrokken was, kon hij bijna niet meer opstaan.

Sonia was sinds de doop van het jongste kind van Frédérics vruchtbare schoonzus niet meer in een kerk geweest. En ook in de jaren daarvoor slechts bij familiegebeurtenissen. Maar nu ze innerlijk onrustig langs de hoge, sobere gevel van de San Jon liep en zag hoeveel rust en kalmte ervan uitging, bleef ze staan en ging naar binnen.

Ze werd ontvangen door een koele stilte. Bij het altaar brandden

het eeuwige licht en een kaars. Ongeveer in het midden van het schip flakkerde bij een zijaltaar nog een kaars voor een Mariabeeld. Daar ging ze naartoe.

Als tiener, zo tussen haar dertiende en zestiende, had ze een Mariacultus bedreven. Ze had in haar kamer een klein Maria-altaar gebouwd, waar ze wierookstokjes brandde en voor de voortdurend wisselende kring van mensen die haar nastonden kaarsen aanstak. Ze had de Moeder Gods bij al haar problemen met haar ouders, vriendinnen, vrienden, school en het hele leven om raad gevraagd. Behalve over onderwerpen die voor de oren van een heilige maagd te intiem waren.

Haar ouders, die allebei niet religieus waren, hadden deze vrome fase van hun dochter met een spottend stilzwijgen getolereerd en waren ervan uitgegaan dat het vanzelf over zou gaan. En dat was ook zo. Na Sonia's zestiende verjaardag was Maria verdwenen en vervangen door een kleine Boeddha, die echter algauw zijn plaats moest delen met allerlei snuisterijen en souvenirs van haar eerste vakantie zonder ouders.

Nu stond ze, bijna twintig jaar later, weer voor de Moeder Gods en vroeg haar om raad, troost en hulp. De werkelijkheid ontglipte haar. Ze had iets nodig waarop ze zich kon richten.

Heilige Maria Moeder Gods, maak dat ik geluiden slechts weer hoor, geuren slechts weer ruik, smaken slechts weer proef, beelden slechts weer zie en aanrakingen slechts weer voel. Maak dat ik weer een onderscheid kan maken tussen dat wat bestaat en dat wat niet kan bestaan.

Net als toen ze een tiener was, stak ze een kaars aan. Maar deze keer voor zichzelf.

De hemel was bijna doorzichtig, melkachtig grijs. Het zag eruit alsof elk moment de zon kon doorbreken. Sonia had haar jas om haar middel gebonden en liep met snelle, korte passen over de landweg naar beneden. Ze had een lange wandeling gemaakt. Daardoor en misschien ook door haar bezoek aan het Maria-altaar was het beklemde gevoel verdwenen en had het plaatsgemaakt voor een zekere luchtigheid, bijna vrolijkheid. Ze had zich getroost met het idee dat de incidenten elkaar minder snel opvolgden. Intensiever misschien, maar wel minder snel. Op een dag zouden ze helemaal achterwege blijven. En als dat niet zo was,

dan zou ze die als een verrijking beschouwen. Wie bezat nou het voorrecht om de geur van bergamot aan te kunnen raken en klokgelui te kunnen zien?

Waar de weg het dorp in kwam, stond een terreinwagen met een aanhangwagen met een tank erop, waarop twee stickers zaten. Een hennepblad in de rastakleuren met de tekst POSITIVE VIBRATIONS. En een zwart-witte koe met de slogan MELK: VOOR STERKE BOTTEN. Een man met een rode spiegelzonnebril zat achter het stuur en deed alsof hij haar niet zag.

Op het bord voor de kruidenierswinkel stond VANDAAG: ZELFGEMAAKTE AARDBEIENJAM! Ze ging naar binnen. De deur streek langs een klokkenspel boven haar hoofd. Achter de toonbank zat een lange en magere, oudere vrouw, die bij Sonia's binnenkomst ging staan. "Goedemiddag!" zei ze met een hoge, iets te vriendelijke stem. "Het lijkt of we vandaag toch nog een beetje zomer krijgen. Waarmee kan ik u van dienst zijn?"

"Een pakje sigaretten, alstublieft."

"Natuurlijk. Welke?"

"Maakt niet uit, ik rook niet."

"En u weet ook niet welk merk de roker wil?"

"Nee, het is voor mezelf."

"Maar u rookt niet?"

"Klopt."

"Waarom koopt u ze dan?" wilde de ontstelde winkeleigenares weten.

"Omdat ik ook van de sigaretten af wil kunnen blijven als ik ze wél in huis heb."

De vrouw lachte zuinig. "Tja, dat kan natuurlijk ook."

Bij het postkantoor kwam ze meneer Casutt tegen. De ogen boven zijn glimlach stonden zo treurig dat ze bleef staan. En toen hij haar serieus bedoelde vraag "Hoe gaat het?" beantwoordde met "Slecht", nodigde ze hem uit voor een drankje in de Steinbock.

De zaak was leeg. Nina zat met een tijdschrift aan een van de tafels. Ze groette, ging achter de bar staan en zette de muziek van de lokale radiozender wat zachter.

Sonia had het liefst iets alcoholisch besteld, als meneer Casutt niet voor koffie had gekozen. "De drank van de nachtportier", zoals hij het noemde. Sonia bestelde "iets van jullie fantastische theekaart".

En voegde er uitgelaten aan toe: "Als er maar geen bergamot in zit."

"Ik heb nog één kans gekregen", biechtte meneer Casutt op, toen de drankjes voor hun neus stonden. "Nog één kans! Van dat wicht! Weet u hoeveel jaar ik al in het hotelvak zit?"

Sonia wist het niet.

"Achtenveertig jaar! Achtenveertig zomerseizoenen en achtenveertig winterseizoenen en tweemaal achtenveertig tussenseizoenen, dat zijn samen honderdtweeënnegentig seizoenen." Hij pauzeerde even om het getal door te laten dringen.

"Bijna tweehonderd seizoenen. En dan geeft een verwend amateur-hoteleigenaresje mij in haar eerste seizoen nog één kans. Moet ik dat zomaar pikken?"

"Pikt u het?" vroeg Sonia.

Casutt liet zijn schouders zakken. "Wat kan ik anders?"

"Hebben ze niet overal portiers nodig?"

"Geen portiers die over twee jaar met pensioen gaan."

Sonia blies in haar kopje.

"Het zuur kan ook overdag door iemand in de pot zijn gegoten. En dat ik gebeld ben dat ik om twaalf uur mevrouw Kaiser moest aflossen, klopt ook. Ik ben toch niet gek?" Hij nam voorzichtig een slok koffie. "Nog één kans!"

"Heeft ze dat letterlijk zo gezegd? Ik geef u nog één kans?"

"'We proberen het nog een keer', zei ze. Dat komt op hetzelfde neer."

"Dat vind ik helemaal niet. Dat klinkt veel positiever. En vriendelijker."

"Vindt u?"

"Natuurlijk. 'We proberen het nog een keer' is een belofte. Dat klinkt ook meer als Barbara Peters. Ze is namelijk best aardig."

"Aardig? En ze is ook nog eens te mooi."

"Zijn mooie mensen dan niet aardig?"

"Heel mooie mensen niet. Gewoon mooie wel. Zoals u."

"Dank u."

"Mensen die zo mooi zijn als de bazin, hoeven niet aardig te zijn om aardig gevonden te worden. Daarom leren ze het nooit. Gelooft u mij. Ik heb in mijn werk al veel mooie mensen ontmoet."

"Tegen mij is ze aardig."

"Ze doet aardig. Als u zo oud bent als ik, zult u het verschil wel zien."

Als het klopte dat Barbara Peters alleen maar aardig dééd, dan lukte haar dat deze avond bijzonder goed. Sonia zocht haar op in haar kantoor, om zich te verontschuldigen voor haar afwezigheid die middag. "Geeft niets", lachte de bazin, "op uw terrein hebben we voorlopig geen personeelstekort."

Haar kantoor was het enige vertrek in de oude vleugel dat was ingericht met designmeubels. De betimmering was geverfd in mat, pastel turquoise en de oude parketvloer was gepolijst en in de was gezet. Aan de muren hingen foto's van Diane Arbus, Lee Friedlander, Richard Avedon en andere beroemde Amerikaanse fotografen.

Op het zwarte tafelblad van het kleine Breuerbureau met stalen buizen stond een plat beeldscherm met een draadloze muis en een toetsenbord. Sonia had graag een blik geworpen op het scherm, om te zien of het gerucht klopte dat Barbara Peters *The Sims* speelde wanneer ze zich in haar kantoor opsloot.

"Hoe voelt u zich?"

"Ik heb iets te weinig te doen", antwoordde Sonia.

Barbara Peters lachte. "Beter dan het tegenovergestelde, niet-waar?"

"Ergens in het midden had ik fijner gevonden. Gelooft u dat we dat in de nabije toekomst kunnen verwachten?"

De bazin haalde haar schouders op. "De bezetting kan beter. Zoals het er nu uitziet, hebben we een rustige zomer voor de boeg. En als het weer niet beter wordt, zelfs een heel rustige zomer. Het voordeel is dat we ons dan allemaal op ons gemak kunnen inwerken."

"Voor het winterseizoen?"

"Voor de volgende zomer. In de winter zijn we niet open. Val Grisch is geen wintersportplaats. En bovendien heb ik een hekel aan kou. Wilde u alvast solliciteren voor het winterseizoen?"

"Nee. Ik wilde alleen weten hoe groot de kans is dat ik het zomerseizoen doorkom."

"Waarom zou dat niet gebeuren?" Barbara Peters leek oprecht verbaasd.

"Rendement."

"O, dat. Nee, hoor. We hoeven het eerste jaar nog geen winst te maken."

Dat was de voorzet voor de vraag die iedereen bezighield: "Van wie?"

"Van mij ... Hebt u zin in een cocktail, laten we zeggen om half-zeven in de bar? We hebben een verrassing."

"Daar hou ik wel van", antwoordde Sonia. "Van cocktails én van verrassingen."

De verrassing was een barpianist. Niet zo een als Sonia uit de bars en lounges uit haar vorige leven kende. Dat waren meestal oudere heren met vermoeide ogen en vingers die geel waren van de nicotine. Deze was hooguit halverwege de dertig. Hij had een baard van vijf dagen en de stoppels op zijn schedel waren vast niet veel ouder. Zijn donkere kostuum en overhemd zagen er nieuw uit en zijn stropdas had hij heel los geknoopt.

Hij speelde *Here we go again*, langzaam en met een fluwelen aanslag. Hij zocht geen oogcontact met de gasten, zoals andere barpianisten. Het leek alsof hij voor zichzelf speelde. Alsof hij maar wat uitprobeerde, geamuseerd en verbaasd dat het hem lukte.

De bar was leeg, alleen Vanni, de barman, was er en een gast die Sonia nog nooit had gezien. Hij zag eruit als een Indiaas staatsman: hij had dik, wit, geolied haar met een scheiding, hangende wangen en een olijfbruine huid. Zijn lippen en de kringen onder zijn ogen waren iets donkerder, zijn ogen bijna zwart en hij had lichte, gemêleerde borstelige wenkbrauwen boven een bril zonder rand.

De man zat met een drankje voor zijn neus aan de bar. Met zijn kin in zijn linkerhand luisterde hij naar de muziek. Toen Sonia binnenkwam, keek hij even naar haar, knikte en vervolgens droomde hij weer weg op de klanken van de piano.

Sonia bleef even staan en aarzelde of ze aan de bar zou gaan zitten of dat ze aan een tafeltje op Barbara Peters zou wachten. Voordat ze een besluit had kunnen nemen, kwam haar bazin binnen. Ze nam Sonia bij de elleboog en stelde haar voor aan de gast. "Dokter, mag ik u voorstellen aan Sonia Frey, de vrouw met de magische handen, over wie ik u verteld heb."

De Indiër die Barbara Peters 'dokter' noemde, heette Ralph Stahel en sprak met een beschaafd Zürichs accent, met een tegen het gehemelte rollende 'r'. "Magische handen", zei hij, "dat is net wat ik nodig heb. Kan ik morgen nog bij u terecht?"

"Ik geloof dat ik u nog wel ergens tussen kan proppen", antwoordde ze lachend. "Wanneer komt het u uit?"

"Ergens tussen het ochtendzwemmen en het middageten."

Ze spraken de volgende dag af om halfelf. Barbara Peters nam Sonia mee naar een klein tafeltje. "Wat wilt u drinken?"

Sonia dacht even na. "Bij deze muziek? Martini."

"Houdt u niet van deze muziek?"

"Jawel, hoor. Ik hou ook van martini."

"Ik niet. Dat is geen cocktail, dat is een borrel. Ik neem een glas champagne."

"Ook niet echt een cocktail."

"Maar je wordt er wel gelukkig van."

"Ik dacht dat u van uzelf al gelukkig was."

Alsof hij had meegeluisterd met het gesprek, zette de pianist *Sometimes I'm happy sometimes I'm blue* in. Barbara Peters lachte en bestelde de drankjes.

"Meneer Casutt vertelde me dat u hem nog één kans hebt gegeven. Ik heb gezegd dat hij dat vast verkeerd begrepen heeft."

"En ik was al bang dat ik niet duidelijk genoeg was geweest."

"O."

Barbara Peters keek haar geamuseerd aan. "Nou hoeft u me niet aan te kijken alsof ik een onmens ben. Op een nachtportier moet je kunnen vertrouwen."

"Ik denk dat we dat kunnen."

"Hij heeft een drankprobleem."

"Volgens mij heeft hij dat wel in de hand."

Barbara Peters was er niet van overtuigd. "Ik hoop het. En om het zo te houden, moet hij misschien een beetje onder druk gezet worden."

"Alcohol en druk, die twee zijn onafscheidelijk."

"Wat denkt u ervan?"

"Iemand die gelukkig wordt van een glas champagne, heeft geen verstand van alcoholisten."

"Zegt u altijd wat u denkt?"

"Nee, dat is nieuw."

hij heeft hem niet gehouden
wie wat
kurt z'n mond
zie je wel
hanspeter weet het nu ook

wat zegt hij
met m'n beste vriend trut
en kurt
blijft z'n beste vriend
waarom
omdat hij het hem heeft verteld

Ze zag het slot van een documentaire over de ooievaars in Alfaro. Het lagedrukgebied Max lag nu boven de Adriatische Zee en beïnvloedde het weer in het Alpengebied. In het geval van de dierenbeul werd nu uitgegaan van een na-aper.

Geenszins het gevoel dat ze uit de kamer zou vallen, geen vreemde veranderingen van de betimmering tegen het schuine dak. Ze zag geen geluiden, hoorde geen geuren, proefde geen vormen. Ze ging in bed liggen en sliep diep en zonder dromen, tot op de mobiele telefoon het stompzinnige wekmelodietje begon te spelen.

Na haar ochtendtoilet maakte ze de kooi van Pavarotti open voor zijn tien minuten bedenktijd of hij haar aanbod voor een vrije vlucht wilde accepteren.

Ook hij leek een goede nacht te hebben gehad. In minder dan een minuut verliet hij de kooi en fladderde op de kledingkast. Ze deed haar kamer op slot en ging naar beneden voor het ontbijt.

Toen ze terugkwam, was Pavarotti verdwenen. Nu is gebeurd, dacht ze, waar parkietendeskundigen niet vaak genoeg voor kunnen waarschuwen: het beest is tussen een meubelstuk en de muur gevallen en heeft bij de poging om daar uit te komen zijn vleugel gebroken. Alleen omdat ze te beroerd was geweest om al deze parkietenvallen dicht te stoppen met krantenpapier.

Maar net toen ze met haar zaklamp – Sonia behoorde tot de vrouwen die in plaats van traangas een zaklamp bij zich hebben – onder de badkuip keek, hoorde ze boven zich het zachte geknerp van Pavarotti's snaveltje. Ze krabbelde overeind en keek waar het geluid vandaan kwam. Het kwam uit de kooi. De eenzaam opgeslotene had zich vrijwillig teruggetrokken in zijn isoleercel. Dat zou de gele vrouw uit de trein moeten zien.

Sonia betrad de wereld van stoom, geuren en water, waar ze nu werkte en voor het eerst in vele maanden voelde ze zich bijna

gelukkig. Het was niet het geluksgevoel dat ze soms had na precies de juiste hoeveelheid alcohol, voordat het met een volgend glas weer verdwenen was. Ook niet de hevige euforie die snel weer voorbijging als ze na een lijntje coke op het toilet terugkeerde op de dansvloer. En ook niet de ronkende tevredenheid die haar soms vervulde wanneer ze wakker werd in de armen van een man die haar ook bij daglicht nog enigszins beviel.

Het was het heel gewone geluksgevoel dat ze nog kende uit de tijd dat ze zorgeloos de dag begon en plezier had in haar werk.

Dr. Stahel had een wit badlaken om zijn heupen geslagen, waardoor hij er nog Indiaser uitzag. Hij kwam de behandelkamer binnen en gaf haar een hand. Hij maakte het badlaken los en hing het aan een haak. Een witte boxershort, wat hem meteen voor haar innam. Niet zo'n man die naakt voor haar kwam staan en keek hoe ze reageerde.

"Buik of rug?" vroeg hij.

"Buik."

Hij ging op zijn buik op de massagetafel liggen. Sonia bedekte zijn zitvlak en benen met een warm badlaken.

"Hebt u klachten?" informeerde ze.

"Ja. Vorige week ben ik zestig geworden."

Sonia lachte. "En waar doet dat zeer?"

"Overal een beetje."

Sonia druppelde wat massageolie in haar handpalmen en wreef haar handen snel tegen elkaar om ze warm te maken en haar *qi* te stimuleren. Ze hield haar handen even tegen elkaar, sloot haar ogen en ademde diep door. Toen legde ze haar handen links en rechts van de wervelkolom op de lendenen van de patiënt. Zijn huid voelde koel aan.

Ze streek met beide handen krachtig naar boven naar de schouderbladen en verder met gespreide vingers over de schouders naar de zijkanten. Daarvandaan bracht ze ze bijna zonder aanraking terug naar het begin, om ze daarna weer krachtig naar boven te strijken.

Daarna legde ze haar linkerhand op zijn linkerzij en haar rechterhand aan de rechterkant van de borstkas, concentreerde zich op zijn adem en verplaatste, toen hij uitademde, haar gewicht naar haar handen. Ze voelde hoe zijn spieren breder werden, hield ze

even vast en verplaatste haar gewicht toen weer langzaam naar haar benen. Toen wisselde ze de positie van haar handen en herhaalde het proces.

"Shiatsu?" vroeg dr. Stahel door de ronde opening in het massagebed.

"Ook." Ze legde haar duimen in de kuiltjes boven de bilspieren en ging met kleine, diepe, ronddraaiende bewegingen links en rechts van de wervelkolom naar boven tot aan de nek en gleed met gewichtloze handen terug naar het begin.

Pas tegen het einde van haar eerste studiejaar had ze in massage een creatieve bezigheid kunnen zien. Ze leed, net als veel van haar studiegenoten, onder de twijfel of dit wel het juiste beroep voor haar was. "Ik weet niet of ik wel voor onderhoudswerk in de wieg ben gelegd", had ze een keer tegen haar massageleraar gezegd, "het scheppende ligt me beter."

En hij had geantwoord: "Wat is je ruwe materiaal? Een gespannen, te korte, hard geworden, verkleefde rompspier. En wat is je eindproduct? Een soepele, zachte, goed doorbloede, buigzame rugspier. Bekijk het zo. Je maakt iets nieuws van een kwalitatief minderwaardige grondstof."

Sonia was niet helemaal overtuigd van deze manier van kijken, maar enkele dagen later betrapte ze zich erop dat het masseren van een door spit gekwelde patiënt inderdaad zoiets als creatieve bevrediging opleverde.

Het celweefsel in de onderhuid van dr. Stahels lendenen zat vast en voelde hard aan. Sonia legde haar duimen plat tegen de doornuitsteeksels, pakte met acht vingers een huidplooi, rolde die richting duimen en liet hem eronderdoor glijden. Dat deed ze net zo vaak tot de bovenste lagen los genoeg waren gemaakt om bij de spieren te kunnen komen. Toen pakte ze met beide handen de vlezige spieren en wrong en kneedde ze zacht maar onverbiddelijk.

Uit de onzichtbare luidsprekers klonk zachte meditatiemuziek. Tibetaanse fluiten en klankschalen en geluiden van het regenwoud vermengden zich met de diepe ademhaling van de patiënt en het ritmische ademen van de masseuse.

Sonia werkte alsof ze in trance was. Ze trok een schouderblad met haar rechterhand naar achteren, liet de vingers van haar linkerhand onder de rand glijden en masseerde de spier daaronder door kleine cirkels te maken met haar vingertoppen.

Het vertrek werd gevuld met de geur van de massageolie – lavendel, citroen, amandel – die zich vermengde met de geur van dr. Stahels haarolie en de bodylotion van haar eigen warme lichaam. Ze pakte de trapezespier van de rechterschouder. Dr. Stahel kreunde zachtjes. Ze begon voorzichtig te kneden. Ze voelde spanning en ging langzaam over de nek tot aan de aanhechting aan het achterhoofd. En weer terug naar het schouderblad. Geleidelijk begon de huidplooi tussen haar vingertoppen anders aan te voelen. Hij werd zachter en soepeler. Hij veranderde van vorm. Hij werd hoekiger, zonder zijn meegaandheid te verliezen. De huidplooi voelde aan als een liniaal van deeg. En deze vorm had een smaak: bitter als angostura.

"Waarom stopt u?" vroeg dr. Stahel.

Sonia stond met de vingers gespreid en wreef met haar handpalmen over haar dijen.

Hij draaide zich op zijn zij en keek haar aan. "Wordt u niet lekker?"

Sonia schudde haar hoofd. "Het is al over."

"Weet u het zeker?"

Ze knikte.

Dr. Stahel ging weer op zijn buik liggen. Sonia haalde een keer diep adem en tilde toen zijn nekspieren weer op. Ze voelden normaal aan. En ook de bittere smaak op haar tong was verdwenen. Ze ging verder met kneden.

"U mag het gerust zeggen als u met de behandeling wilt stoppen. Ik vind het niet raar als u onwel wordt, ik ben arts."

"Het is niet iets lichamelijks."

"Het lichamelijke is ook niet zozeer mijn terrein."

Sonia ging naar de andere kant en begon met de linkerschouderpartij. En ineens hoorde ze zichzelf zeggen: "Uw *musculus trapezius* voelde aan als een liniaal. Vierkant."

"Zo voelt het voor mij soms ook."

"En op de tong bitter als angostura."

"Op de tong?"

"Ik proef vormen, zie geluiden, ruik kleuren. Enzovoorts."

"Bent u synesthete?"

"Syneswat?"

"Synesthesie komt uit het Grieks en betekent zoveel als 'samen waarnemen'. Waarnemingen lopen in elkaar over. Geluiden worden

kleuren of vormen. Aanrakingen kun je ruiken of proeven."

"Hebben andere mensen dat ook?"

"Niet veel. Heeft niemand u dat ooit verteld?"

"Ik heb het ook nog niet zo lang."

"Hoe lang dan?"

"Een paar weken."

"En daarvoor nooit?"

"Nee."

"Als kind?"

"Nooit."

Dr. Stahel dacht na.

"Moet ik me zorgen maken?"

In plaats van te antwoorden, vroeg hij: "Bent u linkshandig?"

"Ja."

"De meeste synestheten zijn vrouw en linkshandig." Hij zweeg weer.

Sonia trok het badlaken omhoog tot zijn schouders. Zijn benen kwamen nu vrij. Ze goot nog wat massageolie op haar handen, wreef die tegen elkaar en smeerde zijn rechterbeen met olie in. Ze legde haar handen boven de enkel achter elkaar en streek krachtig over de kuit tot aan de knieholte en heel licht weer terug naar het begin.

"Toen u leerde schrijven, hadden de letters toen bepaalde kleuren?"

Sonia hield op met masseren. "Ja. Tegenwoordig ook nog."

"Hm. En hoe is uw geheugen?"

"Goed."

"Hoe goed?"

"Fotografisch. Ik vergeet niets."

"Mooi."

"Ik vind het niet zo mooi. Ik heb een hoofd vol beelden die ik zou willen vergeten."

"Ik bedoel mooi voor mijn diagnose. U hebt alle eigenschappen van een synesthete."

"Maar u zei toch dat je dat al als kind hebt?"

"Als je letters in kleur ziet, is dat al een vorm van synesthesie."

Sonia ging verder met haar werk. Ze streek over het been tot aan de heup, alleen bij de gevoelige knieholte verminderde ze de druk een beetje.

"En dat hebt u altijd?"

"Nee. Af en toe maar. Zoals daarnet."

De muziek veranderde van fluit met klankschaal naar harp met klankschaal. Het zwijgen van dr. Stahel maakte Sonia zenuwachtig. "Kan het ergens door veroorzaakt worden?"

Hij dacht even na. "Door drugs. Hebt u daar ervaring mee?"

Door de manier waarop ze nee zei, vroeg hij even later: "Zullen we dit gesprek beschouwen als een consult, dat onder de medische zwijgplicht valt?"

Sonia lachte. "Bij zulke gesprekken is het eerder omgekeerd: de patiënt ligt."

Hij lachte ook een beetje, tot hij zijn vraag stelde. "Kunt u precies aangeven wanneer het begonnen is?"

"Precies."

"Heeft het te maken met een speciale gebeurtenis?"

Hij aarzelde. "Met drugs?"

"Acid. Lsd."

"Ik weet wat acid is. Ik was eenentwintig toen het werd verboden. Gebruikt u het wel vaker?"

"Het was de eerste keer, voor zover ik weet. En ik wist niet wat het was."

"En toen had u uw eerste synesthetische ervaring?"

"Ik zag stemmen en rook kleuren, als u dat bedoelt. En het behang loste op in zijn eigen structuur, die bewoog."

"En sindsdien overkomt u dat steeds weer?"

"Dit. En soortgelijke dingen. En andere dingen."

"Volgens mij hebt u een synesthetische trip gehad en nu lijdt u aan synesthetische flashbacks. En omdat u van zichzelf al een heimelijke synestheet bent, vallen die bijzonder plastisch uit."

"En gaat dat over?"

"Dat heb ik nog nooit gehoord. Ik zal eens in de literatuur nakijken of er zo'n geval beschreven is. Maar gaat u er voor de zekerheid maar vanuit dat u ermee moet leren leven. Veel mensen zouden u erom benijden. Ik bijvoorbeeld."

ik woon nu in jouw huis
welkom
beetje deprimerend
weet ik

en jij
ik heb synesthetische flashbacks
wat is dat
kleuren voelen geluiden zien etc van de lsd van toen
wauw

De schaduw van snelle wolken gleed over het geterrasseerde landschap als een zware sleep over een brede trap. Door de wind kreeg Sonia ondanks haar zonnebril tranen in haar ogen. Ze was op de terugweg van een van haar reinigende zware wandeltochten.

Onderweg had ze besloten dr. Stahels diagnose te beschouwen als een goed bericht. Ze was niet ziek en niet gek. Wat ze had was weliswaar niet normaal, maar het was iets waar ook andere mensen mee leefden.

Door de wind was de natheid van de afgelopen dagen opgedroogd en eindelijk was het uitzicht zodanig dat ze ook iets van de omgeving zag. De rotswanden aan de andere kant van het dal, met hun kloven en sombere sparren, het prille groen van de vers uitgelopen lariksen, de zuidelijke helling, die diep onder haar in het blauwgroen van het dal verdween. En Val Grisch: een paar beige, losjes over de weiden uitgestrooide boerderijen en vakantiehuizen, die rond de kerk een dorp vormden van robuuste Engadiner huizen en onbeduidende, eenvormige gebouwen. En iets terzijde, enigszins afstandelijk, hotel Gamander, een mislukte drakenburcht met een in de zon oplichtende speerpunt in zijn zijkant.

Sonia kwam aan het einde van het natuurpad en sloeg de smalle asfaltweg in die naar een paar boerderijen leidde. Over een kwartier zou ze het dorp bereiken. Achter haar hoorde ze het geluid van een naderende auto. Ze ging dichter aan de kant lopen zonder zich om te draaien.

Ze hoorde hoe de bestuurder gas terugnam en naar een lagere versnelling ging. Hij haalde haar niet in. Ze bleef staan. Het was de terreinwagen met de aanhanger die haar kortgeleden al een keer was opgevallen. Uit het open raampje klonk harde reggae. Aan het stuur zat de man met de rode spiegelzonnebril. Hij stopte, boog over de passagiersstoel heen en riep: "Zal ik u een eindje meenemen?"

"Nee, dank u, ik loop wel, dat is goed voor me."

Hij bekeek haar door zijn spiegelende brillenglazen: "Voor uw figuur hoeft het niet."

Sonia schudde haar hoofd. "Dan slaap ik beter."

De man grinnikte. "Daar zijn ook andere manieren voor."

Sonia wierp hem een verveelde blik toe en liep verder. Na een paar meter haalde de auto haar weer in. Hij ging stapvoets rijden en bleef op haar hoogte. Ze keek recht voor zich uit. Uit de auto klonk *No woman no cry.*

De angst ontwaakte als een onbetrouwbaar dier uit zijn lichte slaap. Ze dwong zichzelf langzaam te blijven lopen. De auto bleef naast haar rijden.

Abrupt bleef ze staan. Ze had de chauffeur verrast, want hij reed een paar meter door voor hij tot stilstand kwam. Ze maakte haar tas open, pakte haar mobiele telefoon, drukte een paar toetsen in en hield hem bij haar oor.

De man schakelde en ging ervandoor. Het voertuig verdween in de volgende bocht. Sonia bleef staan, tot ze hem ver onder zich aan het begin van het dorp weer zag opduiken. Ze stopte haar telefoon weer in haar tas en vroeg zich af wie ze gebeld zou hebben als hij niet had opgehouden.

De wind die de hele middag de wolken over het dal had gejaagd, groeide 's nachts uit tot een storm. Met felle windstoten raasde hij door het dorp, rukte de geraniumbloesems van hun stengels en veegde die in bontgekleurde hopen bijeen in de hoeken en richels van de dorpsstraat. Hij rukte aan de sproeiers van de dorpsfontein en bracht de kerkklokken een paar keer spookachtig aan het luiden.

Tot in de ochtend huilde hij over de daken, donderde door de bossen en gierde rond de rotspunten. Koud en onverschillig hing de bijna volle maan boven al deze beroering.

Sonia was altijd al bang geweest voor donder en bliksem. Maar vroeger was het een behaaglijke angst geweest. Als heel klein meisje mocht ze tijdens onweer bij haar ouders in bed kruipen. Toen ze iets groter was, mocht ze met kussen en dekbed naar de woonkamer komen, waar haar ouders bij een fles wijn naar een van hun Italiaanse opera's zaten te luisteren. Toen ze een tiener was, mocht ze haar gehate zolderkamertje verlaten en zich op de bank nestelen. En zelfs in het begin van haar huwelijk vond ze het fijn om tegen haar man aan te kruipen wanneer buiten de wereld verging.

Maar hier in de bergen, in de eenzaamheid van de vreemde kamer

en de vijandigheid van deze nieuwe omgeving, had de angst niets behaaglijks. Ze kon de klapperende luiken niet dichtdoen, want gesloten luiken vond ze nog erger. Achter het grillige bloemmotief van het gordijn zag ze de spookachtige, felle bliksemflitsen en op het dak hoorde ze de reusachtige donder meedogenloos stampvoeten.

Ze sliep onrustig en in korte etappes, en ze was blij toen boven de gordijnrail een bleke reep daglicht zichtbaar werd.

Het was nog maar even over vijven, maar ze had vandaag vroege dienst. Ze moest de watervallen en de warmkast aanzetten, de stoombaden voorverwarmen en het licht aandoen. Om zeven uur moest het wellnessgedeelte klaar zijn voor de vroege vogels. Ook al had – op Barbara Peters na – zich tot nu toe nog niemand voor negen uur laten zien.

De storm was gaan liggen. Het was stil in het hotel, alsof iedereen aan het bijkomen was van het tumult van de nacht. In de gang en het trappenhuis brandde de nachtverlichting nog, zwakke, gele lampen laag bij de grond. De houten treden kraakten onder haar voetstappen.

De ontvangsthal was donker, op het licht van een leeslamp na, die achter de ontvangstbalie brandde. Ze zag de gestalte van meneer Casutt die over een krant heen hing. Naast hem op het tafelblad stond een lege koffiekop. Zijn rug bewoog met diepe, regelmatige ademhalingen.

Ze ging zachtjes naar de ingang van het wellnessgedeelte, de glazen deur gleed geluidloos open.

En toen zag ze het licht al. Het gloeide als een vuur in de verte, vanuit de richting van het zwembad. Stormschade? Kortsluiting? Maar het licht kwam, dat zag ze toen ze naderbij kwam, uit het thermale bad. Ze liep tot aan de rand.

Midden op de bodem lagen kriskras staven over elkaar heen, die een fel rood licht gaven.

Een onderwatervuur in volle gloed.

Sonia deinsde terug. De angst, die met het afnemen van de wind in zijn schuilplaats was teruggekropen, was weer terug.

5

In het bos dat ze Corv noemden, hoog boven het dorp, bestudeerde Gian Sprecher de stormschade. De wind had in het lage gneis op onbeschutte plaatsen enkele pijnbomen ontworteld. Veel afgewaaide takken, hij zag geen doormidden gebroken bomen. Hij zou later de precieze schade opnemen en bij het kanton een tegemoetkoming in de kosten aanvragen. Misschien hield hij er een paar frank aan over. Hij ging terug naar de bosrand, waar hij de eenassige tractor op de overwoekerde bosweg had geparkeerd. Een witachtig hoog neveldek verborg de contrasten van de vroege morgen. Zijn blik ging over het dal en bleef lang hangen bij hotel Gamander. Het leek wel onbewoond.

Sprecher ging op het opgepoetste blikken zadel zitten en startte de motor.

Als ze op straat liggen, zijn geraniumbloesems net bananenschillen. Anna Bruhin veegde ze bij elkaar. Voor haar winkel zou niemand zijn nek breken. De storm had de aanblik van het dorp ernstig aangetast. Gisteren waren de bloembakken op de vensterbanken helemaal achter de vele bloemen verdwenen. Nu zagen ze eruit alsof ze net uit de kelder waren gehaald. Ze dacht erover om geraniums in de aanbieding te doen.

Ze liet de bloemenhoop in de goot liggen, de gemeentewerkers moesten ook nog iets te doen hebben.

De Pajero van Reto Bazzel stond op de parkeerplaats van hotel Gamander. De aanhangwagen had hij thuisgelaten, hij begon pas over een uur aan zijn ronde. Reto zat achter het stuur en rookte een joint. Een prachtig streekproduct, eigen teelt, van de oogst van vorig jaar.

Hij had de ramen gesloten en het volume van de installatie lager gezet. Ziggy Marly & The Melody Makers. *Look who's dancin'.* Niet zo goed als zijn vader, maar oké.

Vanaf deze plek op de parkeerplaats kon hij het dakraam zien, dat bijna geheel verstopt zat achter een berk. En hij kon in de wellnessnieuwbouw kijken. Daar stond de masseuse aan de rand van het bassin, samen met de eigenares en Casutt, de nachtportier. In zijn hemd.

Sonia was naar de receptie gerend en had Casutt wakker gemaakt. Hij was maar even ingedommeld, bleef hij mompelen op weg naar het zwembad, hooguit twee of drie minuten. Pas toen ze aan de rand van het bad stonden, zweeg hij.

Als felgekleurd mikado lagen de staven over elkaar heen op de turquoise tegels op de bodem van het zwembad.

"*Dimuni!*" mompelde Casutt.

"Wat is het?" vroeg Sonia.

Casutt ontwaakte uit zijn verstarring. Hij trok zijn jasje uit en gooide het op de grond.

"Wat bent u van plan?"

Hij trok zijn vest uit.

"U kunt er niet in. Misschien explodeert het."

Hij maakte zijn stropdas los.

"Of het is giftig."

"Het moet eruit voordat zij komt." Casutt knoopte zijn overhemd los.

"U kunt het toch niet geheimhouden."

Hij gooide zijn overhemd op de grond en keek haar geschrokken aan. "U vertelt het toch aan niemand?"

"Nee, u. U gaat het vertellen."

Casutt schudde zijn hoofd, bukte en maakte zijn veters los.

Sonia legde haar hand op zijn schouder. "Wees nou toch verstandig. We gaan hier weg, doen de boel op slot en maken de bazin wakker."

Casutt duwde haar hand weg en trok zijn linkerschoen uit.

Op dat moment kwam Barbara Peters binnen. Ze droeg een badjas, niet het model dat in de kamers hing, en zag er fris en uitgeslapen uit. Toen ze Casutt in zijn broek en hemd zag staan, veranderde haar gezichtsuitdrukking. Ze wierp Sonia een vragende blik toe.

Casutt wachtte lijdzaam tot ze dichtbij genoeg was om de bodem te kunnen zien.

"Wat is dat?"

"Ik wilde het er net uithalen", antwoordde Casutt.

"En hoe is het erin gekomen?"

Casutt tilde zijn handen op en liet ze weer vallen.

Nu zag Sonia een andere kant van Barbara Peters. Haar mooie, altijd gelukkige gezicht werd hard en haar vriendelijke, bijna tedere stem werd scherp. "Wij spreken elkaar nog wel. Haal Igor. En zorg dat hier geen gast binnenkomt voordat ik het zeg!"

Casutt kwam in actie.

"Maar kleedt u zich eerst aan, godallemachtig!"

Spottend keek ze toe hoe hij zijn kleren bij elkaar zocht en zich aankleedde. Sonia bukte zich om een schoen op te rapen die iets verderop was terechtgekomen en gaf die aan hem. Hij knikte dankbaar.

Toen hij weg was, vroeg Barbara Peters: "Sliep hij toen u beneden kwam?"

Sonia schudde haar hoofd.

Het duurde even voordat Igor kwam. Casutt moest hem kennelijk nog wakker maken.

"Kijk even of de deur naar de skikelder afgesloten is en kom dan terug met een paar vuilniszakken."

Ook bij Igor werkte de ongebruikelijke gebiedende toon. Hij verliet het wellnessgedeelte bijna in looppas.

Barbara Peters deed haar badmuts op en trok haar badjas uit.

"En als die rommel nou het water heeft vergiftigd?" opperde Sonia.

"U zeilt zeker niet. Dit zijn lichtstaven. Die worden onder water gebruikt. Die heb je nodig als je in nood bent."

"Zou het niet verstandiger zijn om de politie te bellen? Ik vind het langzamerhand griezelig worden."

"Nee zeg, dat plezier gun ik hun niet."

"Wie?"

"Degenen die hierachter zitten."

"Weet u dan wie het zijn?"

"Zo'n achterlijk type uit het dorp."

"En waarom?"

"Geen idee. En weet u, ik heb ook geen zin om daar mijn hoofd over te breken."

Igor kwam terug. "Nee, niet afgesloten die deur."

Barbara Peters knikte woedend en ging het water in. Als een zeehond dook ze naar beneden en kwam met twee lichtstaven naar boven. Ze waren verzwaard met stukken lood die door vissers worden gebruikt. Igor nam ze van haar aan en deed ze in een vuilniszak.

Uiteindelijk waren het vijfendertig lichtstaven. "Wat zal ik ermee doen?" vroeg Igor.

"Bij het vuilnis, wat anders?"

Barbara Peters begon haar ochtendbaantjes te zwemmen.

Sonia liep de trap af. De donkere gang, waar alleen de noodverlichting brandde, had iets onheilspellends. Misschien zat degene die deze vreemde daad had begaan hierbeneden ergens verstopt.

De entree van de technische ruimte bevond zich aan het einde van de gang achter een spiegelwand. Ze schoof de spiegel opzij en deed voorzichtig de deur open. De warmte van het zwembad en de chloorgeur sloegen haar tegemoet. Ze ging het vertrek binnen en bleef staan. Aan de muur voor haar brandden de groene, gele en rode lampjes van de machinerie. De enige schuilplaats was de ovale filterhouder van de circulatiepomp. Precies daar bevond zich de stoppenkast waar ze het eerst heen moest.

Ze luisterde of ze een ademhaling hoorde of een ander geluid dat een indringer zou kunnen verraden. Niets.

Ze ging langzaam een paar passen verder, tot ze de dode hoek kon zien. Niemand.

Ze vond de lichtschakelaar en eindelijk ging het neonlicht aan. Nu pas merkte ze hoe haar hart bonsde.

Aan de muur hing een handleiding, met daarop aan welke knoppen in welke volgorde je moest draaien, welke hendels je moest overhalen en welke schakelaars je moest bedienen. Ze kende deze uit haar hoofd.

In de relaxruimte klonk zachte muziek. Op het rustige ritme van de muziek zwommen de tropische siervissen rondjes tussen de waterplanten. Sonia verstoorde de harmonie met een paar snufjes visvoer. Een van de taken die bij de vroege dienst hoorden. Daarna druppelde ze lavendelolie in de verstuiver.

Ze inspecteerde de bad- en behandelcellen. Op een van de deu-

ren stond het chromen bordje op BEZET. Ze wilde het net omdraaien, toen uit het kamertje het gehuil van een kind klonk. Ze had mevrouw Felix niet zien binnenkomen.

```
vanmorgen lagen er lichtstaven in het zwembad
waarom
geen idee 35 stuks
ik zou bang worden
ik ook
```

De dag ging net zo onwerkelijk verder als hij was begonnen. Om tien uur viel een reisgezelschap uit Zuid-Duitsland, allemaal vijftigers met veel wellnesservaring, hotel Gamander binnen met vouchers voor een Romeins-Iers badritueel. Ze maakten, zoals de organisator het noemde, een 'verjongingsreis' door Zwitserland, Oostenrijk en Italië. Door het voorval in het thermale bad en een communicatiestoornis op het kantoor werden Sonia, Manuel en mevrouw Felix door de invasie overvallen. In de anders zo stille lucht-, stoom- en sproeibaden heerste nu een en al bedrijvigheid en voor de borstelmassage stond een lange rij.

Sonia en Manuel verrichtten lopendebandwerk aan hun massagetafels en hadden in iedere hand een borstel, waarmee ze cirkels trokken over de rug van hun patiënt. Steeds mooi rechts beginnend, van de extremiteiten richting het hart. Iedere keer als ze een wit lichaam roze hadden gemaakt en met olie hadden ingesmeerd, kwam het volgende alweer voor hen liggen.

Drie uur lang werkten ze tegen stukloon zesendertig uitgelaten volwassenen af, die zich met een gemak door deze marmeren krochten bewogen alsof ze sinds hun geboorte nooit kleren hadden gedragen.

En toen was het even snel voorbij als het was begonnen. Sonia hoorde het ruisen van de vier watervallen weer en de mijmerende klanken van de meditatiemuziek.

Ze liepen de vertrekken door, raapten de vochtige badhanddoeken bij elkaar en dweilden de natte voetsporen op.

"Wat was dat nou met die lichtstaven?" vroeg Manuel later, toen ze in de personeelskamer zaten bij te komen van de invasie. Sonia dronk thee, hij zat te roken en mevrouw Felix hield boven bij de zwembaden toezicht.

"Ze lagen op een hoop op de bodem en gaven licht."

"Dat zag er vast prachtig uit."

"Ik werd er bang van."

"Bang?"

"Dat was geen slechte grap meer. Dat was een dreigement. Net als met die ficus."

"Geloof je dat dat met elkaar te maken heeft?"

"Natuurlijk." Ze stond op van de tafel en nam een trek van zijn sigaret.

Manuel vroeg: "Wat vind je van de pianist?"

"Ik vind hem goed."

"Volgens mij ben ik verliefd."

"Is hij homo?"

Manuel schudde twijfelend zijn hoofd.

"Ik dacht dat jullie dat meteen zagen."

"Ik niet. Wat denk je, zou hij het zijn?"

"Ik heb niets vrouwelijks aan hem gezien."

"Ik ook niet. Dat vind ik nou juist zo leuk aan hem."

Die avond wilde Sonia niet alleen zijn. Ze nodigde Manuel uit om mee te gaan eten in de Steinbock, bestelde een tweede fles wijn voordat de eerste leeg was en bleef zitten toen Manuel vertrok. Hij had vroege dienst.

Het was in de Steinbock drukker geweest dan anders. Tot een halfuur geleden hadden meneer en mevrouw Lüttger aan een tafel naast hen gezeten, en vader en moeder Häusermann hadden de kinderen een avondje thuisgelaten en leken wat te vieren te hebben. Een verjaardag, verlovingsdag, trouwdag, verzoendag of een van die andere bijzondere dagen die in de loop van een huwelijk ontstaan.

In de zaal ernaast, die door een schrootjeswand met oude boeren- en keukenvoorwerpen was afgescheiden van het witgedekte en met Thaise orchideeën versierde gedeelte, werd aan drie tafels gekaart. Een beetje afgezonderd van het gezelschap zat de boer die Sonia weleens door de straat bij het hotel voorbij zag hinken. Hij keek strak voor zich uit en voerde een toonloos, kwaad gesprek met zijn halfvolle glas rode wijn, waarbij zijn lippen nauwelijks zichtbaar bewogen.

Ineens stond de kok met een dienblad naast haar.

"IJs van wilde bosbessen met kokoscrème. Van het huis." Hij zette een bordje voor haar neer en bleef bij de tafel staan.

Sonia proefde. "Heerlijk", zei ze.

De kok bleef staan. Hij zag er fris gekamd uit. Op zijn voorhoofd was de afdruk van de koksmuts nog zichtbaar. Met blauw garen was rechts op de borst P.B. geborduurd.

"Waarom gaat u niet zitten?"

Hij ging zitten en keek toe hoe Sonia het dessert opat.

"Niet te zoet?"

"Eerlijk gezegd, wel een beetje."

"De crème. Een Thais recept. Die moeten wat zoets hebben na zo'n scherpe curry. De volgende keer neem ik minder palmsuiker."

"Kookt u al lang zo?"

"Dit seizoen voor het eerst."

"Gefeliciteerd."

"De gasten bestellen het niet."

"De hotelgasten wel. Vandaag waren er drie tafels bezet."

Hij grijnsde. "Een record."

"Er zal over gepraat worden."

"Onder twintig hotelgasten? Daar kan de Steinbock niet van bestaan."

"Hotel Gamander ook niet."

"Dat hoeft ook niet."

Nu zat Igor achter de ontvangstbalie. Hij droeg een donker kostuum en een stropdas.

"Bliksemcarrière", zei Sonia.

Igor hief zijn handen op. "Had ik moeten weigeren?"

Sonia ging naar de trap.

"Nu kun je tenminste rustig slapen", riep hij haar halfluid na.

"Dat moet ik nog zien", mompelde ze.

In Bagdad waren bij een zelfmoordaanslag meer dan veertig agenten in opleiding omgekomen. Het lagedrukgebied Max hing nog steeds boven de Adriatische Zee en bedierf het begin van de zomer bij de noorderburen. Bij de honderden tips over de dierenbeul zat tot nu toe niets bruikbaars.

Om vier uur werd ze wakker van een geluid dat ijsblauw was als een glazen staaf. Op de commode lichtte haar mobiele telefoon op. Sonia kreunde, deed het licht aan en stond op.

```
groeten uit de meccomaxx
ik slaap
sorry slaap lekker
nu ben ik wakker wat is er
heette hij pablo
wie
die van de acid
ja waarom
zal ik
wat
alle twee
nee
wat niet
alle twee ga slapen
```

Sonia ging weer in bed liggen en deed haar ogen dicht. Ze moest aan Casutt denken. Hij kon nu tenminste met een rustig geweten slapen. Ze probeerde zich hem slapend voor te stellen, zonder zijn verstarde glimlach. Het lukte niet.

Waren deze vreemde aanslagen op hem gericht? Ze hadden hem wel zijn baan gekost.

Maar waarom zou iemand zoveel moeite doen om de laatste jaren voor zijn pensioen te vergallen?

Misschien een oude dorpsvete? Hij was hier immers geboren.

In de verte sloegen de kerkklokken dreigend kwart over vier. Sonia ging naar de badkamer. In het zwakke licht van de gevellampen stond Pavarotti's afgedekte kooi. Ze ging naar de wastafel en draaide de kraan open, tot het water koud was als gletsjerwater.

Ze vulde een glas en dronk het water op. Het had de smaak van koud water. Geen vorm, geen kleur, geen klank.

Ze ging weer in bed liggen.

En als hij het zelf was geweest? Hij had het telefoontje van het kantoor kunnen verzinnen en hij had de hele nacht de tijd gehad om zuur in de plantenpot te gieten en de lichtstaven in het zwembad te leggen.

Maar waarom?

Geen idee. Misschien was hij gewoon niet helemaal goed bij zijn hoofd. En was zijn bevroren glimlach de malle grijns van een krankzinnige.

Lang geleden had ze bij een cursus Qi Gong in het Fürstenhof in Bad Waldbach geleerd om gedachten voorbij te laten trekken als wolken. Maar Casutt, de grijnzende krankzinnige, bleef donker en zwaar boven haar hangen.

De klok sloeg halfvijf.

Een koele ochtend. Voor het postkantoor laadde de chauffeur een postzak uit de eerste postauto. In het voorbijgaan knikte Sonia naar hem. Ze droeg haar trainingspak en trimschoenen, een nieuwe poging om haar geest door middel van haar lichaam af te leiden.

Mevrouw Bruhin stond met haar armen over elkaar in een gebreid vest voor haar winkel. Op het bord stond AANBIEDING: GERANIUMS! Sonia rende voorbij en zwaaide naar haar.

Na twintig meter sloeg ze een zijstraatje in. Het was het begin van een weg die in een grote boog om het dorp heen leidde. Hij begon met een gemene klim, maar daarna kronkelde hij lieflijk langs een paar boerderijen en vakantiewoningen terug naar de hoofdstraat.

Bij het klimmen raakte Sonia buiten adem. Ze stopte met hardlopen en wandelde de laatste twintig meter naar het hoogste punt. Daar bleef ze staan om weer op adem te komen.

Een eind verderop, voor een boerderij, stond de terreinwagen met de melktank. De bestuurder was niet te zien. Toch maakte Sonia rechtsomkeert. Zodra ze het gevoel had dat ze uit het zicht was, begon ze weer te rennen.

Ter hoogte van de kerk liep ze alweer in wandeltempo, de handen in haar zij en haar blik op de straat gericht. Daarom zag ze de vrouw pas toen die haar aansprak.

"Mag ik u wat vragen?"

Het was de vrouw die haar zoontje door mevrouw Felix liet behandelen.

"Natuurlijk", hijgde Sonia.

"U bent toch ook fysiotherapeute?"

Sonia knikte en probeerde haar adem onder controle te krijgen.

"Ik heb een spastisch kind, Christoph."

"Ik weet het."

"Hij krijgt nu bijna een jaar deze behandeling. Drie keer per week bij mevrouw Felix en twee keer per dag thuis door mij. Maar ik zie geen vooruitgang. En hij moet steeds harder huilen."

De vrouw had tranen in haar ogen. "Mevrouw Felix zegt dat deze Vojtatherapie het enige is dat helpt. Klopt dat?"

Sonia aarzelde met haar antwoord. Maar toen zei ze: "Er bestaat ook een therapie volgens Bobath."

"En hoe is die?"

"Zachter."

"Kunt u die geven?"

"Helaas niet."

De vrouw keek haar zo wanhopig aan dat Sonia eraan toevoegde: "Maar er is vast wel iemand in het Engadin die het wel kan."

De vrouw gaf Sonia een hand. "Dank u. Ik heet Ladina."

"Sonia."

Ze keek haar na hoe ze de dorpsstraat afliep. Ze was niet veel ouder dan dertig. Maar vanuit de verte zag ze eruit als een oude vrouw.

Het leek wel een filmdecor, zoals hotel Gamander zich in de felle ochtendzon tegen een onheilspellend zwarte lucht aftekende. Toen Sonia haar kamer in kwam, bolde het gordijn voor het halfopen tuimelraam op en was er een traag gerommel van de donder te horen. Ze deed het raam dicht en ging onder de douche.

Toen ze de badkamer uit kwam, was het zo donker in de kamer dat ze het licht aan moest doen. Buiten regende het pijpenstelen.

Ook bij de zwembaden brandde licht. De wind sloeg de regen tegen de glaswand. Het was buiten zo donker dat Sonia zichzelf weerspiegeld zag. Klein en verlaten stond ze aan de rand van het thermale bad alsof ze aan de oever van een diepe rivier stond.

In het zwembad trok Barbara Peters onverstoorbaar haar baantjes. Sonia liep de trap af naar de behandelruimtes.

In de personeelskamer vond ze Manuel. Hij leunde met de hielen van zijn blote voeten tegen de muur, had zijn ogen dicht en stond op zijn hoofd. Sonia deed zachtjes de deur dicht en ging de relaxruimte binnen. Daar was het donker, op het licht van het aquarium na. Ze ging naar de lichtschakelaar.

"Liever niet."

Sonia schrok.

"Neem me niet kwalijk, ik wilde u niet laten schrikken." Het was dr. Stahel. Hij lag in het groenachtige schijnsel van de zeealgen gewikkeld in een badlaken op een ligstoel.

"Hoe gaat het met u?" vroeg hij.

"Weet ik niet. Ik vind het allemaal zo onwerkelijk." Sonia ging op een ligstoel zitten. "Gelooft u dat het te maken heeft met die acid?"

"Lsd verandert de biochemie van de hersenen. Ze worden afgestemd op andere golflengtes en gevoeligheden. Dat is niet mijn idee, dat zegt Albert Hofmann. En die heeft dat spul immers ontdekt."

"Ik begrijp het niet."

"Wat wij ervaren als de werkelijkheid, ontstaat in ons hoofd. Ons oog ontvangt slechts een fractie van de elektromagnetische golven die door alle dingen worden uitgestraald. En ons brein zet ze om in kleuren."

"Onlangs", vertelde Sonia, "zag ik een regenboog. Die had aan de rand van het spectrum een kleur die niet bestaat."

"Weet u waar het spectrum van de regenboog uit bestaat? Uit elektromagnetische trillingen tussen nul komma vier en nul komma zeven millimicron. De acid heeft er blijkbaar in uw hersenen voor gezorgd dat u een paar honderdduizendste delen meer kunt zien."

"En werkt deze verandering zo lang door?"

"Het brein is een leergierig orgaan."

Sonia zag het aquarium, het vreemde licht op de lege ligstoelen en de stille gestalte van de dokter. "Betekent dat dat de werkelijkheid die wij zien, helemaal niet bestaat?"

"Integendeel. Er bestaan oneindig veel werkelijkheden. En die sluiten elkaar niet uit. Ze vullen elkaar aan tot een alomvattende, tijdloze, transcendente werkelijkheid. Komt ook van Hofmann. Geen hippie, maar een gewaardeerd natuurwetenschapper."

"Ik weet niet of ik op dit moment wel meer dan één werkelijkheid aankan", zei Sonia.

In de gang was het stil, op het ruisen van de kunstmatige watervallen op de verdieping erboven na. Bij behandelkamer twee ging abrupt de deur open en mevrouw Felix gebaarde dat ze binnen moest komen. Ze deed de deur achter zich dicht en ging strijdlus-

tig voor Sonia staan. Ze was bijna een kop kleiner. Sonia zag dat
haar zwarte haar grijs aan het worden was en ze rook een mengeling van zweet en deodorant. Door de dikke glazen van haar
gewelfde Hollywoodbril keken de grote ogen haar vol haat aan.
Sonia voelde dat haar hartslag sneller ging van angst.

"Als u nog één keer", riep mevrouw Felix, "probeert mijn patiënten bij me weg te jagen, zult u de dag dat u hier bent begonnen ver-
vloeken."

"Waar hebt u het over?" kon Sonia nog net uitbrengen.

"Waar hebt u het over? Waar hebt u het over?" bauwde mevrouw
Felix haar na. "U weet heel goed waar ik het over heb. Maar al te
goed."

Ze deed de deur open en siste: "En nu wegwezen!"

Sonia gehoorzaamde als een kind dat straf kreeg.

Manuel stond weer op zijn voeten. "Wat is er?" vroeg hij bezorgd,
toen Sonia de kamer binnenkwam.

Niets, wilde Sonia antwoorden. Maar ze kwam niet verder dan
het schudden van haar hoofd. Manuel nam haar in zijn armen en
ze begon te snikken.

Hij was aardig. Hij vroeg niets, zei niets, klopte haar niet troostend op haar rug. Hij hield haar alleen maar vast, wachtte tot ze
uitgehuild was en rook naar een iets te turquoise herengeur.

Toen ze zich van hem losmaakte, had hij een tissue in zijn hand.
Ze snoot haar neus.

Hij keek haar aan en glimlachte. Met moeite glimlachte ze terug.

"Volgens mij kan ik hier niet blijven."

Hij zweeg nog steeds, maar zijn glimlach was nu vol medelijden.

"Maar ik kan ook niet terug."

"Waarom niet?"

"Misschien had ik daar kunnen blijven. Maar nu teruggaan, nee,
dat red ik niet."

In de middag hoorde ze gehoest in het heteluchtbad. Ze had niemand horen komen en ging kijken.

Meneer Casutt zat op een granieten traptrede. Hij was ongeschoren en naakt. De ruimte rook naar sterke drank. Toen ze binnenkwam, stond hij op.

"Meneer Casutt?"

Mager, met zijn ronde rug en ingevallen borst stond hij voor haar. Zijn ogen stonden glazig boven zijn opgetrokken bovenlip. In de warme lucht ademde hij zwaar. "Nu ziet u hoe aardig ze is", riep hij. "U mag hier niet komen." "Iedereen die entree betaalt, mag hier komen." "Het is niet goed voor uw bloeddruk. U hebt gedronken." "Niet goed voor de zaak, een dode nachtportier in het Romeins-Ierse bad. Ex-nachtportier de pijp uit! Niet goed voor de reputatie." Casutt ging weer zitten en keek haar uitdagend aan. Sonia ging naar de personeelskamer en haalde Manuel erbij. Maar het lukte hem ook niet om de dronken portier tot rede te brengen. Vlak voordat Manuel hem wilde beetpakken, ging de deur open. Mevrouw Felix kwam binnen, gaf Casutt een badlaken en zei heel rustig: "Nu is het genoeg."

Casutt pakte het badlaken aan, stond op, sloeg het om zijn heupen en vertrok.

In de gang stond mevrouw Kummer in een gifgroen badpak, de rimpelige huid in plooien.

Een van de aangenaamste kamers van het hotel was de leeskamer. Hij had een jugendstilboograam, dat uitkeek op de pijnbomen en lariksen die het terrein omzoomden. Langs twee wanden stonden boekenkasten, die in dezelfde stijl waren afgewerkt als de grenen betimmering, en ook de zitmeubels behoorden tot het oorspronkelijke ontwerp van de kamer: twee sofa's waarvoor een ruimte was uitgespaard in de betimmering en een paar bijpassende fauteuils. Aan de muur waar de deur zat, hingen foto's van de bouw en de eerste jaren van hotel Gamander. Gasten die per koets arriveerden, gasten die zich verkleedden voor de bonte avond, gasten op de schaats en groepsfoto's met koks, obers, wasvrouwen en kamermeisjes. Boven de deur hing een groot crucifix, dat eveneens bij de oorspronkelijke inrichting hoorde, want het paste precies in een alkoof die in de betimmering was aangebracht. De enige concessie aan de moderne tijd bestond uit een paar halogeenleeslampen, die een welkome aanvulling waren op de originele verlichting.

In de boekenkasten stond een allegaartje aan vakantielectuur die in acht decennia door gasten was achtergelaten en een kleine, vakkundig samengestelde bibliotheek van splinternieuwe hardcovers

en paperbacks in verschillende talen.

Sonia ging de kamer binnen, omdat Manuel haar had gevraagd de Maigret die hij uit had, om te ruilen tegen een nieuwe. Hij had tot acht uur dienst en verveelde zich in het uitgestorven wellnesscomplex.

De enige gast in de leeskamer was een van de jongens van Häusermann. Hij zat in een fauteuil te spelen met een gameboy, waaruit wilde elektronische klanken kwamen. Hij keek niet op.

Ze vond algauw de lange rij Maigrets, besloot *Maigret vergist zich* mee te nemen en zette het deel dat ze bij zich had weer op zijn plaats.

Op een bijzettafeltje naast een van de fauteuils waar ze zich langs moest wurmen, lagen een paar boeken, alsof iemand gestoord was terwijl hij lekker zat te lezen. Eén boek lag opengeslagen, de andere lagen er op een stapeltje naast. De titel van het bovenste boek riep een beeld bij haar op: vier woorden op de stoffige deur van een zwarte limousine.

Sonia pakte het boek van de stapel. Het was oud en zag er beduimeld uit. *De duivel van Milaan* stond er in afgebladderde gouden letters op een dennengroen linnen kaft. En daaronder iets kleiner: *en andere Alpensagen.*

Sonia nam het boek mee.

"Hij is het."

"Hij is het niet."

"Waarom speelt hij dan Zarah Leander?"

"Dat speelt hij voor jou, Sonia."

Ze zat met Manuel in de bar. Barbara Peters had haar daartoe aangespoord. Drankjes tegen personeelstarief, had ze gezegd, want niets was deprimerender dan een lege bar met een pianist.

De man aan de vleugel had even opgekeken toen ze binnenkwamen en speelde daarna weer ter eigen vermaak. Hij heette Bob, Bob Legrand uit Canada. Dat had Manuel op het kantoor weten te achterhalen. Hij had het hem ook zelf kunnen vragen, maar wilde niet de indruk wekken dat hij met Bob wilde aanpappen.

"Waarom niet?" had Sonia gevraagd. "Je wilt toch met hem aanpappen?"

"Nee", had Manuel geantwoord, hij wilde dat Bob met hém aanpapte.

Maar het leek er in de verste verte niet op dat Bob dat van plan was. Hij zat achter zijn vleugel en luisterde diep in gedachten naar de muziek die zijn handen speelden.

"Waarom zijn jullie gescheiden, jij en je man?" Sonia dronk haar glas champagne leeg en hield het omhoog. De barman knikte.

"Is het zo'n lang verhaal?"

"Zo langdradig."

"Vertel."

"Het was zoals het meestal gaat: we raakten van elkaar vervreemd. Nee, dat zeg ik verkeerd. We waren altijd al vreemden voor elkaar. We merkten steeds meer dat we vreemden voor elkaar waren."

"Alle twee?"

"Ja. Maar ik was de enige die dat toegaf. Voor hem was het niet belangrijk. Ik geloof dat hij het zelfs wel prettig vond. Een leven zoals hij het zich voorstelde, kun je alleen maar met een vreemde leiden."

"Wat voor leven?"

Vanni bracht een nieuwe champagneflûte.

"Een leven gericht op de buitenkant. Zoals al zijn vrienden. Zijn ouders. Zijn broers. Iedereen die hij probeerde te evenaren."

Manuel ging achteroverzitten als een kind dat voor het slapengaan een verhaaltje te horen krijgt. "En toen?"

"Wat er altijd gebeurt: hij had affaires, en dat was geen ramp. Ik had affaires en dat was wel een ramp."

"En toen zijn jullie gescheiden."

"Ik. Hij wilde weer 'nader tot elkaar' komen. Ik had niet zo'n zin om nader tot elkaar te komen, ben vertrokken en heb de scheiding aangevraagd."

"En verloren?"

"Gewonnen."

"Waarom moet je dan werken? Ik dacht dat hij poen had."

"Ik moet niet. Ik wil."

"En waarom in hemelsnaam?"

"Vertel ik je nog weleens."

De pianist was gestopt met spelen. Sonia wenkte hem naar hun tafel.

"Ben je gek geworden?" fluisterde Manuel.

De pianist wees op zichzelf en keek haar vragend aan. Sonia

knikte. Hij stond op en kwam naar hun tafel. Sonia nodigde hem uit bij hen te komen zitten. Hij bestelde bier.

Bob Legrand was concertpianist uit Quebec. Hij was met een kamerorkest op tournee geweest in Europa en was daarna blijven hangen tot zijn geld op was. Het baantje in hotel Gamander was zijn eerste als barpianist.

Na precies vijftien minuten pauze ging hij terug naar de vleugel.

"Wat zei ik?" zuchtte Manuel. "Zeker weten van niet."

Sonia sprak hem niet tegen.

```
beneden huilt een vrouw
welke verdieping
weet ik niet wat moet ik doen
de politie bellen
die zullen vragen wat ik hier doe
je bent op bezoek
oke
```

Het bericht had Sonia uit een lichte, alcoholische slaap gehaald.

Ze was lang in de bar gebleven. In elke pauze was Bob aan hun tafeltje komen zitten om een biertje te drinken. Ze had iedere keer een glas champagne leeggedronken. Om elf uur trok Manuel zich terug. Zij was tot het einde gebleven.

Nu was het even na halftwee. Ze probeerde weer in te slapen. Maar nu voelde ze haar lichaam. Ze voelde haar hartslag. Ze werd zich bewust van een hoge toon in haar linkeroor. Ze voelde iets in haar nek, dat in de loop van de nacht zou uitgroeien tot hoofdpijn. En ze voelde nog iets, dat waarschijnlijk met de pianist te maken had.

Ze deed het licht aan en pakte haar telefoon.

```
ze is gestopt
bel toch maar
help een vrouw is gestopt met huilen
```

Sonia zette haar telefoon uit, reikte naar de commode en pakte het boek met de sagen.

Tussen de bladzijden zat een zwart-witte ansichtkaart. Er stond een kudde geiten op, die door een dorp geleid werd, en de tekst GROETEN UIT HET UNTERENGADIN. De kaart was onbeschreven,

maar iemand had met een balpen vooraan de kudde de kop van een bok getekend. De kaart diende als boekenlegger voor het titelverhaal.

De duivel van Milaan

Hoog in de bergen, helemaal achteraan in het Val Solitaria, daar waar ook midden in de zomer de zon nooit langer dan drie uur te zien is en de ijspegels tot het feest van het bezoek van de Heilige Maagd aan Elizabeth tussen de rotsen glinsteren, lag ooit de Alp Dscheta. Van een beetje hard gras en een steeds dichtvriezende bron konden net twintig magere geiten en een herderinnetje bestaan. Er was op deze hoogte nauwelijks een stukje brandhout te vinden om de armzalige hut te verwarmen. Al vroeg in de avond dreef het herderinnetje de geiten in de hut en ging ertussen liggen, om niet te bevriezen in de bergnacht.

Alleen de kinderen van de armste mensen van het dorp moesten daarboven kuddes hoeden en menig kind haalde de herfst niet.

In de koudste zomer sinds de Dertigjarige Oorlog was Ursina, het jongste dochtertje van een arme weduwe, aan de beurt. Ursina was nog maar negen, te jong voor de Alp Dscheta, maar haar moeder had gezegd dat ze tien was. Ze had de dertig kreuzer nodig die de boeren iedere zomer voor een herderskind betaalden.

Die zomer was zo koud dat in Sankt Barthel de geiten het gras onder twee voet sneeuw vandaan moesten scharrelen en de uiers van de moedergeiten opdroogden. Al snel werd het laatste stukje geitenkaas opgegeten en het laatste slokje melk opgedronken. Bibberend en hongerig zat Ursina te midden van de mekkerende geiten en bad tot alle heiligen om hulp in deze noodsituatie.

Maar hoe vuriger ze bad, hoe bijtender de wind door de kieren van de scheve hut waaide. Hij blies sneeuwvlokken in haar gezicht die aanvoelden als speldenprikken. "Ach", riep ze ten slotte wanhopig uit, "als de engelen mij niet willen helpen, dan moeten de duivels mij maar helpen!"

Meteen ging de wind liggen en in de stilte van de hut sprak een diepe stem: "De duivel van Milaan kan de Heiland met gemak verslaan."

De stem kwam van de oude bok die naast haar stond en haar met gele ogen aankeek.

Ursina werd doodsbang, want ze wist dat je van de duivel niets voor niets kreeg. "Wat is je prijs?" vroeg ze met bevende stem. Maar de bok

gaf geen antwoord. Al die tijd boven op de alpenweide kwam er behalve af en toe wat gemekker niets uit hem.

Maar nog diezelfde nacht smolt de sneeuw. De volgende morgen scheen de zon warm op de alpenwei en het gras was mals en groen. En zo bleef het de hele zomer. In de herfst, toen de boeren Ursina en haar kudde ophaalden, waren de geiten vet en moesten er dertig kazen naar het dal worden gedragen. Ursina zelf was gezond en sterk, haar tanden waren wit en haar blonde haar glansde in de zon.

Tot haar zestiende levensjaar hoedde Ursina de geiten op de Alp Dscheta, elk jaar een paar meer. De boeren waren zo tevreden over haar werk dat ze haar moeder iedere zomer eerst een hele, daarna twee en ten slotte drie gulden betaalden. Het meisje groeide uit tot een schoonheid zoals zelfs de oudsten in het dal nog nooit hadden gezien.

Maar tien dagen voor de negende alpenzomer reed een stoffige koets het dorp binnen. De enige passagier was een voorname oude heer. Hij droeg een gewaad van zwarte zijde, een zilveren degen aan zijn gordel en een rode veer op zijn hoed. Hij sprak Italiaans en beval dat Ursina bij hem gebracht zou worden, want hij moest met haar praten.

"Wie bent u?" vroeg Ursina zodra ze alleen waren.

"De duivel van Milaan kan de Heiland met gemak verslaan."

Ursina sidderde toen ze de woorden hoorde die ze destijds in die koude nacht op Alp Dscheta uit de mond van de oude bok had vernomen. "Komt u uw prijs innen?" stamelde ze.

"O nee", antwoordde de duivel, "wat je tot nu toe van mij hebt gekregen, kost niets. Pas wanneer je meer wilt, heeft dat zijn prijs."

"Wat zou ik nog meer willen?"

"Onvergelijkbare schoonheid, eeuwige jeugd, rijkdom, geluk en een kasteel met honderd ramen en dertig torens."

Ursina, die jong was en door het aanzien dat ze door haar schoonheid en haar werk als herderin bij de boeren genoot, ook een tikje vrijpostig was geworden, vroeg: "En wat is uw prijs, duivel van Milaan?"

"Dezelfde als altijd, Ursina: je ziel."

Het meisje lachte: "Te hoog, die prijs. Veel te hoog."

De duivel glimlachte. "Luister eerst naar de voorwaarden voordat je hem afwijst."

Hij boog naar haar over en fluisterde deze woorden in haar oor:

"Wanneer het herfst wordt in de zomer,
wanneer het overdag nacht wordt,

wanneer er brand is in het water,
wanneer het dag wordt bij de twaalfde slag,
wanneer de vogel een vis wordt,
wanneer het dier een mens wordt,
wanneer het kruis naar het zuiden wijst,
dan pas ben je van mij."

Drie keer liet Ursina de duivel de voorwaarden herhalen, tot ze zeker wist dat ze het goed had begrepen. Toen ging ze akkoord.

Ze nam afscheid van haar moeder, haar broers en zusters, het dorp en de geiten, en stapte in de koets. Nog voordat ze op hun bestemming waren aangekomen, had haar schoonheid zich verveelvoudigd. Overal waar de koets halt hield, werd ze omringd door mensen die ook een keer zoiets moois als de jonge Ursina wilden zien.

Het slot lag hoog op een heuvel boven een vruchtbaar dal en had daadwerkelijk honderd ramen en dertig torens met daken van puur goud.

De duivel van Milaan viel Ursina niet lastig. Slechts één keer per jaar kwam hij haar opzoeken. Dan liet ze een feestmaal aanrichten en werd er dansmuziek gespeeld. De duivel had perfecte manieren en had het nooit over de afgesproken prijs.

Tot op een heerlijke dag in juli ...

De tekst was aangekomen bij het einde van pagina tweeëntachtig en de overgang naar de tegenoverliggende pagina was onlogisch:

... en van verre was het schijnsel van de vlammen te zien tegen de nachtelijke hemel boven het dal.

Sonia controleerde de paginanummers. De tekst was van pagina tweeëntachtig naar vijfentachtig gesprongen. De bladzijde ertussen ontbrak.

... en van verre was het schijnsel van de vlammen te zien tegen de nachtelijke hemel boven het dal. Toen de mensen uit het dorp de volgende ochtend de rokende puinhopen van het kasteel afzochten, vonden ze van Ursina slechts de juwelen die ze die nacht voor haar geliefde had gedragen.

Maar wanneer het weer midden in de zomer soms omsloeg en het

tot in de dalen sneeuwde, keken de dorpelingen angstig omhoog en zeiden: "Kijk, Ursina schudt haar dekbed uit."

6

Als de binnenkant van een mossel strekte de hemel zich uit boven Val Grisch. Langzaam tekende zich langs de bergruggen een parelmoeren contour af. Het schemerde nog, maar dit zou voor het dorp de eerste onbewolkte zomerdag van de maand worden. Het was even voor vijf uur. Het silhouet van de kerktoren van de San Jon stak donker af tegen de bleke morgenlucht. Zacht snorrend zette het mechaniek van het slagwerk zich in beweging en liet kort na elkaar de klepel tegen de klok in g en de klok in e slaan. *Bimbam, bimbam, bimbam, bimbam* ... dat waren de kwartieren. En zwaar en plechtig volgden de hele uren: *Bom. Bom* ...

Bij de eerste slagen van de kwartieren was Sonia wakker geworden uit een onrustige, diepe droom. Toen ze zag dat er nog nauwelijks licht door de spleet in het gordijn kwam, deed ze haar ogen weer dicht en telde de slagen van de hele uren. *Bom. Bom.*
Bij de zesde slag kreunde ze.
Bij de zevende sloeg ze haar dekbed open.
Bij de achtste stond ze op.
Bij de negende stond ze in de koele lucht van het open raam en zag de bergketen in de nevel van de ochtendschemering. *Bom. Bom.*
Twaalf slagen telde ze. Meteen daarna kwam de eerste zonnestraal boven de bergrug van de Piz Vuolp uit.
Op de parkeerplaats van het hotel zag Sonia de wagen van de melkrijder staan.

Ook Gian Sprecher zag de melkwagen. Door de twaalf klokslagen was hij uit de stal gekomen. Hij pakte de veldkijker van zijn spijker en speurde het dorp af. De straat was uitgestorven.
Maar bij hotel Gamander zag hij iets bewegen. De Pajero van Reto Bazzel keerde en reed de parkeerplaats af. Sprecher volgde hem met de veldkijker, tot hij in de bocht verdween.

Hij richtte de kijker weer op het dorp. Nu zag hij Sandro Burger aan komen rennen. Tijdens het lopen stopte hij zijn overhemd in zijn broek en hij keek steeds hoofdschuddend omhoog naar de kerktoren. Sprecher zag nog net hoe Sandro een sleutelbos uit zijn tas pakte, daarna werd het zicht hem ontnomen door een van de huizen.

Hij lachte en ging de stal weer in.

Sandro Burger had zijn handen in zijn nek gevouwen en bestudeerde de gebruiksaanwijzing van het uurwerk. In negentienvierenzestig was de torenklok van de San Jon gerestaureerd en geëlektrificeerd. Sindsdien had hij het, behalve een paar keer dat de stroom was uitgevallen, altijd goed gedaan. Het kwam weleens voor dat het uurwerk niet helemaal synchroon liep met het slagwerk. Maar het verschil was minimaal, het was voldoende als Sandro Burger de wijzer iedere tweede maandag van de maand corrigeerde.

Maar nu stond de klok van het slagwerk op tien over twaalf. Een verschil van zeven uur kon niet vanzelf zijn ontstaan. Iemand had aan de klok gezeten.

Het hoofdportaal was afgesloten geweest toen Burger bij de kerk kwam. Nu ging hij naar de zijingang. Ook dicht. Net als de twaalf gebrandschilderde ramen.

Burger zette zijn ronde voort. In de sacristie trof hij een raam aan dat op een kier stond. Het kwam uit op het kleine kerkhof, waarvan de oudste stenen kruizen tegen de kerkmuur aan stonden. Een van de kruizen stond pal onder het lage raam van de sacristie. Een ladder van steen.

Burger wist zeker dat het raam gisteravond gesloten was geweest. Maar hij had het niet gecontroleerd, want het werd nooit geopend.

Als meneer Häusermann op zijn hoofd maar een fractie van de haren had die op zijn rug groeiden, dan hoefde hij zijn schedel niet kaal te scheren. Sonia masseerde niet graag behaarde lichamen. De haren raakten vaak in de knoop en dan hielp uiteindelijk alleen nog maar een nagelschaartje.

Op de rug en de schouders hield ze het daarom bij lichte strelingen en ze concentreerde zich op de wervelkolom ter hoogte van de lendenen, waar niet zoveel lichaamsbeharing zat.

Het spookverhaal voor het slapengaan, de flarden van de droom van die nacht en de twaalf klokslagen in de vroege ochtend hadden het gevoel van onwerkelijkheid, dat haar hier had bekropen, verder versterkt. Er ging iets gebeuren. Ze had de onrust van een kat vlak voor een natuurramp. En ook het onvermogen om zich te uiten. Maar er ging iets gebeuren. Of was het al gebeurd? Er was iets gebeurd en ze kon niet zeggen wat. Maakte het iets uit? Wat in een van de werkelijkheden al was gebeurd, moest in een andere werkelijkheid misschien nog gebeuren.

Ze balde haar handen losjes tot vuisten en trommelde licht op de lendenwervels van meneer Häusermann. Wat had die man met de melkwagen zo vroeg onder haar raam te zoeken?

Waarom had Pavarotti er zo vreemd bij gezeten toen ze vandaag de doek van zijn kooi had gehaald? Hij zat niet zoals altijd op zijn stokje en knipperde geïrriteerd tegen het licht van de nieuwe dag. Met de veren overeind trippelde hij over de bodem van de kooi, alsof hij iets in het zand had verloren.

Ze trok de onderbroek van meneer Häusermann een stukje naar beneden en legde haar geoliede handen links en rechts op de aanhechtingen van zijn bilspieren. Ze voelde hoe vanuit de *laogung*-punten in het midden van haar handpalmen de energie in hem stroomde als een warme straal helder licht.

Zo bleef ze staan, tot ze niets anders meer zag en rook en hoorde en voelde en proefde dan deze onstuitbare stroom pure qi.

Doordat meneer Häusermann even kreunde, kwam ze weer terug in de werkelijkheid. Ze tilde de doek op en vroeg of hij zich op zijn rug wilde draaien.

Hij aarzelde even, en toen hij het toch deed, zag ze waarom.

"Neem me niet kwalijk", zei hij.

"Kan gebeuren", antwoordde ze. Met een glimlach die niet voor hem bedoeld was.

Later in de personeelskamer zei ze tegen Manuel: "Heb je het ook gehoord, vanmorgen om vijf uur?"

"Om vijf uur sliep ik nog."

"De kerkklok sloeg twaalf keer."

Manuel keek haar sceptisch aan.

"Ik zweer het. Ik ben bij het raam gaan staan en heb de slagen geteld. Raar, hè?"

"Het is altijd raar als klokken op hol slaan."

"Maar in combinatie met die andere dingen. Het zuur in de ficus. De lichtstaven in het zwembad."

"Als je er een verband tussen bedenkt, wordt het wel raar, ja."

"Maar ook elk incident op zich is vreemd."

Manuel wuifde het weg. "En Bob?"

"Wat is er met hem?"

"Hebben jullie ...?"

Sonia schudde haar hoofd.

"Iemand giet zuur in een bloempot, iemand gooit lichtstaven in een thermaal bad, iemand laat om vijf uur de kerkklokken twaalf keer slaan en iemand gaat niet met de pianist naar bed. Er gebeuren inderdaad heel rare dingen in Val Grisch."

```
baumann wil je nummer
heb je niet
hij komt er wel achter zegt hij
hij bluft
mijn nummer heeft hij ook gevonden
dat kent de halve stad
en toch belt er niemand
eenzaam
oud en eenzaam en jij
om 5 uur sloeg de kerk 12 keer
kom toch terug
```

Dr. Stahel lag op zijn zij. Sonia trok met haar linkerhand zachtjes aan zijn schouder en werkte met haar rechterhand aan de *tsubos* onder zijn schedelbasis. Ze had aan het begin van de behandeling zoals altijd gevraagd of hij vandaag nog bijzondere problemen had. Hij stelde een tegenvraag: "Behalve dan dat zo meteen mijn schedel uit elkaar spat?"

Sonia begon de behandeling met een hoofdshiatsu. Ze legde haar duim languit in de holte tussen de nekspieren onder de schedel en drukte zacht. Dr. Stahel kreunde.

"Doet het pijn?"

"Nee, het is goed."

"De windvijver."

"Pardon?"

"Zo heet deze plek. Ligt op de galblaasmeridiaan. Een belangrijk punt bij alle soorten hoofdpijn."

"Windvijver", herhaalde dr. Stahel, meer voor zichzelf.

Sonia toonde hem andere punten van de galblaasmeridiaan. "Schouderbron, veld bij de heuvel, bron bij de zonbeschenen grafheuvel en hier ..." – ze drukte op het bot achter zijn oor – "... mastoïd. Het beste punt tegen hoofdpijn bij de slapen."

Ze zwegen een tijdje op de bovenaardse klanken van de meditatiemuziek. Toen zei dr. Stahel: "U zei toch dat u het moeilijk vond om opgewassen te zijn tegen meer dan één werkelijkheid?"

"Ja. Heel moeilijk."

"En de meridianen? Nog nooit is een medicus een meridiaan tegengekomen. En toch gaat u er met de grootste vanzelfsprekendheid vanuit dat ze bestaan. Of de qi? Nog nooit heeft de westerse wetenschap deze levensenergie kunnen aantonen, zowel de opbouw als de structuur is onbekend. Maar bij shiatsu voelt u verstoppingen van de qi-stroom en die repareert u net zo geroutineerd als een installateur een kapotte buis. Dat noem ik een zelfverzekerde omgang met verschillende werkelijkheden."

"Ik heb het nog nooit beschouwd als een andere werkelijkheid."

"Als wat dan wel?"

"Een kwestie van geloof."

"Ik geloof niet in qi en meridianen. Maar" – hij klopte op zijn schedel – "de hoofdpijn is zo goed als verdwenen."

Sonia lachte. "Daar is vast een neurologische verklaring voor."

"Vast. Maar de windvijver bevalt me beter."

Vanaf dat moment zwegen ze verder tijdens de massage. Pas toen dr. Stahel opstond van het massagebed en ze hem een warm badlaken aangaf, vroeg ze: "Hebt u vanmorgen vroeg de kerkklokken ook gehoord?"

"Ja. Eerst was ik blij, omdat ik dacht dat het me voor het eerst in tientallen jaren weer eens was gelukt om me te verslapen. Maar toen vroeg ik me af: sinds wanneer begint de dag om twaalf uur?"

"Kijk niet zo, dit staat u ook te wachten."

Sonia voelde zich betrapt. Ze had zich bij de aanblik van de ver-

lepte mevrouw Kummer inderdaad afgevraagd of zij er ooit ook zo zou uitzien. Ze stonden tegenover elkaar, alle twee tot de heupen in het warme water, en Sonia vroeg zich af welke oefening ze eerst zou doen. Het was een hele tijd geleden dat ze dit had gedaan. Maar watergymnastiek maakte deel uit van het wellnessprogramma en Sonia was de enige die vrij was.

"Dat wil zeggen, alleen als u geluk hebt staat u dit ook te wachten. Niet iedereen wordt zo oud als ik."

"We beginnen met een lichte kniebuiging en dan duwen we elkaar weg."

"Toen ik zo oud was als u, zag ik er ook zo uit. Hoe oud bent u? Halverwege de dertig?"

"Buigen en ... duwen."

"Maar dan wat strakker. En met meer boezem." Het lichaam van mevrouw Kummer verdween langzaam tot haar schouders onder water en kwam snel weer tot de heupen naar boven, zonder dat haar mond stilstond. "En ik had natuurlijk ook geen tatoeage. Dat hadden vrouwen toen niet. Of alleen een bepaald soort vrouwen."

"En nu wat dieper." Sonia ging naar het midden van het bad en de oude vrouw volgde haar tot ze tot haar nek in het water stond.

"En ineens is hij er, de ouderdom. Dan sta je voor de spiegel en vraag je je af: wanneer is dat in godsnaam begonnen? Dat zult u ook een keer krijgen. Misschien morgen al na het douchen."

"Als ik 'Ja!' roep, rent u zo snel u kunt naar de andere kant."

"Of misschien vandaag al, straks na de gymnastiek. Dan staat u voor de spiegel in de kleedkamer en ziet die hangende mondhoeken en bovenarmen en vraagt zich af ..."

"Ja!"

Mevrouw Kummer worstelde zich met peddelende armen naar de andere kant van het zwembad, hield zich vast aan de rand en keek naar Sonia. "Wanneer, zult u zich afvragen", zei ze hijgend, "wanneer is dat toch begonnen?"

"En ja!" commandeerde Sonia.

Mevrouw Kummer maakte zich los van de rand en rende op Sonia af. Het fantoom van de ouderdom, gerimpeld en boos. In slow motion, maar onontkoombaar, onstuitbaar.

En terwijl Sonia gebiologeerd wachtte tot de oude vrouw bij haar was en met de volgende boosaardige uitval zou komen, werd dui-

delijk wat haar dwarszat na de massage van dr. Stahel. Het was iets wat hij had gezegd: sinds wanneer begint de dag om twaalf uur?

Twee minuten later had ze een eind gemaakt aan de watergymnastiekles met mevrouw Kummer. Ze had niet eens een reden verzonnen. "Omdat ik uw gedrag spuugzat ben", moest afdoende zijn. In haar gedachten had ze de acht regels als beeld opgeslagen. Maar desondanks rende ze in badjas de trap op en opende het boek met de sagen. De beelden klopten:

Wanneer het herfst wordt in de zomer,
wanneer het overdag nacht wordt,
wanneer er brand is in het water,
wanneer het dag wordt bij de twaalfde slag,
wanneer de vogel een vis wordt,
wanneer het dier een mens wordt,
wanneer het kruis naar het zuiden wijst,
dan pas ben je van mij.

"Wanneer het dag wordt bij de twaalfde slag", herhaalde ze zacht.

Nu bonsde haar hart niet meer alleen door de twee steile trappen. Van de schrik ging het nog harder tekeer.

Was het niet dag geworden bij de twaalfde slag? En hadden de lichtstaven in het zwembad er niet uitgezien als een vuur onder water?

Wanneer er brand is in het water!

Pavarotti begon lawaai te maken toen hij merkte dat er iets niet in orde was. Sonia ging naar de kooi. Ze trok de bodemlade eruit, gooide het zand in de kleine afvalemmer, maakte hem schoon met heet water, vulde hem met vers zand en schoof hem terug in de kooi.

Ze ververste het water in het drinkbakje, vulde het voederbakje en stak een nieuwe gierstkolf tussen de spijlen. Daarna kon ze niets meer bedenken wat haar zou kunnen afleiden.

Wanneer het herfst wordt in de zomer?

Natuurlijk: de ficus! Verliest al zijn bladeren, alsof het herfst is.

Sonia ging aan het bureau zitten en dwong zichzelf diep en regelmatig adem te halen. Ze wist dat ook de vierde voorwaarde vervuld moest zijn. Ze wist alleen nog niet hoe. Maar ze voelde dat ze het binnen een paar seconden zou weten.

Wanneer het overdag nacht wordt!

Het was alsof iemand een ijsklontje in haar nek had gelegd. Een ijzige kou kroop van haar nek over haar hele rug en de achterkant van haar bovenarmen.

Casutt! De nachtportier die midden op de dag komt werken! Wanneer het overdag nacht wordt.

Sonia stond op, schoof de stoel voor de kast, ging erop staan, haalde de lege koffer eraf en gooide hem op het bed. In een zijvak met een rits zat nog het pakje sigaretten dat ze had gekocht om bewust niet te roken. Het waren mentholsigaretten. Ze pelde het cellofaan eraf, scheurde het pakje open en haalde er een sigaret uit. In de badkamer vond ze lucifers. Ze lagen op het voetstuk van de kaarsenstandaard, die ze voor het geval de stroom een keer zou uitvallen had klaargezet.

Ze had er drie nodig voordat de sigaret brandde.

De telefoon op het bureau rinkelde. Sonia schrok ervan, maar nam toch op. Het was Michelle van de receptie.

"Gaat het?"

"Ja, hoezo?"

"Ik zag hoe je de trap oprende."

"Het gaat wel weer."

"Barbara wil je spreken. Op kantoor. Nu."

In de lobby zat mevrouw Kummer in een badjas in een oorfauteuil en ze keek triomfantelijk toe hoe Sonia op de deur met het bordje DIRECTIE klopte.

Barbara Peters zat achter haar beeldscherm op haar te wachten. Ter ere van de eerste zomerse dag droeg ze een topje met spaghettibandjes. Haar zacht geronde schouders hadden de matte glans van barnsteen, de holtes boven haar sleutelbeenderen zagen eruit als de afdruk die zware sieraden achterlaten in het zachte kussen van een juwelenkistje.

Ze wees op de stoel tegenover haar en wachtte tot Sonia zat. "Professor Kummer zegt dat u haar tijdens de watergymnastiek in het zwembad hebt laten staan, omdat u – ik citeer – 'haar gedrag spuugzat was'. Klopt dat?"

Sonia knikte.

"Hebt u dat werkelijk gezegd? 'Ik ben uw gedrag spuugzat'?"

Sonia probeerde de gezichtsuitdrukking van haar bazin te dui-

den. Was het woede, die zo meteen de formele glimlach zou verdringen? Of verwarring? Of minachting?

"Ik ben bang dat ik zoiets gezegd heb. Iets van die strekking."

"Van die strekking?"

"Letterlijk."

Nu duurde de tweestrijd van emoties in het mooie gezicht niet lang meer. "Dat kan ik absoluut niet tolereren", giechelde ze. "Wat denkt u wel, professor Kummer is al meer dan tweehonderd jaar een vaste gast van ons en ze bezit de diamanten medaille voor watergymnastiek."

Sonia gebaarde dat ze zacht moest doen, omdat mevrouw Kummer voor de deur zat. Maar Barbara Peters kon haar lachen niet meer inhouden.

Toen ze weer bijgekomen was, vroeg ze: "U wilt zeker geen excuses aanbieden?"

"Inderdaad."

"Maar mag ik zeggen dat u een zware berisping hebt gekregen?"

"Voor mijn part."

"En dat u beloofd hebt dat zoiets nooit meer zal gebeuren?"

"Nee. Dat niet."

Barbara Peters glimlachte. "Maar u zult geen fysiek geweld tegen mij gebruiken?"

"Alleen uit zelfverdediging."

"Uiteraard, dat moet kunnen. Ook in de dienstensector."

Uit de manier waarop Barbara Peters haar aankeek, maakte Sonia op dat het onderhoud was afgelopen. Maar Sonia was nog niet klaar. "Vanmorgen om vijf uur heeft de kerkklok twaalf keer geslagen."

"Daar heb ik iets over gehoord."

"Ik maak me zorgen."

"Omdat de kerkklok op hol is geslagen? U moest eens weten hoe het met de watervoorziening gesteld is."

"En de andere incidenten? De ficus? Casutt die overdag komt werken? De lichtstaven?"

Barbara Peters keek haar verrast aan. "O, dus u denkt dat Casutt ook de klok heeft geluid? Misschien hebt u gelijk. Goed dat we van die man af zijn."

Dat had Sonia helemaal niet willen zeggen. Maar zo terloops gezegd door haar bazin klonk het heel aannemelijk.

Ze stond op en zei gedag. Zonder de vraag te stellen die haar voor in de mond lag: kent u de sage van de duivel van Milaan?

"Ik kan niet lezen als iemand naar me zit te kijken. Daar word ik zenuwachtig van." Sonia had in de personeelskamer Manuel het boek gegeven en zat tegenover hem. "Goed dan", zei ze, "dan maak ik een ronde en kom daarna terug."

De gang was leeg. Ze opende de deur naar de eerste behandelkamer. Er lag een schoon dek over de massagetafel, met daarbovenop keurig recht een nieuwe knierol, twee opgevouwen badhanddoeken en een hagelwit hoofdkussen. Het licht was gedempt, net als de muziek.

De volgende behandelkamer zag er net zo uit, alleen was hier het licht geel. In iedere kamer zat achter een schotje een lichtorgel, dat je zo kon instellen dat het plafond wit of geel werd of dat de kleuren elkaar afwisselden.

In de derde behandelkamer stond mevrouw Felix met haar rug naar de deur. Ze had haar armen uitgestrekt, haar hoofd lag in haar nek en ze mompelde bezwerende zinnen in een taal die Sonia niet kende. Het lichtorgel stond aan. De excentrieke bril van mevrouw Felix lag op de massagetafel. Door de dikke glazen schenen lichtbundels, die in alle kleuren van het spectrum op het laken dansten.

Sonia deed zachtjes de deur dicht.

De stoom- en luchtbaden verspreidden hun hitte voor niemand, en in de relaxruimte speelden de klankschalen alleen voor de vissen. Sonia liep de trap op.

In het thermale bad ruiste een van de onderwaterstralen. Er stond een man voor. Sonia herkende de kortgeschoren schedel van Bob en merkte dat haar hart een klein sprongetje maakte. Ze liep naar hem toe en ging op een ligstoel zitten.

Bob legde zijn armen op de rand van het bad en keek naar haar op.

"Vandaag heeft de klok om vijf uur twaalf keer geslagen", zei hij.

"Dat heb ik ook gehoord."

"Maar om vier uur niet elf keer. En om drie uur niet tien keer. En om twee uur niet negen keer."

"Slaap je zo slecht?"

"Afgelopen nacht wel. En jij?"

Sonia glimlachte. "Ik heb ook weleens beter geslapen."

"Kom je vanavond weer naar de bar?"

"Als er plaats is."

Bob grijnsde en liet zich in het water glijden. "Tot vanavond dan maar."

Sonia keek hem na terwijl hij wegzwom. Hij had niet het figuur van een pianist. Hoewel, dit was haar eerste pianist.

Manuel zat te lezen in zijn Maigret. Het boek met de sagen lag dichtgeslagen op de tafel. "En, wat zeg je ervan?" vroeg Sonia.

"Dat er twee pagina's ontbreken."

"En verder?"

"Het is gewoon een sage."

Sonia sloeg het boek open, hield het onder zijn neus en las de zeven voorwaarden aan hem voor. "En dan valt je niets op?"

Manuel bestudeerde zijn nagels. "Zeg het maar."

"De ficus verliest zijn bladeren in de zomer, de nachtportier verandert in een dagportier, er liggen lichtstaven in het water en de kerkklok slaat bij zonsopgang twaalf uur. Iemand speelt deze sage na."

Manuel pakte het boek uit haar hand en las het nog eens. Toen gaf hij het terug. "Nogal vergezocht."

"Vind je?" vroeg ze geïnteresseerd. Ze was niet ongevoelig voor deze zienswijze.

"Een vergiftigde ficus voor 'Wanneer het herfst wordt in de zomer'? Een seniele nachtportier op het middaguur voor 'Wanneer het overdag nacht wordt'? Een handvol feestartikelen voor 'Wanneer er brand is in het water'? En een kerkklok die verkeerd loopt voor 'Wanneer het overdag nacht wordt'?" Hij legde het boek opzij. "Kind, laat je niet gek maken!"

Deze avond zag Sonia haar eerste zonsondergang in Val Grisch. De glazen deuren van de bar stonden open en aan de tafels op het terras zaten de gasten aan hun aperitief. Sonia stond met Manuel aan de reling en keek hoe de zon de wolkenlucht veranderde in een roze suikerspin. Vanuit de bar kwamen de moeiteloze loopjes van Bob aangedwarreld.

Sonia droeg een zwarte cocktailjurk van Donna Karan met een

laag decolleté, die een hotelfysiotherapeute zich eigenlijk niet kon veroorloven, en hield een glas blue curaçao in haar hand. Niet de beste *sundowner* die ze kende, maar bij zwart beslist de mooiste. Tot vandaag had ze dit landschap niet in haar hart kunnen sluiten. De ongenaakbare bergketen aan de andere kant van het dal, die helemaal bedekt was met pijnbomen. De steile, rotsachtige hellingen die boven het dorp hingen. De kitscherige Engadiner huizen met hun opdringerige zelfingenomenheid.

Maar door het roodachtige licht van deze avond waren de rotsen niet zo hard, de bergruggen niet zo scherp en de steile hellingen niet zo dreigend. Zelfs het dorp leek wel zoiets als warmte uit te stralen.

De avond zette ook de vreemde gebeurtenissen van de afgelopen dagen in een veel vriendelijker licht. Manuel had beslist gelijk dat haar fantasie met haar op de loop was gegaan. Haar verwarde zintuigen hadden haar overgevoelig gemaakt voor iedere soort waarneming. Het zou best kunnen dat er verschillende werkelijkheden bestonden. Maar misschien kon je je maar beter houden aan de werkelijkheid waarin ook de andere mensen leefden.

Barbara Peters verscheen op het terras. Ze droeg een avondjurk van golvend zilveren materiaal, van voren hoog gesloten en aan de achterkant uitgesneden tot aan de taille. Een beetje overdressed, vond Sonia, maar schitterend. Ze maakte hier en daar een praatje met de gasten, die zich tegenover haar verlegen gedroegen, zoals mensen wel vaker doen bij iemand die uitzonderlijk mooi is.

Bij mevrouw Kummer en juffrouw Seifert bleef ze iets langer staan. De oude vrouw sprak op haar in en keek daarbij steeds in de richting van Sonia.

Daarna kwam Barbara Peters direct naar Sonia en Manuel. "Wilt u mij een plezier doen en vanavond in het restaurant eten? Ze zal stikken van woede."

Een zacht slotakkoord van een warme dag. Tijdens het avondeten konden de ramen steeds openblijven. Ook de deur naar de bar stond open. Vandaar klonken de nocturnes die Bob op verzoek van Barbara Peters in het weekend als *dinner music* speelde. Er waren nieuwe gasten aangekomen, twee jonge stellen, die een lang weekend in hotel Gamander doorbrachten. Ze leken kennissen van de bazin te zijn. Manuel dacht dat ze wel korting zouden hebben

gekregen. Om de omzet een beetje te stimuleren. Een van de drie menu's waaruit iedere avond gekozen kon worden, klonk exotisch: pikante, zoetzure gerstesoep met Thaise basilicum. Konijnencurry met kleefrijst. Abrikozenvlaai met kokoscrème. "Reto-Aziatisch", merkte Manuel op, "daar zal de kok van de Steinbock blij mee zijn. Niet zo aardig van de bazin."

Sonia moest aan de woorden van meneer Casutt denken: mensen die zo mooi zijn als de bazin, hoeven niet aardig te zijn om aardig gevonden te worden. Daarom leren ze het nooit.

Manuel had zich met een dubbelzinnige knipoog teruggetrokken. Sonia liet zich de rest van de fles barolo inschenken, die ze had meegenomen naar de bar. Barbara Peters zat met de vier nieuwe gasten aan een tafeltje. Ze voerden een halfluide conversatie, waaruit een paar keer hoog gelach opsteeg.

Ook meneer en mevrouw Lanvin waren nog op. Ze zaten zwijgend aan een tafeltje voor hun *night caps* en luisterden naar Bobs dromerige pianomuziek. Meneer en mevrouw Lüttger waren zojuist vertrokken en hadden vanaf een afstandje zwaaiend afscheid genomen van de andere gasten in de bar.

Dr. Stahel zat alleen aan de bar en wisselde af en toe een paar woorden met Vanni.

Sonia pakte haar glas en ging naar het terras.

De nacht was nog steeds zacht en de hemel zo licht dat de bergen ertegen afstaken. Het dorp lag tegen de helling als op een ansichtkaart. En daarboven, achteloos neergestrooid, de lichtjes van afgelegen huizen, waarvan enkele waren weggezweefd en nu als sterren schitterden aan de nachtelijke zomerhemel.

Sonia zou hier wachten tot de piano was opgehouden. En misschien nog wat langer, tot Bob naast haar zou komen staan aan de reling en iets zou zeggen over de mooie avond.

De stemmen van Barbara Peters en haar kennissen werden nog een keer luider en stierven toen weg in de verte. Op een van de pijnbomen voor het hotel viel plotseling een vierkant van licht. Sonia keek omhoog. Boven in de torenwoning van Barbara Peters was het licht aangegaan.

Vanuit de bar hoorde ze de "*bonne nuits*" van de familie Lanvin. Daarna het slotakkoord van de piano. En meteen daarna een stem

naast haar. "We hadden het tot nu toe nog niet zo getroffen met de avonden."

Het was dr. Stahel. In zijn hand had hij een zojuist aangestoken cigarillo en een glas met verse ijsblokjes.

Sonia had andere plannen dan een nachtelijk gesprek met een oudere neuropsycholoog, hoe aardig hij ook was. Daarom hield ze het bij een afwezig "mhmm".

In de nachtlucht maakte een vleermuis geruisloos onberekenbare duikelingen.

"Die kan ook geluiden zien", merkte dr. Stahel op.

"Ik dacht dat hij ze kon horen."

"In elk geval maken zijn hersenen er beelden van. Net als bij u."

"Hoe weet u zo goed hoe het er in de kop van een vleermuis uitziet?"

"Geluiden zijn ook golven, net als kleuren. Misschien maakt het niet uit welk orgaan ze registreert. Het is alleen belangrijk waar ze in omgezet worden door de hersenen." Hij nam een slok van zijn glas en vroeg abrupt: "Hebt u weleens iemands aura gezien?"

Sonia keek hem van opzij aan. Misschien was hij dronken. Maar de vraag was serieus bedoeld.

"Er zijn synestheten die dat kunnen. Nee, fout!"

Hij was toch wel flink aangeschoten.

"Fout! Mensen die dat kunnen, blijken vaak synestheten te zijn. Zo is het. Ze verbinden bepaalde personen met een bepaalde kleur."

"Hoe ziet dat er dan uit, een aura?"

"Als een kleurige sluier of zoiets. Kijkt u mij eens aan."

Ze draaide zich naar hem toe.

"En?"

"En niets."

"Waar eindig ik?"

"Aan de randen."

"Weet u het zeker?" Hij beschreef een contour boven zich en om zich heen. "Zit daar niets meer? Niets?"

Sonia snoof. "Ja, misschien een kleine nevelige rand."

Dr. Stahel stond versteld. "En dat ruikt u? Wat heb ik gezegd: het orgaan dat het registreert, is niet van belang. Waar ruikt het naar?"

Sonia sloot haar ogen en concentreerde zich. "Single malt? Glenfiddich?"

Het duurde een paar seconden voor het doordrong. Maar toen barstte hij in hard gelach uit. Hij gebruikte zijn lachbui als voorwendsel om een arm om Sonia heen te slaan en kwam niet meer bij, tot op de eerste verdieping een raam hoorbaar werd gesloten. Sonia hield een vinger tegen haar lippen. Daarna was het niet moeilijk meer om dr. Stahel naar bed te sturen.

In de bar was Vanni aan het opruimen. Het pianodeksel was dicht, geen spoor van Bob. Vanni wees met zijn wijsvinger naar boven. Sonia liep naar de bar, ging op een kruk zitten en bestelde "iets om in slaap te komen". Vanni gaf haar kruidenthee. "Hij wilde naar het terras komen", zei hij. "Maar toen zag hij hoe je je vermaakte met dr. Stahel." "Heb je iets sterkers dan kruidenthee?"

In de kamer was het warm en bedompt. De zon had de hele middag op het dak staan branden. Sonia deed het raam een stukje open en ging naar de badkamer. Daar was het ook bedompt en het rook er naar parkiet. Ze dekte de kooi toe en zette het raam helemaal open.

Ze trok haar jurk uit, hing het kledingstuk aan een hangertje, ging voor de badkamerspiegel staan, spoot wat make-upremover op een wattenschijfje en begon haar ogen af te schminken.

"U ziet die hangende mondhoeken en bovenarmen en vraagt zich af: wanneer is dat toch begonnen?" had mevrouw Kummer gezegd. Sonia vroeg het zich niet af. Ze wist precies wanneer het was begonnen. Iets meer dan drie jaar geleden. Ze zat aan haar kaptafel en maakte zich gereed voor een van de balletpremières die door Frédérics bank werden gesponsord. Als tiener had ze al een hekel aan ballet gehad. Van die magere, gekunstelde meisjes, die zichzelf beter vonden dan de rest en bij wie je je een paard voelde. En nu moest ze een paar keer per jaar een balletpremière bijwonen. Het enige voordeel was dat ze op de eerste rij zat. Daar kon ze het gestamp op het podium horen. Dat vond ze leuk. Van die vederlichte schepseltjes die over het podium zweefden en daarbij het asynchrone gestamp van een ontsnapte kudde buffels. Dit heimelijke genoegen hielp haar een beetje dit soort voorstellingen door te komen.

En die avond zag ze ontstaan waar mevrouw Kummer het over

had. Bij het aanbrengen van de lippenstift was ze bij haar rechtermondhoek een stukje uitgeschoten. Ze trok een tissue uit het doosje en corrigeerde de fout. Daarbij trok ze de huid bij de mondhoek naar beneden. Toen ze losliet, ging hij niet meer terug omhoog.

De hele balletvoorstelling had ze geïnteresseerd met haar kin in haar hand gezeten en met haar wijsvinger onopvallend de mondhoek omhooggehouden. Maar in de pauze, voor de spiegel in het damestoilet, hing hij nog steeds naar beneden. Alleen zichtbaar voor de vrouw die haar gelaat tot in de kleinste details kende, maar onmiskenbaar naar beneden.

Malu, de enige die ze erover vertelde, had haar nooit geloofd. Maar Sonia was er niet van af te brengen dat ze die avond *live* een deeltje van haar verouderingsproces had meegemaakt. Toen had ze voor het eerst geweten dat ze niet met Frédéric oud zou worden. Niet omdat ze bang was om oud te worden. Maar omdat ze bang was voor een leven waarbij ze zoveel tijd voor de spiegel doorbracht dat ze de ouderdom kon zien aankomen.

Sonia kleedde zich uit, deed het licht uit en ging in bed liggen. Als ze de ramen en gordijnen openliet, kwam er zoveel licht van de gevelspot naar binnen dat ze in de badkamer geen lamp aan hoefde te laten.

Tegen het schuine dak was de schaduw van de bladeren van de berk te zien. Af en toe werd het lichter, wanneer de bladeren door de zomerlucht bewogen. Aan de randen was het afwisselend puntig en rond, waardoor er silhouetten op de betimmering waren getekend. Sonia koos een gedeelte uit, verklaarde een uitsteeksel tot neus en keek toe hoe de rest veranderde in een gezicht. Een klein gezicht, een mooi gezicht, een vrolijk gezicht.

Het werd donker in de kamer. De gevelverlichting was uitgegaan. Sonia wachtte tot haar ogen aan de duisternis gewend waren. Langzaam kwamen de voorwerpen in de kamer weer tevoorschijn, als donkere geheimen.

Sonia hoorde hoe een motor werd gestart. Meteen daarna viel het licht van een schijnwerper in haar kamer, waardoor de schaduw van de berk weer even zichtbaar was. Ze stond op en ging bij het raam staan.

Op de parkeerplaats van het hotel keerde een auto. Ze zag de witte achteruitrijlichten, daarna alleen nog de rode achterlichten.

Het voertuig sloeg af naar de straat. Toen het onder de straatlantaarn door reed, herkende Sonia de Pajero van de melkrijder. Ze trok het gordijn dicht, deed het licht in de badkamer aan, liet de deur op een kier staan en ging weer naar bed.

Waarom zag ze nog steeds de schaduw van de berkenbladeren, hoewel er geen licht meer door het raam naar binnen kwam? Ze zag hem zelfs nog duidelijker dan daarnet. En de contouren scherper. Ze veranderden, vervormden, vervaagden, werden weer helder, werden gekleurd, werden zwart en vormden langzaam een silhouet. Dat zich vertrok tot een grimas.

Ze deed het licht aan en pakte haar mobiele telefoon van het nachtkastje.

malu ben je wakker
nee
alleen
nee
sorry

De kerkklok sloeg de kwartieren. *Bimbam, bimbam,* vier keer. En daarna zwaar en bedachtzaam het hele uur. De slagen smaakten als overrijpe bramen. Sonia telde er twaalf.

Ze droomde dat ze onder de douche stond en dat het water koud was. Toen werd ze uit haar slaap gehaald door de wekmelodie van haar mobieltje. Ze had het dekbed weggeschopt en lag naakt en bibberend in de koude lucht die door de beide open ramen naar binnen stroomde. Het geluid van de douche was de regen, die meedogenloos de laatste herinneringen aan de zomernacht van gisteren wegspoelde.

Sonia was versuft door de korte etappes onrustige slaap. Ze nam een warme douche, trok haar trainingspak en regenpak aan en opende het deurtje van de kooi voor Pavarotti. "Tijd om te vliegen."

De regen was opgehouden. Maar op de dorpsstraat stroomde een smalle, modderige beek. De wolken die de regen hadden aangevoerd, hingen roerloos tegen de rotswanden.

Sonia rende over de dorpsstraat verder het dal in. Ze voelde nu al dat ze gauw uitgeput zou zijn. Naar het postkantoor en weer terug, verder zou ze vandaag niet komen.

Ze zag van verre de koster voor de kerk staan. Hij zag haar, wendde zich af, legde zijn hoofd in zijn nek en keek ingespannen omhoog naar de kerktoren. Zo bleef hij staan en hij deed alsof hij haar niet had gezien.

Toen Sonia op zijn hoogte was, bleef ze staan. "Vandaag heeft hij goed geslagen, hè?"

Sandro Burger kon niets anders doen dan antwoorden. Maar hij keek nog steeds strak omhoog naar de kerkklok. "Ja, vandaag wel."

"Gebeurt dat wel vaker?"

Burger draaide zich om en keek Sonia aan. "Nee, nooit."

"En waarom nu dan wel?"

"Iemand moet hem verzet hebben."

"En hoe kwam hij dan binnen?"

"Door een van de deuren."

"Zijn die op dat tijdstip dan niet afgesloten?"

"Jawel. Maar de sloten zijn oud."

"En je kunt niet naar binnen klimmen?"

"Ja, maar alleen als je een raampje inslaat."

De koster deed een stap in de richting van de deur, om aan te geven dat hij nog meer te doen had.

"Hebt u een vermoeden wie het gedaan kan hebben?"

"Kwajongens."

"Die een slot kraken?"

"Vandaag de dag kraken kwajongens zelfs passwords van computers."

"Hebt u iemand op het oog?"

"Het zijn dezelfden als degenen die tijdens de mis de knielplanken losmaken, zodat oude mensen hun nek breken. Maar ik krijg ze wel te pakken, daar kunt u vergif op innemen. Goedendag." De man liep naar de kerkdeur.

"Kent u de sage van de duivel van Milaan?"

Hij bleef staan en keek om.

"Wanneer het dag wordt bij de twaalfde slag", hielp Sonia.

Hij trok een niet-begrijpend gezicht en verdween de kerk in.

Sonia rende verder. Haar benen voelden minder zwaar aan en haar ademhaling ging gemakkelijker. Het gesprek had haar teruggehaald naar de alledaagse werkelijkheid van Val Grisch. Een kwajongensstreek. Natuurlijk.

Bij de kruidenierswinkel kwam Ladina haar tegemoet. Sonia

nam zich voor om vrolijk te zwaaien, maar wel door te rennen. Maar de vrouw bleef staan en wachtte haar op. "Ik wil u bedanken", zei ze.

"Waarvoor?"

"Dat u met uw collega hebt gepraat. Hij heeft mij een adres gegeven. Vanavond hebben we een afspraak in Storta."

"Hebt u het mevrouw Felix al verteld?"

Ladina werd verlegen. "Ik dacht, ik kijk eerst eens hoe het ons bevalt."

Sonia was opgelucht. "Dat vind ik een goed idee."

De melkwagen kwam de bocht om. De chauffeur minderde gas en reed bijna stapvoets langs. Sonia deed alsof ze hem niet zag.

"Kent u hem?" vroeg Sonia toen hij voorbij was.

"Reto Bazzel. Hij haalt de melk op en brengt die naar de melkfabriek."

En na een korte aarzeling voegde ze er wat zachter aan toe: "U kunt hem maar beter uit de weg gaan."

"Dat is niet zo simpel."

"Weet ik. Als hij niet ophoudt, moet u mij waarschuwen."

"Wat doet u dan?"

"Dan vertel ik het aan zijn vader."

Colonials Bruhin ging al om kwart over zes open. De dorpsbewoners die de eerste postauto moesten nemen, kochten soms iets bij mevrouw Bruhin. Nu was het halfzeven en was de winkel leeg.

Sonia ging naar binnen en vroeg om sigaretten.

"Maakt niet uit welke, hè?" vroeg mevrouw Bruhin en ze gaf haar een pakje mentholsigaretten. "U rookt toch niet."

Sonia dacht even na. "Klopt. Maar als ik het toch doe, dan liever geen menthol."

"Maar?"

"Maakt niet uit. Of nee: geeft u mij maar een pakje Marlboro. Light."

Mevrouw Bruhin draaide haar rug naar haar toe en zocht in het rek met sigaretten. "Er is niet veel te beleven in hotel Gamander", merkte ze daarbij op.

De vrouw had in haar nek een wijnvlek die zo dieprood was dat het leek alsof hij bloedde. Als ze haar haar iets langer zou dragen, zou de vlek niet te zien zijn. Maar haar nek was opgeschoren als bij een

man. Alsof ze niemand een blik op haar aandoening wilde besparen. Ze draaide zich om en legde de sigaretten op de toonbank. "En het weer zit ook niet echt mee." Ze leunde met beide handen op de toonbank, alsof ze wilde aangeven dat ze geen enkel bezwaar had tegen een praatje.

Er was nog iets vreemds aan deze vrouw: bij haar linkeroog waren de wimpers aan de bovenkant wit en dikker dan de zwarte wimpers aan de onderkant. Dat gaf haar blik iets asymmetrisch, alsof ze een beetje loenste.

Sonia zei met de loyaliteit van een goede werknemer: "Voor een eerste seizoen is het normaal dat niet alles is volgeboekt. Ik weet zeker dat het gauw beter zal gaan."

Mevrouw Bruhin gaf geen antwoord en knikte alleen maar, als iemand die kennis neemt van een opvatting die niet de hare is.

"Hebt u de kerkklokken ook gehoord, gisterochtend?"

"Ja. Twaalf slagen om vijf uur. Een kwajongensstreek, zegt de koster."

Mevrouw Bruhin wierp haar onzeker makende blik op Sonia.

"Zo zo, een kwajongensstreek."

"Twijfelt u daaraan?"

"Nee. Er zijn allerlei soorten kwajongens. Kleine en grote. Lieve en slechte." Ze nam een veelbetekenende pauze. "In het hotel zouden ook bepaalde voorvallen hebben plaatsgevonden."

"Gelooft u dat dat met elkaar te maken heeft?"

"Wie weet. Hotel Gamander heeft niet alleen vrienden, hier in het dorp."

"Helemaal geen vrienden, dacht ik."

Weer bleef mevrouw Bruhin het antwoord schuldig.

Sonia legde het geld op de toonbank en stopte de sigaretten in haar zak. "Een dorp en het enige hotel dat er staat, zijn op elkaar aangewezen. Ze zouden het met elkaar moeten kunnen vinden, zou je denken."

"Zou je denken", bevestigde mevrouw Bruhin. Toen ging ze naar de winkeldeur en opende die voor Sonia. "En gisteren dachten we nog wel dat de zomer eindelijk was begonnen."

Het was al twintig voor zeven en ze had vroege dienst. Sonia ging over in een soepele looppas.

De bruine beek in de hoofdstraat was opgedroogd, maar de

hemel zag eruit alsof hij nog niet klaar was met Val Grisch.

Het duurde even voor Igor achter de ontvangstbalie verscheen. Fris gekamd en gladgestreken. Maar toen hij Sonia herkende, deed hij zich niet langer beter voor, rekte zich uit en geeuwde ongegeneerd, terwijl hij op de deuropener drukte.

Sonia nam twee treden tegelijk, ter compensatie van haar ingekorte ochtendrondje, stak de sleutel in het slot en deed voorzichtig de deur open om Pavarotti niet te laten schrikken als hij misschien gebruik had gemaakt van haar aanbod om een stukje te vliegen.

Hij had het afgeslagen. Hij zat op geen enkele van zijn lievelingsplekjes, niet op de gordijnrail, noch op de kast, noch op de lampenkap op het nachtkastje.

"Luiwammes", zei ze en ze ging naar de badkamer. Maar hij zat ook niet in de kooi. Evenmin op een van zijn plekjes in de badkamer.

"Pavarotti?"

Was het nu dan toch gebeurd? Was hij tussen de muur en een meubelstuk gevallen, terwijl ze het nog steeds niet nodig had gevonden om de kieren dicht te stoppen met oude kranten?

Ze pakte haar zaklamp en scheen achter de commode, de kast, het nachtkastje en het bed. "Pavarotti?" riep ze. "Pavarotti?"

En ineens wist ze wat er was gebeurd. Ze liet de lamp vallen en rende de kamer uit.

7

"Wat is er gebeurd?" riep Igor haar na, toen hij Sonia over de trap en door de lobby naar de ingang van het wellnessgedeelte zag rennen. Sonia gaf geen antwoord. Ze ging het stille zwembad binnen en holde naar de trap die naar de onderste verdieping leidde. De noodverlichting wierp blauwachtige lichtvlekken op de glanzende granieten muren. Ze had nog steeds haar trimschoenen aan en bij iedere stap die ze zette, maakten de rubberzolen een gemeen piepend geluid.

Ze kwam bij de deur naar de relaxruimte en aarzelde even. Toen deed ze hem zachtjes en voorzichtig open.

Het vertrek was donker, alleen het aquarium wierp een groen licht op de ligstoelen die er in de buurt stonden.

Zuurstofbelletjes stegen kalm loodrecht omhoog naar het wateroppervlak, de waterplanten stonden roerloos in het grijze zand. Maar de vissen waren opvallend druk. Ze veranderden ineens van richting, schoten door elkaar heen, hielden halt en stoven weer weg.

Sonia liep naar het aquarium. En daar dreef hij, naast de zuurstofpomp, bijna aan de oppervlakte. Aan zijn vleugels hadden zich kleine luchtblaasjes gehecht en zijn blauwe borstveren golfden in het water als zeldzame tropische algen.

Het licht in de ruimte ging aan en Sonia's gezicht werd weerspiegeld in het glas van het aquarium. Er werd een arm om haar schouders gelegd. Het was Igor, die achter haar aan was gekomen. Ze legde haar hoofd tegen zijn borst en begon te snikken.

"Zo beter?" vroeg Manuel. Sonia lag in een van de behandelkamers op een massagebed en voelde zich inderdaad beter. Ze was niet meer in shock en de angst was verdwenen. Maar ze wist dat dat tijdelijk was. Manuel had haar een temesta gegeven.

Destijds hadden de agenten die Frédéric hadden gearresteerd een ambulance laten komen. Iemand van het ambulancepersoneel had

haar onderweg al een temesta gegeven. Toen ze vlak daarna bij de Eerste Hulp aankwamen, was ze heel rustig en onverschillig geweest. Haar lippen werden gehecht en haar andere verwondingen – schaafwonden, bloeduitstortingen, kneuzingen – werden gefotografeerd, beschreven en behandeld.

Uit vrees voor een lichte hersenschudding was ze een nacht in het ziekenhuis gehouden. Heel vroeg in de morgen was ze wakker geworden en toen was de angst weer terug. In paniek had ze de nachtzuster gebeld en toen die op zich liet wachten, was ze opgestaan en de halfduistere gang op gegaan. Achter de ramen van een kantoortje in de verte brandde licht. Ze rende erheen en zag een verpleegster die een *Nußgipfel* zat te eten en in een tijdschrift zat te bladeren. Verstoord bracht de vrouw haar weer naar haar kamer, gaf haar een temesta en ging terug naar haar Nußgipfel.

Het had Sonia veel tijd gekost om weer van de temesta af te komen. Maar op dit moment had het medicijn het voordeel dat ze heel afstandelijk over de zaak kon praten.

"Wat hebben jullie met hem gedaan?"

"Igor heeft hem eruit gevist."

"En toen?"

"Afgevoerd."

"Arme Pavarotti. Verdronken, net als Caroline."

"Welke Caroline?"

"Zijn vroegere eigenares, een vriendin van me. Zij is ergens bij de Griekse eilanden verdronken."

Manuel schudde nadenkend zijn hoofd.

"Geloof je het nu?" wilde ze weten.

"Wat?"

"Wanneer de vogel een vis wordt. Iemand speelt de sage na. De duivel van Milaan."

"Het lijkt er bijna wel op", gaf Manuel toe. "Maar wie?"

"Iemand uit het dorp."

"En waarom?"

"Het heeft met Barbara Peters te maken."

"Maar waarom dan jouw parkiet?"

"Omdat zij er geen heeft." Sonia kwam overeind en liet zich van het massagebed glijden.

"Waar ga je heen?"

"Naar haar."

Barbara Peters was nog in haar woning. Sonia belde haar vanaf de receptie en zei dat ze haar dringend moest spreken.

"Gaat het om de vogel?" vroeg de bazin.

"Nee, om u."

Ze nam de lift naar de derde verdieping en belde aan bij de deur naar de torenwoning. "Helemaal boven", zei de stem van Barbara Peters door een kleine luidspreker onder de bel. De deur zoemde open.

Sonia ging naar binnen en stond op een kleine overloop. Er ging een wenteltrap naar boven.

Op de eerste verdieping rook het naar badkamer. Shampoo, zeep, lotion, spray, deodorant, parfum. Hier waren drie deuren. Door een van de deuren zag Sonia een onopgemaakt bed en de helft van een raam.

Achter een andere open deur zag ze nog een wenteltrap. "Hierboven!" riep Barbara Peters. Sonia ging verder naar boven en kwam door een luik in de woonkamer. Die was groot en rond, en op regelmatige afstand van elkaar bevonden zich negen ramen, zo smal als schietgaten. Aan de zuidkant zat een deur die uitkwam op een smalle omgang, die om de toren heen liep. Het vertrek had geen plafond, je kon de balken tot in de nok zien zitten.

Sonia had verwacht dat de woning van Barbara Peters in dezelfde stijl ingericht zou zijn als haar kantoor, functioneel en koel, met meubels uit de jaren twintig. Maar wat ze aantrof, was het tegendeel: de muren van de torenkamer waren warm en dieprood geverfd, net als het onderste gedeelte van de betimmering van het dak, die naar boven toe steeds donkerder werd, tot bijna zwart in de nok. De balken waren goud geverfd.

Het parket van bijna zwart tropisch hout was bedekt met oosterse tapijten, het meubilair was een mengeling van Egyptische ottomanes en Franse meubels in de stijl van Lodewijk XIV tot Louis Philippe. Overal kroonluchters van Venetiaans glas, Marokkaanse lampen van messing met beschilderde glaasjes en tot tafellampen omgebouwde vergulde kandelaars met zijden kapjes. De muren hingen vol met spiegels met gouden randen, daguerreotypen van Engelse en Franse landschappen, kleine kinderportretten in olie- of waterverf. En overal stonden snuisterijen. Porseleinen figuurtjes, schelpen, blikjes, bijouteriekistjes, flacons, houtsnijwerk, poppen en speelgoed. Het beetje licht dat door de ramen

naar binnen kwam, werd afgeschermd en gefilterd door tochtschermen, markiezen, vitrages van tule en gordijnen van luxe zijden stoffen.

Bango, de cockerspaniël van mevrouw Peters, begroette Sonia enthousiast op de overloop. Omdat zijn gecoupeerde staart te kort was om te kwispelen, bewoog hij zijn hele achterwerk als een hoeladanseres.

De vrouw des huizes wachtte haar staande op. Ze had de badjas aan die ze iedere ochtend droeg als ze ging zwemmen. "Igor heeft het me verteld. Wat verschrikkelijk. U mag het dier natuurlijk op mijn kosten vervangen."

Misschien had deze begroeting niet zo bot geklonken wanneer het medeleven wat minder overdreven zou zijn uitgesproken. Maar nu was Sonia even sprakeloos.

Barbara Peters had door dat ze niet de juiste toon had aangeslagen. Ze liep op Sonia af en drukte haar zwijgend tegen zich aan. Toen bood ze haar een stoel aan en ging tegenover haar zitten.

"Het gaat om u", zei Sonia.

"Verklaar u nader."

En Sonia legde het uit. Ze vertelde over het fragment uit de sage van de duivel van Milaan en zei de versregels met de zeven aanwijzingen op. Barbara Peters luisterde, eerder beleefd dan geïnteresseerd, dacht Sonia. Ze had haar benen over elkaar heen geslagen en zat rechtop in een kleine Lodewijk XIV-fauteuil, zonder de rugleuning aan te raken.

Toen Sonia klaar was, zei Barbara Peters: "Het zou me niet verbazen als u gelijk had."

Sonia had stiekem gehoopt dat Barbara Peters haar theorie zou afdoen als een product van haar grenzeloze fantasie.

"Als u eens wist wat voor streken ze mij geleverd hebben sinds ik het hotel heb gekocht. Acht bezwaarschriften tegen de verbouwing. Wekenlang hebben we met generators moeten werken, omdat ze ons wijs hadden gemaakt dat de stroom was uitgevallen. De betonmolens werden steeds weer belemmerd door omgevallen bomen, achtergelaten landbouwwerktuigen en andere rare hindernissen. Het is heel goed mogelijk dat dezelfde mensen verantwoordelijk zijn voor dit kinderachtige gedoe."

"En wat gaat u nu ondernemen?"

"Hetzelfde als tot nu toe: niets. Je moet ze niet het plezier gun-

nen je te laten intimideren. Het zijn macho's. Je moet ze negeren, dan tref je ze het hardst."

Sonia was een andere mening toegedaan. "Als je ze negeert, houden ze niet op tot je ze aandacht geeft. Je moet ze serieus nemen. Je moet ertegenin gaan."

Barbara Peters schudde vastberaden haar hoofd. "Ik onderneem niets. Ik blijf doen alsof ze lucht zijn. Maar als u aangifte wilt doen, kan ik u niet tegenhouden. Tenslotte was het uw vogel."

"Ik zal erover nadenken."

"Doet u dat. Neemt u maar vrij om een beetje bij te komen van de schok." Barbara Peters maakte een einde aan het gesprek door op te staan. Bij de trap zei ze: "Maar als u naar de politie gaat, bedenk dan wel: het hele dorp houdt elkaar de hand boven het hoofd."

In de kamer was het stil. Ze miste het zachte gerinkel, gerammel en gekletter van Pavarotti die in zijn kooi rondklautert. En ook het gekwetter, getjilp en geklok van de gesprekjes die hij met zichzelf voerde.

Sonia haalde de lege kooi van de haak, stopte de doosjes met voer, strooizand en gierstkolven in een plastic tas en liep ermee naar de lift.

Ze daalde af naar het souterrain, ging door de voormalige skikelder naar de achteruitgang en liep naar de vuilcontainers die achter een schutting stonden geparkeerd. Ze maakte er een open en gooide alles erin.

Op de terugweg voelde ze zich bekeken. Ze bleef staan en draaide zich om. Op straat stond een roerloze gestalte, die haar kant op keek. Pas toen hij zich betrapt voelde en verder liep, herkende Sonia de manke boer.

Ze ging terug naar haar kamer, nam een douche en ging in bed liggen. Van de temesta was ze niet alleen onverschillig geworden, maar ook een beetje moe.

Ze merkte dat ze aan het wakker worden was. En ze wist dat er iets was waardoor ze verder wilde slapen. In de verte viel een gelijkmatige regen op de berkenbladeren. Sonia drukte haar oogleden dicht en probeerde terug te glijden in haar slaap.

Maar toen was alles er weer. De stilte in de badkamer. Pavarotti

in het aquarium. De kooi in de container. De onrust. De angst. De
paniek.
Sonia ging op de rand van het bed zitten en keek de kamer rond.
De temesta was uitgewerkt, de onverschilligheid was verdwenen. Er
was iemand in deze kamer geweest toen zij een halfuur weg was.
Iemand had een loper bemachtigd, was hier binnengewandeld, had
de parkiet gepakt, had de deur weer afgesloten, was langs de sla-
pende Igor naar de relaxruimte beneden gelopen en had de al dode
Pavarotti in het aquarium gegooid of hem daarin verdronken.
Deze onverschillige wreedheid was ineens zo in haar kleine kamertje aanwezig, dat ze haar kon horen, zien, voelen, proeven en
ruiken.
Ze pakte haar mobieltje en toetste een bericht in.

pavarotti is dood

Malu antwoordde altijd meteen. Maar deze keer kwam er geen antwoord.

hallo malu

Geen antwoord.
Ze koos Malu's nummer. Een vrouwenstem zei: "Het gekozen
nummer is momenteel niet bereikbaar. Probeert u het later nog
een keer."
Sonia hoorde voetstappen op de gang. Ze werden luider en ver-
stomden bij de deur. Ze hield haar adem in.
De planken kraakten.
Er werd geklopt.
Sonia antwoordde niet. Haar hart ging als een gek tekeer.
Er werd weer geklopt.
"Wie is daar?" vroeg ze.
"Ik ben het, Manuel. Gaat het?"
Sonia haalde opgelucht adem, ging naar de deur en liet hem bin-
nen.
Hij keek haar onderzoekend aan. "Dat dacht ik wel. Zes uur.
Langer werken ze niet." Hij gaf haar een strip met vier temesta's. "Ik
heb er nog meer."
Ze ging naar de badkamer, vulde een glas met water, drukte een

pil uit de strip, stak hem in haar mond en spoelde hem weg. Manuel was haar gevolgd naar de badkamer.

"Waar is de kooi?"

"Weggegooid. Ik dacht dat het beter was dan steeds naar een lege kooi te moeten kijken. Maar nu zie ik steeds een ontbrekende kooi."

"Wil je geen nieuwe parkiet?"

Sonia schudde haar hoofd. "Ik hou helemaal niet van parkieten. Maar ik hield wel van Pavarotti. Shit." Ze begon weer te huilen. Manuel nam haar in zijn armen.

"Heb je vandaag al wat gegeten?"

"Hoezo? Stink ik uit mijn mond?" vroeg ze, half lachend, half huilend.

"Ik vraag het, omdat het niet gezond is om op de nuchtere maag te huilen."

"Ik heb geen honger."

"Wat heeft eten nou met honger te maken? Kleed je aan, ik wacht beneden en dan gaan we naar de Steinbock en eten daar een *Bündnerteller*. Maar schiet op, om twee uur heb ik weer dienst."

"Ik heb geen zin om het dorp in te gaan. Ik word er bang van."

"Die troep werkt binnen tien minuten. Dan is je angst verdwenen."

"Maar de oorzaak niet."

"Je kunt toch niet de rest van het seizoen in dit gebouw doorbrengen?"

"Nee. Maar ik kan wel vertrekken." Sonia had het besluit in dezelfde seconde genomen als ze het had uitgesproken. Ja, dat was de enige oplossing. Ze moest weg. Ze was tenslotte naar Val Grisch gekomen, omdat ze niet bang meer wilde zijn.

"Kom nou", zei Manuel, "doe me dat niet aan." Hij gaf haar nog een knuffel. "Ik ga nu naar beneden en wacht in de hal. Als je over een kwartier niet beneden bent, ga ik alleen naar de Steinbock."

Zodra Manuel de kamer had verlaten, deed Sonia de deur op slot en begon te pakken.

"U wordt beneden verwacht, u hebt een afspraak", snauwde de stem van mevrouw Felix aan de telefoon.

"Kunt u het niet overnemen, ik heb vandaag vrij gekregen."

"Hij staat erop dat u het doet. Het is dr. Stahel."

Sonia dacht even na. "Zegt u maar dat ik eraan kom." Ze legde de hoorn neer.

De koffers waren gepakt. De kleren die ze voor de reis wilde aantrekken, lagen klaar in de kast. Wat ze vanavond en morgen nog nodig had, zou ze in het rolkoffertje stoppen. Haar oorspronkelijke plan om vandaag nog te vertrekken, vond ze bij het inpakken al wat overhaast. Ze wist dat dat te maken had met de werking van het tablet. Als haar vertrek door het medicijn minder dramatisch werd, waarom zou ze het dan niet nemen? En bovendien was dr. Stahel een interessante patiënt. Voor ze de kamer verliet, stuurde ze Malu nog een keer het berichtje.

pavarotti is dood

Dr. Stahel lag op zijn rug en had zijn ogen dicht. De kleuren van het lichtorgel schenen op zijn ontspannen gezicht. Uit de luidsprekers klonk het gezang van tropische vogels. Ze wist niet zeker of hij sliep. Ze wachtte.

"Ben jij het, Sonia?"

"Ja. Neem me niet kwalijk dat ik u liet wachten."

"De gevangenbewaarster beweerde dat je vandaag vrij hebt. Maar dat had je me dan toch wel gezegd."

"Het was niet gepland."

"Maar voel je je wel goed?"

"Ja, hoor. En u?"

"Ik heb een kater. Ik hoop dat ik me gisteren niet heb misdragen."

"U hebt uzelf niets te verwijten."

Dr. Stahel maakte aanstalten om zich op zijn buik te draaien.

"Nee, blijft u maar zo liggen. U krijgt een katermassage." Ze ging naar de wastafel, liet het water lopen tot het ijskoud was, maakte twee wattenschijfjes vochtig en legde die op zijn ogen.

Ze ging achter hem staan, legde haar handen op elkaar op zijn voorhoofd en drukte zachtjes. Ze nam de druk weg. En drukte weer. Ze legde haar handen aan de zijkanten van zijn hoofd. Drukte, liet los, drukte, liet de handen onder zijn nek glijden, trok er voorzichtig aan, hield de spanning even vast en liet weer los.

"Ik ga vanavond weer te veel drinken en kom morgen weer naar je toe."

"Morgen ben ik hier niet meer."

"Zeg dat het niet waar is."

"Het is wel waar."

"Wat is er gebeurd?"

Sonia streek met de vingers van haar beide handen van zijn wenkbrauwen over zijn voorhoofd naar boven. Steeds na zeven keer gleden haar vingertoppen langs de wenkbrauwen zijwaarts en bleven met een lichte druk even op de slapen rusten.

Ze vertelde hem de treurige geschiedenis van Pavarotti.

Haar vingers kromden zich tot klauwen, waarmee ze over de hoofdhuid van dr. Stahel harkte. Ze legde haar vingertoppen op het midden van zijn voorhoofd tegen elkaar aan en streek zacht naar beneden, tot wijs- en middelvinger op zijn oogleden lagen. Ze drukte licht, hield de druk een paar seconden aan en liet de vingers naar de slapen glijden. Daar bleven ze met zachte druk even rondjes draaien. "En nu ben ik bang", bekende ze.

"Vandaar het overhaaste vertrek?"

"Ik wil niet meer bang zijn."

"Heb je veel ervaring met angst?"

"Meer dan genoeg." Ze legde haar wijsvingers in zijn ooghoeken en gaf een lichte druk.

"En dat is wat je wilt doen? De benen nemen?"

"Ik heb het ook met temesta geprobeerd."

"En?"

"Dat helpt tijdelijk. Nu, bijvoorbeeld. Maar ik ben al eens aan de temesta geweest. Dat wil ik niet meer."

"Temesta helpt tegen diffuse angstgevoelens. Maar jij weet waar je bang voor bent."

"Ja."

"Het is de oude vraag: de symptomen bestrijden of de oorzaken?"

"Of de veroorzakers." Sonia legde haar linkerhand onder zijn nek en kneedde zachtjes. Haar rechterhand legde ze op zijn voorhoofd en ze gaf wat druk, terwijl ze met haar linkerhand zijn hoofd een stukje optilde. Ze nam de druk weg, wachtte een paar seconden en herhaalde het procedé.

Uit de luidsprekers klonken de exotische kreten van zeldzame vogels. De kamer rook naar de citroen in de massageolie. Ze streek dr. Stahel licht over zijn voorhoofd, eerst met haar linker-, toen met

haar rechterhand. Eerst snel, toen steeds langzamer. "Gelooft u dat in een van de werkelijkheden de duivel bestaat?" Dr. Stahel gaf geen antwoord. Hij was in slaap gevallen.

ik heb een nieuw mobiel nummer
en het oude dan
telefoon verloren
hoezo
of gejat hoe gaat het
pavarotti is dood
wat had hij
verdronken
he
in het aquarium
kom terug
ja
wanneer
morgen

Ze was van plan geweest de avond in haar kamer te blijven en de nacht door te komen met een van Manuels temesta's. Maar een halfuur nadat ze die had ingenomen, was de angst verdwenen en kwam de eenzaamheid weer terug. Ze haalde uit haar koffer de jurk die Malu 'het kleine zwartje' noemde, omdat hij wat aan de korte kant was en nauw aansloot, en belde Manuel op in zijn kamer. "Ik ben van mening veranderd."
"Blijf je?"
"Nee, ik kom voor een afscheidsdrankje naar de bar."
"Afscheid van wie?"
"Van jou."
"Onzin."
Maar een kwartier later klopte hij op haar deur om haar op te halen. Hij droeg een overhemd met een kozakkenkraag en had te veel eau de toilette op. Toen ze de deur opende en hij haar jurk zag, merkte hij op: "Een van ons tweeën loopt er tenminste nog degelijk bij."
Het was al over tienen toen ze in de bar kwamen. Dr. Stahel zat zoals altijd alleen aan de bar en wisselde af en toe een paar woorden met Vanni. De vier kennissen van Barbara Peters zaten

aan een tafeltje. Ze was er zelf niet bij. Ze had plotseling naar Milaan gemoeten en kwam de volgende dag pas terug, hadden ze op kantoor tegen Sonia gezegd toen ze haar dringend had willen spreken.

Bob, die anders tijdens het spelen zijn omgeving leek te vergeten, had naar de deur gekeken en haar toegeknikt. "Je wordt verwacht", zei Manuel een tikje venijnig. Ze gingen aan een tafeltje zitten en bestelden twee glazen champagne.

"Benzodiazepinen en alcohol, geen ideale combinatie", merkte Manuel op bij het proosten.

"Op Pavarotti", antwoordde Sonia.

"Op Pavarotti."

"Dus je besluit staat vast", constateerde Manuel.

Sonia knikte. Hoewel dat niet zo was. Onder invloed van kalmerende middelen bestond er niet zoiets als vastbeslotenheid. Het was haar eigenlijk allemaal om het even. Ze kon hier zitten en op Pavarotti proosten en het verschrikkelijk vinden wat er met hem was gebeurd, maar het raakte haar niet. Het was ver weg.

Het was duidelijk dat ze had besloten te vertrekken omdat ze bang was. Maar op dit moment wist ze niet hoe het voelde om bang te zijn. Nee, het besluit was wel genomen, maar ze was niet vastbesloten.

Een uur later waren alleen Vanni, Bob en zij nog in de bar aanwezig. Dr. Stahel was als eerste vertrokken. Hij was bij hun tafel gekomen om afscheid te nemen. Sonia had Manuel aan hem voorgesteld als haar opvolger en hij had gevraagd: "Geeft u ook van die fantastische katermassages?"

"Nog betere", had Sonia hem verzekerd. Toen dr. Stahel was vertrokken, legde ze aan Manuel uit wat een katermassage was.

Vrij snel daarna waren de beide stellen vertrokken. En na een korte beleefdheidspauze had Manuel gevraagd: "Vertrekken we nu samen en kom jij weer terug, of blijf je gewoon zitten?"

Ze was gewoon blijven zitten. Bob was een lied begonnen waarvan de melodie haar bekend voorkwam, maar waarvan de tekst nu pas tot haar doordrong.

I'm in the mood for love
Simply because you're near me

Funny, but when you're near me
I'm in the mood for love

Verdiept in de aanblik van haar bijna lege glas luisterde ze naar de rokerige melodie en de met het Franse accent eerder gesproken dan gezongen tekst.

If there's a cloud above
If it should rain, we'll let it
But for tonight forget it
I'm in the mood for love

Er volgden nog een paar rustig kabbelende slotakkoorden en ze wist dat ze alleen nog maar haar hoofd hoefde op te heffen en naar hem te glimlachen.
En dat deed ze.

Die nacht werd ze een keer wakker en realiseerde ze zich dat de temesta niet meer werkte. Het was haar allemaal niet meer om het even.
Ze liet haar hand over zijn gladde borst en pluizige buik naar beneden glijden. Voorzichtig, maar niet als een fysiotherapeute.

wanneer kom je aan
weet ik nog niet
maar je komt
weet ik nog niet
wat is er gebeurd
weet ik nog niet
aha

De weersvooruitzichten waren slecht, maar dat waren ze de afgelopen dagen steeds geweest. Gian Sprecher zocht de hemel af met zijn veldkijker. Als het er nou maar een beetje uitzag naar drie droge dagen, zou hij vandaag gaan maaien.

De mist zag er op sommige plekken poreus uit en bij de Piz Badaint was zelfs een stukje blauw te zien, waardoor de zonbeschenen Alp Verd oplichtte als een tovertuin. Maar in het oosten zat het nog steeds vol donkere regenwolken.

Sprecher besloot niet te gaan maaien. Een deel van de gewonnen tijd gebruikte hij om te observeren wat er zo vroeg in de morgen gebeurde in hotel Gamander.

Bijna elk huis in de nauwe zijstraat dat met sgraffito was versierd, had een erker. En vanuit iedere erker zou ze wel geobserveerd worden, dacht Sonia, terwijl ze de gevels nazocht op namen van huizen. Hij woont in CHASA CUNIGL, hadden ze op het kantoor gezegd. Dat is ergens hoger op de helling. Meer wisten ze niet.

Sonia was deze ochtend stipt op tijd op haar werk verschenen. Manuel had haar begroet zonder verrast te zijn, omdat hij niets anders had verwacht. Hij had geen commentaar gegeven op de wijziging van haar plannen en alleen maar zakelijk gezegd: "De nieuwe gasten hebben zich aangemeld voor negen uur. Romeins-Iers bad, borstelmassage, het volledige programma."

Terwijl ze de getrainde lichamen uit de grote stad masseerde met een borstel van natuurlijk haar, waren steeds weer beelden van de afgelopen nacht in haar opgekomen. Dat wil zeggen, eerst waren ze vanzelf opgekomen, daarna had ze het ene na het andere beeld opgeroepen. En het was toen steeds duidelijker geworden dat ze nog even wilde blijven.

De roze huizen in dit deel van het dorp zagen eruit alsof ze uit een stuk paté waren gesneden. De vensteropeningen staken overal schuin naar buiten, maar waren verder allemaal verschillend. De eigenhandig getekende sgraffito eromheen versterkte deze indruk. Vanaf de bloembakken op de vensterbanken leidden waterstroompjes over de pleisterlaag naar beneden. Enkele waren mosgroen verkleurd.

Op de afgebladderde gevel van een huidkleurig gebouw van drie verdiepingen hurkte een sgraffitokonijntje in een asymmetrisch ovaal. Daaronder stond CHASA CUNIGL. Sonia ging naar het met tufsteen omzoomde portaal en zocht tevergeefs naar een bel. Ze klopte op de deur. Het geluid verdween in het door de eeuwen heen glad geworden hout. Sonia deed een paar stappen achteruit en keek omhoog naar de ramen.

"Bij wie moet u wezen?"

Ze schrok. Ze had de kleine oude vrouw die achter haar stond niet aan horen komen. In het zwart, zoals vroeger alle eeuwige weduwen in landelijke gebieden. Het ontbreekt er nog maar aan dat ze een struma heeft, dacht Sonia.

"Bij meneer Casutt. Maar zo te zien is er niemand thuis."

"Jawel hoor, er is wel iemand thuis, komt u maar." De vrouw drukte op de smeedijzeren klink en duwde de deur open.

Ze betraden de grote, koele en donkere hal, die hier in de bergen *Pierten* werd genoemd. Er waren deuren die naar de woonvertrekken, schuren en stallen leidden, en er ging een trap naar de bovenverdiepingen. "De bovenste woning. Gewoon aankloppen tot hij opendoet. Dat duurt soms even."

Naast de deur op de derde verdieping lag een kachelplaat. Er stond een paar wandelschoenen op. Het wildleer zag er nat uit en er zaten kranten in gepropt. Door de deur heen was het getik van een oude pendule te horen. Ze klopte aan en wachtte op een stem of voetstappen of anderszins een reactie. Maar behalve het gelaten *tiktak, tiktak* bleef het stil.

Sonia klopte nog een keer.

Tiktak.

Na de vierde keer kloppen besloot ze het advies van de oude vrouw niet op te volgen. Toen hoorde ze het kraken van een plank. Toen voetstappen.

"Wie is daar?" vroeg de stem van Casutt.

"Sonia Frey van hotel Gamander."

"Momentje."

Na een paar minuten ging de deur open en verscheen Casutts versteende grijns in de deuropening.

"Neemt u me niet kwalijk", zei Sonia, "u sliep."

"Oude gewoonte van een nachtportier." Hij verzekerde zich ervan dat ze alleen was. Toen liet hij haar binnen.

Ze kwam in een kleine keuken. Een stenen gootsteen die volgestapeld was met vuile afwas, een elektrische kookplaat met twee pitten, een slordig met gele hoogglansverf geschilderde keukenkast en een kleine, vrijstaande inbouwkoelkast met een spaanplaat erop om dingen op te kunnen zetten. Hij stond vol met gebruikte pannen en vuil bestek en vaatwerk.

Hij mompelde een verontschuldiging voor de rommel en ging haar voor naar de aangrenzende kamer. Het vertrek deed dienst als woon- en slaapkamer. Een onopgemaakt bed, een oorfauteuil met een versleten gebreid kleed, een tafel met twee stoelen, een commode, een kledingkast en een televisietoestel. Het houten plafond was zo laag dat Casutts gebogen houding misschien wel daardoor kwam.

Door een klein raam in de dikke muur keek je uit op de blinde achterkant van een gebouw waarvan het bouwjaar moeilijk was vast te stellen en op een binnenplaats met brandhout, lege bierkratten, pallets, autobanden en twee afgedankte aanhangwagens voor vee.

In de kamer hing de zure lucht van verwaarlozing. Casutt bood Sonia een van de stoelen aan en ging tegenover haar zitten. Op de tafel lagen beduimelde glamourbladen. Daarnaast een aangebroken fles veltliner, een bijna lege flacon maagbitter en een vuil glas.

"Wilt u een kopje koffie?" vroeg hij.

"Nee, dank u", antwoordde ze snel.

Aan de muur boven de tafel hingen fotolijstjes. Meneer Casutt met Jean-Paul Belmondo, meneer Casutt met Curd Jürgens, meneer Casutt met Romy Schneider, meneer Casutt met Doris Day, meneer Casutt met Cary Grant. Steeds in het uniform met de gekruiste sleutels op de revers. "Dat is maar een deel van de foto's. En maar een fractie van de beroemdheden die ik heb ontmoet."

Voordat hij met zijn opsomming kon beginnen, vroeg Sonia: "Redt u het?"

"Voorlopig wel. Ik heb niet veel nodig. En mijn salaris wordt tot het einde van het seizoen doorbetaald. Geld speelt voor haar geen rol. En hoe gaat het daar?"

Sonia keek hem goed aan toen ze zei: "Een of andere ploert heeft mijn parkiet verdronken."

Hij knikte slechts, alsof hij alleen maar iets bevestigde wat hij al wist. "Als ik er nog had gewerkt, zou ík het vast weer hebben gedaan."

Sonia keek hem in zijn ogen. "Hebt u het gedaan?"

Voor het eerst drukte zijn starre glimlach zoiets als vrolijkheid uit. "Dat meent u toch niet serieus?"

Sonia herhaalde de vraag. Niet dreigend of aanvallend, maar vol begrip. Alsof hij haar de waarheid kon vertellen en ze daarna gezamenlijk naar een oplossing konden zoeken.

"Ik heb niets tegen u. Ik mag u. Waarom zou ik uw parkiet verdrinken?"

"Het is niet tegen mij gericht. Het maakt deel uit van een reeks van daden die allemaal met mevrouw Peters te maken hebben."

Casutt schonk wat wijn voor zichzelf in en nam een slok. "Wat voor daden?"

"De aanslag op de ficus. Dat u midden op de dag verscheen. De

lichtstaven in het water. De twaalf klokslagen bij het krieken van de dag."

"Ja, ja. Natuurlijk. Dat heeft natuurlijk allemaal met elkaar te maken", stelde hij sarcastisch vast.

Heel langzaam en met een lange pauze na elke regel droeg ze de aanwijzingen voor, zodat de betekenis van de zinnen in relatie tot de vijf gebeurtenissen tot hem door kon dringen. Iedere keer dat bij hem het muntje viel, knikte Casutt. Aan het eind vroeg hij: "Waar komt dat vandaan?"

"Dat zegt de duivel van Milaan tegen het mooie herderinnetje Ursina, zodat ze haar ziel aan hem verkoopt. U kent het toch wel? Een sage uit deze streek."

Casutt schudde zijn hoofd. "Toen ik klein was, gingen we hier in de bergen alleen 's winters naar school. En dan ook nog maar voor een paar jaar. Ik heb nooit het voorrecht gehad sagen te mogen bestuderen."

"Sagen krijg je te horen van ouders en grootouders."

"Ik had maar één grootmoeder en die was doofstom. En mijn ouders waren 's avonds te moe om verhaaltjes te vertellen." Hij schonk een laagje wijn op het laagje dat nog in het glas zat en dronk het meteen op. Het glas dat hij neerzette, zag eruit alsof hij niets had gedronken.

"Bent u daarom gekomen? Om mij te vragen of ik dé duivel van Milaan ben?" De verwrongen glimlach zag er weer uit als de grimas van iemand die dapper zijn pijn verdraagt.

"Nee. Ik wilde ook weten hoe het met u gaat."

"Nu weet u het." Hij wees theatraal op de kamer waar ze zaten. "Zo gaat het met mij. Met iemand die zijn hele leven in luxehotels heeft gewerkt. Een kamer met kookgelegenheid bij een oud vrouwtje, met een toilet in het trappenhuis."

"Waarom blijft u hier? Waarom zoekt u geen nieuwe baan?"

Casutt wees op het glas. "Daarom." Hij schonk weer wat in en dronk het meteen op. "En u? Waarom blijft u?"

"Ik ben niet ontslagen."

"Maar u hebt het geld niet nodig."

"Waarom denkt u dat?"

"In mijn beroep krijg je daar oog voor. U bent hier omdat u ergens voor weggelopen bent. En nu wilt u weten of u weer moet weglopen."

Sonia zweeg.

"Loop weg! Loop weg!" schreeuwde hij ineens.

Ze stond op, maar Casutt hield haar arm vast. "In het dorp zijn er mensen die andere plannen hadden met hotel Gamander."

"En zitten die erachter?"

Hij hief zijn handen op. "Ik heb niets gezegd. Maar er zitten er wel een paar bij waar je wat van kunt verwachten."

"Wie?"

Hij schudde zijn hoofd.

"Reto Bazzel, de man met de melkwagen, had hij plannen met hotel Gamander?" vroeg Sonia ineens.

"Die niet." Na een pauze voegde hij daaraan toe: "Maar zijn vader wel."

"Wat voor plannen?"

"Luxeappartementen."

"En waarom is dat niet doorgegaan?"

"Geld. Zij bood meer."

"En zou dat voor hem een reden zijn?"

Casutt herhaalde zijn wijnritueel. Daarna antwoordde hij: "Ik vertel u dat omdat u aardig tegen mij bent geweest. Maar ik heb niets gezegd: voor de vader zou dat geen reden zijn geweest. Maar voor de zoon wel, kijkt u goed uit voor de zoon. Die is niet helemaal in orde." Hij tikte met zijn wijsvinger tegen zijn voorhoofd.

Het weer, dat de hele ochtend aan het weifelen was geweest, besliste nu dat het slecht moest zijn. De besluiteloze wolken dreven weg van de rotswanden en goten een ijskoude regenbui over het dal heen. Sonia trok de rits van haar windjack dicht tot haar kin en peuterde de capuchon uit de kraag, voordat ze de boogvormige poort verliet.

Na een paar meter hoorde ze het stevige geluid van een dieselmotor achter zich. Ze draaide zich om en zag een oude groene landrover met een aanhangwagen met vee door de smalle straat het dorp in rijden. Ze drukte zich tegen een huis en liet het voertuig passeren. Achter het stuur zat een oude man die ze uit de Steinbock kende. Een van de kaartspelers van de stamtafel. Hij reed langs zonder haar te zien. Boven de deur van de aanhangwagen zag ze het knokige, modderige achterwerk van een koe.

Verder beneden, op de hoofdstraat, werd ze ingehaald door een

zilvergrijze Audi, die een paar meter verderop bleef staan. De deur aan de passagierskant ging open. Sonia hield haar pas in. Achter haar hoorde ze het geluid van nog een motor. Ze keek om. Het was de melkrijder. Hij ging langzamer rijden en bleef een paar meter achter haar staan. De Audi toeterde. Hij stond nog steeds met open deur te wachten. Nu zag ze dat Barbara Peters achter het stuur zat. Sonia stapte in. De auto reed weer verder. Sonia keek om. De melkrijder was ook weer gaan rijden.

"Maakt u zich niet druk om hem, die is ongevaarlijk", zei Barbara Peters.

"Ik hoop dat u gelijk hebt", antwoordde Sonia.

Ze zag er goed uit, hoewel ze een lange autorit achter de rug had. In de auto rook het sterk naar een parfum dat Sonia niet kende. Uit de boxen klonk Caribische muziek.

"Ik hoorde dat zijn vader ook belangstelling had voor hotel Gamander."

"Hij wilde er een appartementencomplex van maken. Stelt u eens voor. Helemaal leeghalen en dan twaalf luxeappartementen in Engadiner stijl, met veel grenen."

"Ik kan me voorstellen dat hij er flink van baalde toen hij het nakijken had."

Barbara Peters lachte. "Hij is een keer dronken naar de bouwplaats gekomen en toen riep hij: 'Daar krijg je nog spijt van, vuile teef.' Of 'smerige teef'. Of allebei."

"En daar wordt u niet bang van?"

"Zoals ik al zei: mijn strategie is negeren. Laten we het over u hebben. Gaat het al wat beter?"

"Gisteren wilde ik ontslag nemen, maar toen was u al weg. En vandaag gaat het beter."

"Daar ben ik blij om. Ik zou u missen. U zorgt voor enige glamour in onze kuurinrichting."

Sonia incasseerde het compliment met een glimlach.

"Naast mevrouw Felix en Manuel", voegde Barbara Peters eraan toe. In alle onschuld. Niet gemeen bedoeld.

Ze draaide de oprit naar het hotel in. Sonia zag in de zijspiegel dat de melkwagen vlak voor de oprit was blijven staan.

Fangoblikken vullen was bijna een meditatieve bezigheid. Sonia doopte de opscheplepel in de mengmachine, tekende met de stroperige, zwarte massa figuren op het blik en keek toe hoe ze langzaam in elkaar over liepen tot één dikke, glimmende, bijzonder ruikende substantie.

Misschien wist Casutt meer dan hij zei. Maar ze geloofde niet dat hij het was die erachter zat. Een oude, houterige man die te veel dronk, was niet koelbloedig genoeg om te wachten tot ze het hotel verliet, door de lobby te sluipen, over de trap naar boven naar haar kamer te gaan, die open te maken, Pavarotti uit zijn kooi te halen, de trappen af en weer stilletjes door de lobby en door het wellnessgedeelte naar de relaxruimte te gaan, de vogel in het aquarium te dompelen en voor de derde keer door de lobby naar buiten te gaan. Maar bij de zuuraanval en het onderwatervuur zou hij iets gezien kunnen hebben wat hij nu verzweeg. Ook de stem die hem naar zijn zeggen had opgedragen om overdag te komen werken, zou hij herkend kunnen hebben.

Hoe langer ze erover nadacht, hoe zekerder ze wist dat hij de dader moest kennen. En des te waarschijnlijker werd het dat ze zijn waarschuwing voor Reto Bazzel, de melkrijder, serieus moest nemen.

Ze schoof een vol blik in de warmkast en begon een nieuw blik te vullen. Vanuit grote hoogte liet ze een dunne straal fango op het schone oppervlak stromen en ze tekende zwierige figuren op het blik, zoals een driesterrenkok dat doet op de rand van een dessertbord.

Zonder aan te kloppen kwam mevrouw Felix de kamer binnen, ze deed de deur meteen achter zich dicht en ging er met haar rug tegenaan staan. Haar mond was een rechte streep en twee diepe, loodrechte groeven stonden bij de neuswortel dwars op het montuur van haar gebogen bril.

Sonia keek haar vragend aan.

Mevrouw Felix sloeg een kruis. Toen begon ze te spreken, met een hoge, verdraaide stem.

"Nu vraag ik de machtige Christus,
die Redder is van ieder mens,
die de duivel in de boeien sloeg.
In Zijn naam wil ik gaan.

Laat mij de afvallige
doodslaan met de knuppel."

Ze sloeg weer een kruis, trok een klein flesje van bruin glas uit de
zak van haar witte schort, draaide de schroefdop eraf en besprenkelde Sonia met de inhoud.

Sonia gaf een gil van schrik en sloeg haar handen beschermend
voor haar gezicht.

Mevrouw Felix stopte het flesje weer in haar schort en verliet de
kamer.

Sonia ging haar achterna. Toen ze op de gang kwam, zag ze nog
net hoe ze in een van de behandelkamers verdween. Bij de deur
hoorde ze hoe de sleutel werd omgedraaid. Sonia klopte aan.

Geen antwoord.

Sonia klopte nog een keer. "Mevrouw Felix?"

Het bleef stil in de behandelkamer.

"Mevrouw Felix!" riep Sonia hard en boos.

De deur ernaast ging open, Manuel stak zijn hoofd naar buiten.

"Wat is er aan de hand?"

"Ze is gek geworden. Weet je wat ze heeft gedaan?"

"Vertel het straks maar. Ik ben hier nog twintig minuten bezig."

Toen vormde hij met zijn lippen "Bob" en knipoogde naar haar.

De vloeistof was geur- en kleurloos. Waarschijnlijk water. Misschien wel wijwater. Sonia zat in de personeelskamer en wachtte op
Manuel. Ze rookte een van zijn sigaretten. Die van haarzelf had ze
vanmorgen vroeg weggegooid. Ze wist niet waar ze meer door van
streek was: door het optreden van mevrouw Felix of vanwege het
feit dat Bob zich liet masseren door Manuel. Waarom was hij niet
naar haar toe gekomen?

De deur ging open. Maar het was niet Manuel. Het was Barbara
Peters. Ze zag er voor het eerst sinds Sonia haar kende enigszins
onverzorgd uit en droeg dezelfde kleren als twee uur geleden in de
auto. Haar kapsel gaf de indruk dat het niet opzettelijk ongekamd
was. "Is Bango hierbeneden?"

De vraag was vreemd. Het wellnessgedeelte was verboden terrein
voor honden. Ook voor die van de bazin. "Nee. Is hij zoek?"

"Hij was er niet toen ik aankwam. En hij is nergens te vinden."

"Wanneer is hij voor het laatst gezien?"

"Gisteravond. Michelle heeft hem eten gegeven."

"Het hotel is groot. Misschien is hij per ongeluk ergens opgesloten."

"Ik heb overal gekeken. Dit gedeelte was mijn laatste hoop."

"Hij is vast gewoon een eindje gaan wandelen."

Barbara Peters schudde haar hoofd. "Bango gaat nooit alleen wandelen."

8

"Waarom naar Manuel?"

"Spit."

"Waarom niet naar mij?"

"Van jou krijg ik de kwaal, niet de behandeling."

Sonia lachte. Ze lag in haar smalle bed, haar hoofd op Bobs schouder, met boven haar de bewegende schaduwen.

"Geloof je dat een geluid geel kan zijn, met roze schubben?"

"Als geluiden een kleur zouden hebben, waarom niet?"

"Geluiden hebben kleuren. Soms zie ik ze."

"Franz Liszt geloofde daar ook in."

"Ik verzin het niet, ik weet het. Mijn hersenen hebben soms het vermogen om de kleuren van geluiden te zien."

Ze merkte in het halfduister dat Bob glimlachte. "Wat voor kleur heeft mijn pianospel?"

"Als sigarettenrook. Het blauw dat vanaf het brandende uiteinde naar het plafond kringelt. Niet het grijs dat uit mond en neus komt."

Hij trok haar tegen zich aan. "Zo zou ik willen spelen. Blauw en doorzichtig en zwevend, zoals de rook van een vergeten sigaret."

"Soms kan ik geluiden ook proeven."

"En hoe smaakt mijn pianospel?"

Sonia richtte zich op en boog zich over zijn gezicht. "Zo." Ze duwde haar tong in zijn mond.

Bob sliep nog toen ze zachtjes de kamer verliet en het bordje NIET STOREN A.U.B. aan de deurkruk hing.

De ontvangsthal was leeg, de receptie verlaten. Uit de kamer erachter klonk zachtjes de stem van een omroeper, die het ochtendnieuws voorlas.

Ze werd ontvangen door de inmiddels vertrouwde geur van chloor en etherische oliën. De beide baden lagen er stilletjes bij als betoverde vijvers.

Achter de glazen wand schemerde het landschap als een wandschildering. De lucht was betrokken en de bergflank en het dal waren gedompeld in een diffuus licht zonder schaduwen en diepten.

De massagestraal aan de rand van het thermale bad druppelde in de stilte.

Een van de ligstoelen aan de rand van het bad sprong uit de rij. Hij stond scheef en iets verder naar voren dan de andere. Op de matras lag een badjas die aan beide kanten de grond raakte. Sonia zette de stoel weer recht en pakte de badjas op. Er lagen twee tijdschriften onder. Van het soort dat gelezen werd door Lea, de oudste van de vier kinderen Häusermann.

Aan een haak bij de douches hing een badmuts die iemand vergeten had. Naast de jacuzzi lag een paar pantoffels met de naam van het hotel erop geborduurd.

Sonia ruimde de boel op en ging naar de trap. Ze aarzelde even voor ze naar beneden ging. Vandaag leek de trap wel de toegang tot een grafkelder.

De gang leek kouder en afwijzender dan op andere ochtenden dat ze vroege dienst had. Snel, alsof er iemand achter haar aan zat, liep ze naar de technische ruimte, drukte de deurkruk naar beneden, haalde diep adem en duwde de deur open.

Ze bleef even staan, tot haar ogen waren gewend aan de duisternis, waarin de lampjes van de apparatuur zwak oplichtten. Toen liep ze vastbesloten op de zekeringkast af en draaide de lichtschakelaar aan.

Ze wist precies op welke plek de schakelaars, knoppen en hendels zaten, en verrichtte gejaagd de noodzakelijke handelingen. Toen verliet ze de ruimte en begon haar inspectieronde door de andere vertrekken.

Bij iedere deur moest ze zich ertoe zetten deze te openen. Overal deed ze alle lichten aan en draaide ze de dimmers helemaal open.

De relaxruimte had ze tot het laatst bewaard. Nu stond ze voor de deur en dwong ze zichzelf de deurkruk naar beneden te drukken. Ze opende de deur op een kier, liet de deurkruk los, deed een stap achteruit, telde tot drie en gaf toen zachtjes een zet met haar voet. Langzaam draaide de deur in zijn hengsels open en kwam het aquarium in haar blikveld. De vissen gleden rustig tussen de waterplanten door.

Ze ging voorzichtig naar binnen en deed het licht aan. Alles leek in orde te zijn, alleen de geur klopte niet helemaal. Het rook niet naar de oliën waar ze de verstuivers mee vulden. Er hing iets anders in de lucht. Patchoeli? Een van de ligstoelen was gebruikt. Iemand had van badlakens een kussen gemaakt. Het voeteneinde was vies, alsof hij er met vuile schoenen op was gaan liggen. Op de grond naast de ligstoel lagen as en een sigarettenpeuk. Niet van een sigaret, maar van een joint. Sonia deed de deur dicht en holde de trap op. Boven botste ze bijna op Barbara Peters. Ze droeg niet, zoals anders op dit tijdstip, haar badjas, maar had een spijkerbroek aan, een rode trui van kasjmier en een baseballpet om haar onverzorgde haar te verbergen. Ze was onopgemaakt en zag eruit alsof ze niet veel had geslapen. "Is er iets met Bango?" vroeg ze angstig. "Er heeft iemand in de relaxruimte gezeten en een joint gerookt." Barbara Peters wuifde de mededeling weg met een handbeweging. "Ik heb hem de hele nacht niet gezien. Ik hou met het ergste rekening." "Het was niet een van de gasten die heeft zitten blowen. Ik denk dat er vannacht iemand naar binnen is geslopen, met zijn smerige schoenen op een ligstoel is gaan zitten en in alle rust een joint heeft gerookt. Hij wilde dat we het zouden zien. Hij wilde dat we zouden weten dat hij hier elk moment in en uit kan lopen." Nu pas had ze de belangstelling van haar bazin gewekt. "Denkt u dat het iets met Bango te maken kan hebben?" "Ik denk dat het iets te maken heeft met de vreemde voorvallen hier. En als het verdwijnen van Bango ook een vreemd voorval is ..." "Zeker." Barbara Peters ging vastberaden de trap af. Sonia ging haar achterna. Ze stonden een tijdje zwijgend voor de ligstoel. "Er gaat een boodschap van uit", stelde de bazin vast. "Van geweld", antwoordde Sonia. Ze zwegen weer, beiden in gedachten. "Op de auto van Reto Bazzel zit een sticker met een hennepblad", zei Sonia, meer tegen zichzelf. "Verdenkt u hem?" "Ja."

"En vindt u nog steeds dat ik naar de politie moet gaan?"

"Steeds meer."

"Denkt u dat hij ook achter de verdwijning van Bango zou kunnen zitten?"

Minder uit overtuiging dan om haar ertoe aan te zetten nu eindelijk de politie in te schakelen, antwoordde Sonia: "Het zou me niet verbazen."

Barbara Peters bukte en pakte de vuile badlakens bij elkaar. "Wacht. De politie moet de sporen nog onderzoeken."

"Ze zullen genoegen moeten nemen met onze verklaringen. Wilt u het complex soms sluiten tot ze foto's hebben gemaakt, vingerafdrukken hebben opgenomen en onze gasten hebben weggejaagd?"

Ze verliet de ruimte met haar armen vol bewijsstukken, gooide de hele handel in de wasmand in het schoonmaakhok en kwam terug met stoffer en blik, nog voordat Sonia in beweging had kunnen komen.

Een halfuur geleden had Reto Bazzel de melk opgehaald en Gian Sprecher ging op zijn bankje zitten wachten tot de melkwagen beneden in de dorpsstraat verscheen. Op het moment dat hij hem in het vizier kreeg, kwam er vanuit de andere richting een politiewagen aan. De voertuigen reden elkaar voorbij en de surveillancewagen reed door, sloeg de oprit naar hotel Gamander in en parkeerde voor het hotel. Twee agenten in uniform gingen het hotel binnen en waren tot op dit moment nog niet naar buiten gekomen.

Alsof hij niets nuttigers te doen had dan hier op twee agenten zitten wachten.

Sonia dacht dat Barbara Peters haar er wel bij zou willen hebben wanneer de agenten kwamen. Maar ze had alleen gezegd dat ze haar wel zou roepen als ze haar nodig had. En dat was niet gebeurd. Ze had zojuist door de glazen deur kunnen zien hoe de agenten weer waren vertrokken.

Ze zat op een van de ligstoelen in het zwembad en hield toezicht op het publiek, dat wil zeggen op mevrouw Kummer die, zonder acht op haar te slaan, aan het poedelen was in het thermale bad en af en toe een paar woorden wisselde met juffrouw Seifert, die geheel gekleed aan de rand van het bad stond.

Manuel was beneden mevrouw Lanvin aan het behandelen. Hij

vond het voorval van de nachtelijke jointroker eigenlijk wel grappig en over de kwestie van de verdwenen Bango kon hij zich ook niet echt druk maken.

Mevrouw Felix was niet komen werken, ze had zich ziek gemeld. Sonia was blij dat ze zich niet ook nog eens met haar bezig hoefde te houden.

Plotseling hoorde ze vanaf de ingang het gegil en gelach van kinderen. "Hier!" en "Nee, Bango! Zit!"

Pascal, Dario en Melanie kwamen naar binnen gerend. Ze liepen achter Bango aan, die heen en weer rende, tegen hen op sprong, om hen heen holde en er weer vandoor ging. Als een hond die lang had vastgezeten en blij was met zijn vrijheid.

Zo te zien zat er iets om hem heen gewikkeld. Een doek of een stuk stof.

"Bango!" riep zij nu ook. Maar de hond rende een rondje rond de zwembaden.

Barbara Peters kwam binnen in het gezelschap van de receptioniste. "Bango!" riep ze. "Waar heb je uitgehangen, rotbeest?"

Bango stoof op haar af en sprong tegen haar op. Het lukte haar hem vast te houden.

De spaniël droeg een korte broek, die met een riem om zijn lijf zat vastgemaakt. En aan de voorkant droeg hij een vuil T-shirt in een kindermaat. Op zijn kop had iemand een groen jagershoedje vastgebonden.

De kinderen gingen om Barbara Peters en de hond heen staan. Ze gilden en lachten.

Mevrouw Kummer klom uit het zwembad. Juffrouw Seifert legde een badlaken over haar magere schouders. "Ik ben het zat!" riep de professor.

Barbara Peters keek Sonia ontsteld aan, alsof ze wachtte op het antwoord op een niet gestelde vraag. Alle kleur was uit haar gezicht verdwenen.

Sonia knikte. "Wanneer het dier een mens wordt."

Achter het groepje pijnbomen en lariksen naast het hotel lag een klein speeltuintje met een zandbak, glijbaan, draaimolen en een kasteel van dikke houten balken. De twee meisjes Häusermann moesten er om beurten met hun kleine broertjes heen om op hen

te passen. Deze ochtend was Melanie aan de beurt geweest. Pascal en Dario waren schreeuwend vooruitgelopen en Melanie sjokte met tegenzin achter hen aan. Toen ze bij de speeltuin kwam, wachtten de jongens haar opgewonden op en sleepten haar mee naar het kasteel. Daar zat Bango, verkleed en met een kort touw vastgemaakt aan een van de balken, dansend en jankend van vreugde. Hij kon niet blaffen, want zijn snuit was met een doek omwonden. Toen de kinderen hem hadden bevrijd, rende hij naar het hotel.

Barbara Peters knuffelde de enthousiaste Bango en liet haar met tranen bedekte gezicht door hem aflikken. Sonia hielp haar het dier te bevrijden uit zijn vernederende vermomming en liep met hen mee naar de torenwoning. Daar keek ze zwijgend toe hoe Bango een blik hondenvoer, een klein blikje tonijn en een halve doos bonbons naar binnen schrokte en een bak water, aangelengd met een beetje melk, leegdronk.

"Jammer dat de politie al weg was", merkte Sonia op.

"Wat had het uitgemaakt als ze hier nog waren geweest?" Op de bleke huid van Barbara Peters zaten een paar rode vlekken van de opwinding.

"Het zou de theorie bevestigd hebben."

Barbara Peters antwoordde niet.

"Nee dus", zei Sonia, "u hebt de sage niet genoemd."

"Ze namen me toch al niet serieus."

"Wat hebt u dan verteld?"

"Dat van die wietroker. En dat ik dacht dat het Reto Bazzel was."

"En niets over de andere incidenten?"

"Als ze Bazzel de pas afsnijden, is dat ook allemaal voorbij."

Bango ging voor zijn vrouwtje op zijn rug liggen en ze aaide hem gehoorzaam over zijn borst.

"En dat van Bango? Wilt u dat ook niet vertellen?"

"Jawel. Met Bango is hij te ver gegaan."

"Met Pavarotti al, vind ik", merkte Sonia koeltjes op.

"Natuurlijk, neem me niet kwalijk." Barbara Peters begon weer te huilen. Sonia legde een arm om haar heen en trok haar tegen zich aan. Meteen schokten haar schouders hevig van het luide snikken.

Sonia streelde met haar vrije hand over het verwarde haar. Af en toe kwam er een afgeknepen "Sorry" tussen de snikken door.

Toen Barbara Peters weer een beetje gekalmeerd was, pakte Sonia een kleine stoel en ging tegenover haar zitten. Ze trok een van haar mocassins uit en legde de voet op haar knie. Hij was klein, hooguit maatje zevenendertig, verzorgd en gepedicuurd. De teennagels waren gelakt in hetzelfde koraalrood als haar lange vingernagels.

Sonia legde haar handen losjes om de voet, drukte ertegenaan en trok hem weer naar zich toe, heen en weer in een steeds sneller ritme. Toen ze merkte dat ze ontspande, pakte ze met haar linkerhand de tenen en drukte met haar rechterduim op het gebied van het middenrif en de zonnevlecht direct onder de bal van de voet.

Barbara Peters huilde niet meer. Ze lag in de kussens van de sofa, met haar ogen dicht. "Ik ben bang", zei ze.

"Ik weet het."

"Ik ben anders nooit bang."

"Ik bijna altijd."

"Zullen we elkaar tutoyeren?"

"Graag."

Sonia nam de hiel in haar linkerhand, pakte met haar rechterhand de voorkant van de voet en draaide de voet voorzichtig eerst de ene en toen de andere kant op.

"Die angst, heeft dat met je man te maken?"

"Met hem is het begonnen. En nu vliegt het me aan bij de kleinste aanleiding. Het is net alsof mijn hersenen hebben geleerd om bang te zijn."

"Heeft hij je geslagen?"

"Hij wilde me vermoorden."

Bango was in slaap gevallen. Hij blafte kort en zachtjes, en zijn poten bewogen in zijn droom.

"Als hij wakker wordt, is hij alles vergeten", zei Sonia.

"Wat doe je ertegen? Tegen de angst?"

"Vroeger slikte ik pillen en rende ik weg."

"En tegenwoordig?"

"Bestrijd ik de oorzaken in plaats van de symptomen."

"Hoe doe je dat?"

"Geef die klootzak aan. Vertel alles wat hij gedaan heeft. Zodat hij uitgeschakeld wordt." Sonia sprak niet met stemverheffing, maar gaf haar woorden nadruk door met haar duim hard op de maagreflexzo-

ne te drukken. Barbara ademde hoorbaar tussen haar tanden door.

"Neem me niet kwalijk", zei Sonia.

"Ik bel straks meteen."

```
hoe heet hij
wie
om wie je niet terugkomt
frederic
ik bedoel de ander waarvoor je blijft
bob hij is pianist
o blijf blijf
```

Een asgrijze lucht. Ton sur ton de natte zwarte rotsen. De bossen bijna blauw, de weiden groen als algen.

Gian Sprecher had de hele middag takken verwijderd van het stormhout en ze verzaagd tot brandhout. Nu was hij onderweg naar zijn boerderij met de op een na laatste lading. Hij reed met zijn zwaarbeladen eenassige tractor voorzichtig over de zacht geworden, zompige landweg naar beneden. In de eerste kromming van de S-bocht bij Funtana nam hij de hoofdstraat, hij volgde die tot aan de tweede kromming en sloeg vijftig meter verderop de landweg in die naar zijn boerderij leidde.

De grote klonten aarde die van de grove profielen van de lagedrukbanden op straat werden geslingerd, lieten een bruin modderspoor achter op het asfalt.

Het was nog maar zes uur, maar Reto Bazzel had zijn dimlichten al aangedaan. Hij was onderweg naar de melkfabriek en had bijna vijfduizend liter melk bij zich. De spiegelzonnebril had hij in zijn haar geschoven, uit vier boxen klonk Bob Marleys *Rebel music*.

Reto was al de hele dag in een goed humeur. Steeds weer stelde hij zich de gezichten voor die die lui in hotel Gamander getrokken moesten hebben, en hij moest er iedere keer weer om lachen. Vooral nu, na de korte blowpauze die hij op de helling aan de rand van het bos had genomen.

De straat was droog, de Pajero had een stabiele koers.

Aan het begin van de bocht bij Funtana merkte hij dat hij iets te snel reed. Hij remde.

Gian Sprecher reed zijn lege transportkar terug naar het Corvbos om de laatste portie hout te halen. Hij kwam aan bij de hoofdstraat. Daar zag hij iets vreemds: door het bruine modderspoor dat hij achter zich had gelaten, liep iets wits met roze.

Hij trok aan de handrem, zette het voertuig in zijn vrij en stapte af. Melk. Het witte dat over de straat naar beneden stroomde, was melk. En het smalle stroompje roze, dat ermee vermengd was? "*Merda!*" vloekte hij en hij hinkte verder over de straat.

Na de bocht zag hij de Pajero. Die lag op zijn kop, bekneld tussen twee pijnbomen die in de berm groeiden. Het steile stuk weiland boven de straat droeg de sporen van de wagen, die daar over de kop was geslagen. En verder naar boven, waar hij van de weg was geraakt, staken de versplinterde stammen van twee jonge lariksen in de lucht.

De aanhangwagen was losgeraakt en lag een eind verderop op straat. Een enorm, ingedeukt bierblik.

Hoe dichter Gian Sprecher bij de plaats van het ongeluk kwam, hoe meer het gepruttel van de eenassige tractor die in de verte in zijn vrij stond, werd overstemd door muziek die uit het wrak kwam. *We're gonna chase those crazy baldheads out of town.*

Reto Bazzel was uit de wagen geslingerd en lag met bizar verdraaide ledematen op de straat. Het bloed uit een grote wond in zijn hals vermengde zich met de melk die nog steeds uit de aanhangwagen stroomde.

Gian Sprecher sloeg een kruis.

Ineens kwam er een dichte regen uit de hemel vallen.

Nog een klein uur en dan zat de dienst erop. Er was al twee uur niemand meer naar het zwembad gekomen. Sonia en Manuel zaten op een bank van glanzend graniet, die bij de glazen gevel stond. Vanaf die plek kon je zowel de beide baden in de gaten houden als genieten van het landschap. Ze gingen met hun rug naar de baden zitten.

Sonia vertelde hoezeer het voorval met Bango de bazin had geraakt. Manuels enige commentaar was: "Toch niet zo'n koude kikker als je zou denken."

Daarna bespraken ze langdurig Sonia's theorie en werden ze het er uiteindelijk over eens dat Reto Bazzel verdachte nummer één was. Toen hadden ze genoeg van het onderwerp en probeerden een paar andere uit. Op dit moment ging het over mevrouw Felix.

"Die zit vast in een of andere sekte. Dat heb je vaak bij die oude vrijsters. Op een bepaald moment slaat de godsdienstwaanzin toe."

"Ze zei een toverspreuk en besprenkelde me met wijwater. Alsof ik de duivel was."

"Van Milaan." Manuel moest lachen. Sonia bleef serieus. Het zwembad lag al in de veel te vroege schemering van deze grijze dag. Geen van tweeën kon het opbrengen om de verlichting aan te doen.

Het begon weer te regenen, alsof het nooit droog was geweest. De regen legde een grof raster over het landschap, zoals wanneer je te dicht op het witte doek zat. Het bijbehorende geluid werd geleverd door het monotone geruis van de vier watervallen.

Een landbouwvoertuig kwam vanaf de helling de straat in gereden. Sonia herkende de hinkende boer. Hij reed snel, alsof hij voor de regen wilde vluchten.

"Is er bekend wat ze heeft?" vroeg Sonia.

"Mevrouw Felix? Ziek. Dat is alles wat ik weet. Niets ernstigs, als je dat gehoopt had."

"Niets ernstigs. Maar hopelijk wel iets langdurigs."

Ze staarden zwijgend naar het kleurloze, natte landschap. Er reed een oude landrover naar boven, gevolgd door een VW en een Japanse terreinwagen. Op enige afstand volgde de transportkar van de hinkende boer.

"Er is nogal wat aan de hand met dit weer", merkte Manuel op.

Kort na elkaar volgden er nog een paar voertuigen. Een daarvan was de rode landrover van de dorpsbrandweer. "Er is daar iets gebeurd", stelde Sonia vast. Ze bleven zitten kijken naar de ongebruikelijke verkeersdrukte.

Na ongeveer twintig minuten reed in hoog tempo een politiewagen dezelfde kant op. En even later een ziekenauto.

"Een ongeluk", stelde Manuel vast.

Sonia knikte.

Toen ze de installaties van het wellnessgedeelte op de nachtstand hadden gezet en door de hal naar hun kamers gingen, wist de receptie al wat er aan de hand was. "Reto Bazzel", zei Michelle, "de man die de melk ophaalt, dodelijk verongelukt."

Sonia en Manuel wisselden een blik. "Hoe is het gebeurd?" vroeg ze.

"Er waren geen anderen bij betrokken, meer weet ik niet."
Manuels kamer lag in een ander deel van het hotel. Bij de trappen gingen ze ieder huns weegs. "Nu maar hopen dat hij ook inderdaad de dader was", grijnsde Manuel. Sonia probeerde geschokt te kijken. Maar ze had hetzelfde gedacht.

Bij de ingang van de Steinbock lagen smerige lappen en vandaar leidde een pad van schoenafdrukken naar de gelagkamer. In de garderobe hingen natte windjacks en loden mantels. Op de hoedenplank lagen petten, jagershoedjes en regenkapjes door elkaar. Van de stamtafel kwam geen lawaai zoals gewoonlijk 's avonds, maar slechts gedempt gemompel, alsof iedereen voor zichzelf een gebed opzei.

Sonia twijfelde erover of het in deze situatie wel zo'n goed idee was om na Bobs pianowerk nog te gaan eten in de Steinbock. Maar ze had hem al twee dagen geleden enthousiast verteld over de experimentele keuken van Peder Bezzola, en Bob vond het ongeluk van Reto Bazzel niet voldoende reden om hun plannen te wijzigen.

Ze hadden de deur nog niet achter zich gesloten of het werd nog stiller in het etablissement. Nina zette haar dienblad met lege bier- en wijnglazen op de toog en kwam naar hen toe. "Willen jullie eten?" vroeg ze. Toen Sonia en Bob dat bevestigden, leidde ze hen naar het restaurant. Ze droeg een strakke rok en een naveltruitje, allebei zwart, maar dat was waarschijnlijk eerder toeval dan uit piëteit. Ze had rode wangen en leek door het ongeluk eerder opgewekt dan terneergeslagen te zijn.

Er waren slechts twee tafels gedekt met een wit laken, op de andere lagen moltons vol vlekken. Er was niet meer op gasten gerekend.

De menukaart die Nina gaf, was nieuw. Hij had vier pagina's en er stond geen enkel Reto-Aziatisch gerecht op. Alleen het normale aanbod van een plattelandsrestaurant en een paar streekgerechten.

"Is er nog een andere kaart?" informeerde Sonia.

"Nee. Alleen deze."

"En de Aziatische dingen?"

"Die serveren we niet meer." Voordat Sonia kon vragen waarom, ging Nina naar het cafégedeelte, waar iemand hard haar naam riep. Toen ze eindelijk terugkwam, bestelden ze Bündner gerstesoep en Capuns. Dat was voor hem al tamelijk exotisch, zei Bob troostend tegen haar.

De bedrukte stemming in het café sloeg al snel op hen over. Eerst converseerden ze nog wat, alsof ze onbekenden van elkaar waren, wat ook eigenlijk zo was. Maar algauw zaten ze zwijgend te eten als een oud echtpaar.

Bij het dessert – Engadiner notentaart met een bolletje vanille-ijs – kwam Peder Bezzola bij hen aan tafel staan. Op zijn anders smetteloos witte koksuniform zaten enkele sausvlekken, zijn witte halsdoek zat los, bij het scheren had hij een paar plaatsen overgeslagen en zijn ogen glommen van de rode wijn. "Was het naar wens?" vroeg hij. Het kwam er een beetje agressief uit.

"Ja hoor. Maar waar is het Aziatische accent gebleven?" vroeg Sonia.

"In hotel Gamander", antwoordde de kok. "Als u een Aziatisch accent zoekt, kunt u zich in het hotel te goed doen. Daar hebben ze het immers bedacht."

Sonia zat in de olijfgroene fauteuil en had haar benen nog steeds om Bobs heupen geslagen. Hij lag boven op haar en had zijn hoofd op haar schouders gelegd. Hun ademhaling was weer rustig.

"Misschien komt het door de nabijheid van de dood", zei ze.

"Wat?"

"Dat de levenden zo wellustig zijn."

Alsof er niets was gebeurd, kwam boven Val Grisch een stralende zon op. Hij verwarmde de zompig geworden weilanden, tot ze dampten als hete doeken bij een winterwas.

Het huis van Luzi Bazzel lag er verlaten bij. De stal was vanmorgen in alle vroegte gedaan door Joder, een achterneef van Luzi. Hij was hobbyboer en verdiende zijn geld als metselaar op een van de vele bouwplaatsen waarmee het Engadin systematisch werd ontsierd. Het vee stond al in de wei. Luzi zat zwijgend naast het lichaam van zijn zoon, dat nog dezelfde nacht naar huis was gebracht en nu opgebaard lag in de pronkkamer.

Sonia had het wellnessgedeelte klaargemaakt voor gebruik en was nu vol energie baantjes aan het trekken. Ze had het hele bad voor zichzelf. Barbara had sinds de terugkeer van Bango haar kamer niet meer verlaten.

Even voor acht uur ging de glazen deur open en kwam Igor bin-

nen. Hij wenkte Sonia naar de rand van het bad. "Je moet bij de bazin komen. De politie is er."

Ze kleedde zich aan en stond tien minuten later in het kantoor van Barbara Peters. De twee agenten van gisteren zagen er wat ongemakkelijk uit in de buismeubels van het bezoekerszitje.

Barbara droeg de spijkerbroek en de rode trui van kasjmier die ze gisteren ook aanhad. De baseballpet had ze vervangen door een zijden doek, die ze droeg als de hoofdtooi van een begum. Maar haar gezichtsuitdrukking was veranderd. Niet meer angstig en gejaagd als gisteren, maar weer ontspannen en zelfverzekerd.

"Sonia, de heren hebben twee interessante vondsten meegebracht."

Ze stond op en hield een niet meer helemaal schone badjas omhoog, die over de leuning van een van de nog vrije stoelen had gelegen. Hij had het opschrift van hotel Gamander. "Dit werd gevonden in de verongelukte auto van meneer Bazzel. En dit ook."

Ze legde de badjas weer op de stoel, pakte van een van de bijzettafeltjes een kleine plastic zak met een rits en overhandigde die aan Sonia. Er zat een veiligheidssleutel met een blauw label in.

"Een loper", hielp Barbara. "Het slachtoffer had hem aan zijn sleutelbos."

Sonia keek naar de sleutel en daarna naar Barbara en de agenten. "Waar had hij die vandaan?"

"Dit is nummer vijf. Volgens het sleutelsysteem is dit de reservesleutel van de receptie. Hij zou in de kleine kas moeten liggen. Tot nu toe werd hij niet gemist."

"En hoe kon Bazzel daarbij?"

Barbara haalde haar schouders op, alsof ze het antwoord niet wist. Maar toen zei ze toch: "Misschien heb ik meneer Casutt toch niet zo'n onrecht gedaan."

Sonia zag de oude man met zijn starre grijns in zijn bedompte hol weer voor zich en hoorde zijn woorden: kijkt u uit voor de zoon, die is niet helemaal in orde. Was dat de verklaring? Was Casutt misschien niet de dader, maar wel medeplichtig?

"Mevrouw Peters heeft ons verteld wat er met de hond is gebeurd", zei een van de twee agenten, kennelijk de hoogste in rang.

"Voordat ik van de sleutel wist", wierp Barbara tegen.

"Ze zei dat u er een theorie over had."

Hoewel Barbara aan alle kanten uitstraalde dat ze haar mond

moest houden, vertelde Sonia over de voorvallen en wat ze volgens haar te betekenen hadden. De agent die de vragen stelde, maakte met een serieus gezicht aantekeningen. Slechts een keer betrapte ze hem erop dat hij een blik wisselde met zijn jongere collega.

```
hoe heet het hotel ook alweer
gamander hoezo
misschien kom ik hoe heet dat gat
val grisch maar ik heb weinig tijd
geeft niks
```

Sonia merkte dat de opluchting die uitging van Barbara Peters oversloeg op het hele personeel. En ook de gasten, die niet veel hadden meegekregen van de oorzaak van de bedrukte stemming, voelden dat het personeel gemotiveerder was en de service voorkomender was geworden. Ook met haarzelf ging het beter. Het zware gevoel van een vage dreiging was verdwenen. Maar de herinnering eraan was er nog steeds.

Op de dag na Reto Bazzels dood was het zomers warm geworden. Het weer liet toe dat het avondeten op het terras geserveerd werd. Barbara Peters stond erop, ook al probeerden sommige personeelsleden – onder wie Sonia – het haar af te raden. Ze vreesden dat het dorp dat als gevoelloosheid zou kunnen interpreteren.

Maar Barbara vond dat de gasten niet ook nog onder het ongeluk moesten lijden, liet de vleugel dicht bij het raam schuiven en vroeg Bob om alsjeblieft niets treurigs te spelen. Ze nodigde Sonia, Manuel en Michelle, de receptioniste, uit om weer met de gasten te eten en kwam zo op een gezelschap van eenentwintig gasten aan zeven tafels.

Ze speelde zelf de tafeldame van dr. Stahel. Maar ze was vooral de vriendelijke, stralende gastvrouw. In haar mouwloze Valentino-jurkje liep ze van tafel naar tafel, wisselde een paar woorden met de gasten en had de parelende lach van een klein meisje. En steeds had ze een champagneglas in haar hand, dat, als ze weer even bij de tafel van dr. Stahel kwam, door de ober werd bijgevuld uit de fles die in de koeler naast de tafel stond.

Met de kleurige parasols, de obers in hun gesteven witte, linnen

colberts en de jazzy pianoklanken op de achtergrond, zag het geheel eruit als een feestje ter ere van een gelukkige zomerdag. Michelle en Manuel waren levendig en uitgelaten aan het praten. Maar Sonia had moeite om op dezelfde toon mee te doen. Ze was niet gelukkig met de hele kwestie.

Tijdens het dessert hoorden ze ineens het lawaai van een motor die met hoog toerental hun kant op kwam. De gasten wendden hun blikken naar de straat, die vanuit het dorp langs het hotel omhoog leidde. Er kwam een oude, groene landrover vanuit het dorp aanrijden en hij stopte op het punt waar de straat het dichtst bij het terras lag.

Er stapte een oude boer uit. Hij droeg een donker kostuum en een zwarte stropdas. Zijn armen hingen naar beneden, alsof ze niet bij hem hoorden. Hij keek een ogenblik zwijgend hun kant op. Ineens balde hij zijn vuist, schudde hem dreigend en schreeuwde met een van haat overslaande stem iets in zijn taal in hun richting.

Alle gasten waren met stomheid geslagen, behalve Bob, die vanaf de plaats waar hij zat niets van het tafereel had meegekregen en zijn *happy tunes* gewoon verder speelde.

De oude man zweeg even en het leek of hij naar de muziek luisterde, van zijn stuk gebracht. Toen hief hij nog een keer zijn vuist en riep: "*Schmaladida musica dal diavel!*"

Toen klom hij weer in zijn landrover. Moeizaam en traag, alsof hij plotseling was overvallen door een grote vermoeidheid.

De vleugel verstomde. Bob moest iets van de verandering op het plotseling stilgevallen terras hebben opgevangen. Zijn gezicht verscheen bij het raam. Hij keek vragend naar Barbara.

"Prachtig!" riep ze naar hem. "Dank je, ga zo door alsjeblieft."

Hij wisselde een blik met Sonia voordat hij weer bij het raam verdween. En algauw waren de heldere klanken van zijn improvisaties weer te horen in de zomeravond.

De gasten aten verder en probeerden gesprekken met elkaar aan te knopen. Niemand keek in de richting van de oude man, die met een jankende motor en schurende versnelling zijn terreinwagen keerde op de straat.

Barbara Peters deed haar uiterste best om het tafereel te doen vergeten. Maar de stemming was bedorven.

"Wat zei hij?" vroeg Sonia later aan een van de obers die Vallader sprak, het Romaans van het Unterengadin.

"Dat was Luzi Bazzel, de vader van de overledene. We moeten terug naar waar we vandaan zijn gekomen. Of '*giò l'infiern*'. Naar de hel."

"En '*musica dal diavel*' betekent muziek van de duivel. Toch?"

"Bravo!"

Bobs rug voelde aan als iets bitters met suiker. En zijn gekreun was purper op goud.

Ze voer op een robijnrode golf, tot de chroomgele schuimkop haar verzwolg en in de maalstroom van de zwarte branding zoog.

```
en kom je nu
waarheen
hierheen
hoezo
omdat je dat schreef
ik naar dat spookdorp ik ben toch niet gek
```

Sonia las haar laatste sms-dialoog met Malu. Ze had het goed gelezen:

```
hoe heet het hotel ook alweer
gamander hoezo
misschien kom ik hoe heet dat gat
val grisch maar ik heb weinig tijd
geeft niks
```

Afzender: Malu. Maar nu pas viel het nummer haar op: het was het nummer van Malu's oude telefoon.

Sonia koos het nummer. Dit nummer is momenteel niet bereikbaar, zei een vrouwenstem.

Ze koos het nieuwe nummer. Malu nam meteen op. Zonder inleiding vroeg Sonia: "Heb je je oude telefoon weer terug?"

"Nee, die is niet teruggevonden."

"Shit."

"Mijn nieuwe is beter. Kleiner en met een camera."

"Iemand heeft met jouw oude toestel een berichtje gestuurd en

die persoon heeft gedaan alsof het van jou kwam."
"Waarom zou iemand dat doen?"
"Om erachter te komen waar ik ben. Je hebt hem niet verloren.
Hij is van je gestolen."
"Door wie?"
"Voor wie, daar gaat het om."
"Voor wie denk je dan?"
"Frédéric."
Het was even stil aan de andere kant van de lijn.
"Denk na", sommeerde Sonia.
"Dat doe ik. Maar ik kan niemand bedenken."
"Heb je je verzoend met Hanspeter?"
"No, sir."
"Zie je Kurt nog weleens?"
Geen antwoord.
"Je ziet hem dus nog weleens?"
"Die zou nooit ..."
"Je hebt je al een keer in hem vergist."
Het werd weer stil aan de andere kant.
"Denk na!"
"We zaten in de Sansibar. Martini's om ons te verzoenen. Veel.
Later merkte ik dat ik hem kwijt was. Ik heb de volgende dag
gebeld en gevraagd of ik hem daar had laten liggen. Shit. Het spijt
me, Sonia."
Sonia ging naar Michelle bij de receptie en drukte haar op het
hart om in geen enkel geval aangetekende post voor haar aan te
nemen.

De doodsklokken klonken vermanend en waren tot in hotel Gamander te horen. Het halve dorp was naar de mis gekomen, want het was
zaterdag. Pater Dionys droeg de dodenmis op. Daarna verdrongen
de begrafenisgangers zich in de motregen op het kleine kerkhof
rond het open graf. De stellage met kransen boog door onder de
laatste groeten, want Reto's vader was een belangrijk man.
Een grote krans van gerbera's in vier kleuren, een meesterwerk
van rouwbloemsierkunst, riep wat mompelend commentaar op. Er
zat een zwart lint aan met in gouden letters: MET OPRECHTE DEEL-
NEMING. GASTEN EN PERSONEEL VAN HOTEL GAMANDER.
Na de bijzetting nodigde Luzi Bazzel de aanwezigen uit om mee

te gaan naar de Steinbock. Maar, anders dan gewoonlijk, werd het gezelschap niet luidruchtig en vrolijk van de opluchting dat het voorbij was en dat men nog leefde. Iedereen zat in stilte te eten en te drinken, uit respect voor de verkrampte weduwnaar, die zijn enige zoon ten grave had gedragen.

Deze avond werd er in de Steinbock niet gekaart. Chasper Sarott en Nina zaten verveeld aan de stamtafel.

De enige gast was Gian Sprecher. Hij zat aan zijn vaste tafeltje voor zijn halflege glas, nog steeds in pak en met een zwarte stropdas, en staarde voor zich uit. Toen hij na de mis Luzi Bazzel had willen condoleren, had deze hem geen hand gegeven.

Om negen uur sloot Peder Bezzola de koud gebleven keuken en kwam de gelagkamer binnen. Toen Gian Sprecher hem zag binnenkomen, wenkte hij hem.

"Zal ik je eens wat vertellen?" vroeg hij aan de kok.

"Voor mijn part", antwoordde deze en hij ging zitten.

"Maar het blijft wel onder ons."

Als een omgekeerd nevelmeer hing het wolkendek boven het dal.

Sonia had haar middagpauze weer eens opgeofferd voor een trimrondje. De reden waarom ze haar ijzeren voornemen om iedere dag iets aan sport te doen steeds niet had uitgevoerd, lag nu immers twee meter onder de grond.

Ze rende over het voetpad dat de dorpen op de terrassen aan de zuidkant van het Unterengadin met elkaar verbond. Onder haar lag Val Grisch, een paar meter boven haar de asgrauwe, compacte laag wolken, waaruit af en toe het harde geklingel van een koebel klonk.

Haar ademhaling ging gemakkelijk. Ze schreef dat toe aan het feit dat het haar nu alweer een paar dagen lukte om niet te roken. En misschien ook aan de algehele opluchting, die alleen verstoord werd door het valse sms'je van Malu's gestolen mobiele telefoon.

En er was nog iets anders dat ze eigenlijk niet meer kon ontkennen: ze was misschien wel een beetje verliefd.

Het voetpad kruiste een klein landweggetje. Hier moest ze in als ze op tijd op het werk terug wilde zijn. Ze had om halfdrie een massageafspraak met een nieuwe gast, die ze nog niet had gezien.

Het neveldek voor haar was donkergrijs geworden. Nog voordat ze de eerste boerderij aan de rand van het dorp had bereikt, regen-

de het dikke druppels. Na een paar minuten stroomde bruin regenwater door de gootjes die op enige afstand van elkaar dwars over de straat liepen.

Haar trainingspak plakte aan haar lichaam en ze kreeg koude handen. Vanaf haar haar, dat onder de baseballpet vandaan kwam, liepen koude stroompjes water in haar nek.

De dorpsstraat vervaagde in de opspattende regen. Mevrouw Bruhin had het licht aan in haar winkel, zo donker was het geworden.

Er kwam haar een auto achterop, die naast haar kwam rijden. Niet weer zo een. Eerst wilde ze, zonder haar hoofd om te draaien, doorrennen. Maar toen bleef ze toch staan.

Naast haar stopte een zwarte Passat. De bestuurder leunde opzij en opende de deur van de passagiersplaats. "Kom op, stap in." Het was Manuel.

Sonia ging op de passagiersplaats zitten. "Ik wist niet dat jij een auto had."

"Niet alle mannen scheppen op over hun auto."

Hoewel de ruitenwissers in de hoogste stand stonden, waren de huizen achter de voorruit bijna niet te zien. "Laten we het niet over het weer hebben, oké?" zei Manuel.

"Goed. Alleen toeristen hebben het over het weer. En hoteleigenaars."

Al bij de deur van de behandelkamer merkte Sonia dat er iets niet klopte. Er ging een doorzichtige kleur van dit vertrek uit. Ze kon hem alleen nog niet plaatsen.

Ze strekte haar hand uit naar de deurkruk, duwde hem voorzichtig naar beneden en ging naar binnen.

Op het massagebed, in het kleurenspel van het lichtorgel, lag een vrouw, tot haar nek bedekt. Ze lag op haar buik. Sonia kon haar gezicht niet zien.

De kleur die alle andere kleuren overstemde, ging van haar uit en omringde haar als een kleurige schaduw. Het was een dunvloeibaar ultramarijn.

Sonia wist meteen wie het was.

9

"Niet weggaan, Sonia."

Ze moest gemerkt hebben dat Sonia de kamer meteen weer wilde verlaten.

"Je hoeft me niet te masseren. Ik wil alleen met je praten."

Nog steeds dezelfde toon. Vriendelijkheid die geen tegenspraak duldde. En net als vroeger zwichtte Sonia. Ze deed de deur dicht en ging naar het hoofdeinde van het massagebed. Daar lag ze. Het afgewende gezicht op de bruine armen die over elkaar lagen. De blauwgrijze schouderlange meisjescoupe verborgen onder een tulband van handdoeken. De nagels van de nog altijd niet oude handen met nog altijd dezelfde roze lak. Pearl Orchid, Sonia moest het vroeger voor haar meebrengen uit de taxfreeshops. Niet omdat ze de volle prijs niet kon betalen. Het was slechts een van de talloze maatregelen om zich te verzekeren van een vaste plaats in het huwelijk van haar zoon.

"Heb je het hier naar je zin?"

"Soms wel, soms niet. Nu bijvoorbeeld niet."

"Het duurt maar een uur. Ik heb ervoor betaald."

"Ik ben geen hoer, met wie je voor hetzelfde bedrag kunt neuken of praten."

"Ik heb geen verstand van hoeren."

"Ik wel. Dankzij uw zoon."

Het bleef even stil. Eén-nul voor Sonia.

Maar Frédérics moeder had zich snel hersteld. "Als een man prostituees bezoekt, is er iets mis met zijn huwelijk."

Sonia antwoordde niet.

"Het spijt me, Sonia. Dat wilde ik niet zeggen."

Dat maman zich verontschuldigde was een nieuwe ervaring.

"Wat wilt u?"

"Alleen maar een handtekening."

"Die krijgt u niet."

Maman draaide haar hoofd om. Haar gezicht was nu naar Sonia

gekeerd. Ze zag er goed uit. De spieren in haar mondhoeken waren opnieuw aangespannen, haar wenkbrauwen waren gelift en ze had haar oogleden laten doen.

"Ik begrijp je, Sonia."

"Dat dacht ik niet."

"Ik heb met papa ook moeilijke periodes doorgemaakt."

"Gut. Heeft hij ook geprobeerd om u te vermoorden?"

"Dat heeft Frédé niet geprobeerd, Sonia. Het was een ongeluk. Ik ken hem. Hij is wat driftig, maar Frédé doet geen vlieg kwaad."

Sonia trok met haar wijsvinger haar onderlip naar beneden en boog naar haar voorover. "Hier! Ziet u dit litteken? Dat komt van de vuist van uw zachtmoedige zoontje. En dat ik u geen schotwonden kan laten zien, komt alleen maar doordat hij te dronken was om me te raken."

"Tijdelijk ontoerekeningsvatbaar."

"En wie garandeert mij dat hij zich niet weer tijdelijk ontoerekeningsvatbaar drinkt en afmaakt waaraan hij is begonnen?"

"Ik."

"Hoe?"

Voor het eerst lachte haar ex-schoonmoeder. "Ik heb enige invloed op Frédé."

"Geen goede, als u dat maar weet."

Maman verbeet zich. Op haar liefste toon zei ze: "Toe, Sonia, wees lief. Daar op tafel ligt het verzoek om het proces te staken. Jij bent de enige die het kan ondertekenen."

"Vergeet het maar."

Maman glimlachte moederlijk. "Ik doe je een voorstel: teken voorlopig. Kijk hoe hij zich gedraagt. Als hij het komende halfjaar ook maar iets doet, kun je je toestemming meteen intrekken en wordt de procedure weer gestart."

Wetboek van Strafrecht, artikel 66, lid 2. Sonia kon al deze paragrafen zo uit haar hoofd oplepelen. Maar voor het eerst kon ze zich voorstellen dat ze het zou doen.

Maman moest het gemerkt hebben. "Je hebt toch van hem gehouden", zei ze.

"Dat wel. Maar echt aardig vond ik hem niet."

Ook dat incasseerde Frédérics moeder. "Hij was als kleine jongen al heel gevoelig. Dat je hem hebt verlaten, heeft hem enorm gekwetst. Hij wilde je alleen maar terug hebben. Mannen zijn nou

eenmaal niet zo goed in staat om hun gevoelens te uiten."
Bij diplomatieke onderhandelingen zijn er momenten dat het beter is om te zwijgen. Zo'n moment had Sonia's ex-schoonmoeder zojuist voorbij laten gaan.

"Noemt u dat zo? Midden in de nacht voor het huis van je exvrouw verschijnen, hard aanbellen en als er niet wordt opengedaan het glas van de voordeur inslaan, naar binnen dringen, haar een paar vuistslagen geven en wanneer een buurman komt helpen op haar schieten? Is dat niet zo goed in staat zijn om je gevoelens te uiten?"

"Hij ging even door het lint, ik weet het."

"Goed gepland door het lint. Je officierspistool laden en meenemen om later spontaan door het lint te gaan!"

Sonia's volume was gestegen. Nu zweeg ze en probeerde ze te kalmeren.

Maman kwam overeind. Sonia zag dat ze er niet vanuit was gegaan dat ze gemasseerd zou worden, want ze droeg een badpak. "Wat wil je nog meer? Je hebt zijn carrière al kapotgemaakt. En zijn leven nu ook bijna."

Sonia wilde tegen haar gaan schreeuwen. Maar ze dwong zichzelf diep adem te halen en antwoordde rustig: "Dat heeft hij allemaal zelf gedaan." Ze pakte het document van de tafel. Er stond boven: VERZOEK TOT STAKING VAN HET PROCES TEGEN DR. FRÉDÉRIC HEINRICH FORSTER. Ze kon zich bedwingen om het doormidden te scheuren en hield het maman voor.

Die negeerde het papier. "Vind je ook niet dat je hem ondanks alles wel wat verschuldigd bent voor het leven dat hij je heeft gegeven? En nog steeds wil geven?"

Sonia liet het papier vallen en maakte aanstalten om te vertrekken. Maar maman pakte haar met een ijzeren greep bij haar bovenarm.

"Vroeg of laat komt hij er zonder jou ook uit. En dan zou ik aanmerkelijk rustiger zijn als hij jou niets te verwijten had."

Sonia pakte mamans hand en maakte zich los. Nog steeds rustig, hoewel haar hart tekeerging. "Nu bedreigt u me dus met uw zachtmoedige zoon."

"Al klaar?" Manuel zat met een kruiswoordpuzzel aan de tafel in de personeelskamer.

"Het is de moeder van mijn ex." Sonia was blij dat Manuel er was. Ze ging bij hem zitten.

"Ik dacht dat niemand wist waar jij was."

"Behalve mijn beste vriendin. En haar mobieltje is gestolen en toen hebben ze mijn sms'jes gelezen."

"Ze maken er wel werk van."

"Ze willen iets van me wat alleen ik ze kan geven."

"Wat dan?"

Sonia zag geen reden het hem niet te vertellen. "Mijn handtekening. Ik moet een verzoek ondertekenen waarmee het proces tegen mijn ex wordt stopgezet."

"Wat voor proces?"

"Wegens bedreiging, huisvredebreuk, mishandeling, poging tot doodslag met voorbedachten rade, ongeoorloofd bezit van een wapen, enzovoort."

Manuel floot meelevend.

"Als slachtoffer en op het moment van de daad nog geen jaar van de dader gescheiden ex-partner zou ik kunnen verzoeken het proces te staken. Dan blijft de poging tot doodslag nog wel staan, maar zijn advocaat probeert deze aanklacht van tafel te krijgen, omdat Frédéric me alleen maar met het pistool had willen bedreigen. De officier van justitie zou daarmee in kunnen stemmen als zelfs het slachtoffer zich hardmaakt voor de dader. Een hele staf van advocaten is daarmee bezig. Hij kan het zich veroorloven. Hij heeft destijds met de *new economy* een vermogen vergaard."

"Maar nu zit hij hopelijk wel in de bak?"

"In een psychiatrische inrichting. Zijn advocaten hebben meteen een verzoek gedaan om zijn geestesgesteldheid te onderzoeken en de rechter-commissaris heeft hem daarvoor laten opnemen in kliniek Waldweide. Daar kunnen ze hem net zo lang vasthouden als de periode dat hij gevangen zou zitten wanneer hij veroordeeld zou worden. Wanneer ik geen handtekening zet, zou dat in het beste geval een paar jaar zijn. Wanneer ik wel zou tekenen, is hij al bijna weer buiten."

Manuel knikte nadenkend. "En zou hij het dan weer proberen?"

"In elk geval helpt het om te weten dat hij niet vrij rondloopt."

De deur ging open en mevrouw Felix stond op de drempel. Met haar grote ogen staarde ze hen door haar kitschbril aan. Ze sloeg een kruis. "Het kruis", stamelde ze, "het kruis."

Het crucifix in de alkoof boven de deur van de bibliotheek stond op zijn kop. Niemand wist sinds wanneer, want er werd nooit naar gekeken. Behalve door mevrouw Felix, die een boek had teruggebracht dat in de relaxruimte was blijven liggen.

Toen Sonia in de bibliotheek kwam, stond de klusjesman van het hotel al op een ladder om de ontheiliging ongedaan te maken. Barbara Peters stond er zwijgend naast en keek toe.

Het Corpus Christi hing omgekeerd tegen de muur en op de achterkant van het kruis zat een soort behangpapier met een roze en gouden patroon.

Wanneer het kruis naar het zuiden wijst.

Sonia probeerde de blik van Barbara Peters te vangen. Die schudde lachend haar hoofd, alsof het om een domme grap ging.

De klusjesman nam het kruis uit de alkoof en draaide het om.

"Nu kunt u het ook wel even afstoffen voordat u het terughangt", zei de bazin terloops en ze vertrok.

De man op de trap gaf het crucifix aan Sonia. "Kun jij het even vasthouden tot ik een stofdoek heb gehaald?"

Sonia keek naar het kruis en kon zich er niet toe zetten het aan te pakken. Ze ging een stofdoek halen.

Toen ze terugkwam, merkte ze dat dr. Stahel in een van de fauteuils met houtsnijwerk zat. "Het omgekeerde kruis is een satanisch symbool. Zo spotten satanisten met het christelijke kruis."

"Ik heb een andere theorie." Ze ging bij dr. Stahel zitten en vertelde hem over het fragment uit *De duivel van Milaan* en haar interpretatie van de zeven aanwijzingen. Stahel had zijn bril in zijn hand en hoorde haar aan terwijl hij naar het plafond keek. Ze had liever gehad dat hij net als anders enigszins geamuseerd had gekeken, maar hij luisterde zo serieus en nadenkend dat ze er bij iedere zin steeds meer van overtuigd raakte dat haar theorie klopte.

"En?" vroeg hij, toen ze klaar was. "Wie denk je dat erachter zit?"

Sonia vertelde hem over Reto Bazzel en alle aanwijzingen waardoor hij als dader aangemerkt kon worden.

"Misschien is het iemand die van de zaak af wist en er nu mee doorgaat", opperde dr. Stahel.

"Het afmaakt", zei ze zachtjes.

"Wat vindt mevrouw Peters ervan?"

"Die weigert de zaak serieus te nemen. Misschien moet u eens met haar praten."

Hij glimlachte. "Misschien moet ik haar adviseren dat ze de brandweer na de volgende oefening een rondje geeft."

"Ja, doet u dat alstublieft." Toen ze wegging keek ze naar de alkoof, waar het afgestofte crucifix weer op de juiste manier hing. Ze ging nog een keer terug naar dr. Stahel. "Zat u hier al toen mevrouw Felix het ontdekte?"

"Nee, volgens mij ben ik vlak daarna gekomen."

```
weet je wie hier is
wie
frederics moeder
hoe weet zij waar je bent
raad eens
shit
ze speelt voor postbode
niks ondertekenen
niks
en de pianist
speelt fantastisch
```

Na drie keer kloppen hoorde ze voetstappen en toen het mechanisme van het antieke slot. Met een klaaglijk gepiep ging de deur open en de kleine oude vrouw in het zwart stond voor haar. Ze leek haar niet meer te kennen. "*Buna saira*", zei ze en ze keek Sonia wantrouwend aan.

"Goedenavond, ik wil naar meneer Casutt."

De oude vrouw draaide een lichtschakelaar naast de deur om. In de grote hal ging een lamp aan, die de blank gewreven plavuizen mat deed oplichten. In dit licht keek ze de bezoekster nog een keer aan. "U bent hier al een keer geweest, is het niet?" Sonia knikte.

"Dan weet u waar hij woont. Maar ik denk niet dat u hem kunt spreken." Ze tilde met haar reumatische hand een denkbeeldig glas op en dronk het leeg.

De deur naar de woning van Casutt stond halfopen en liet een nauwelijks zichtbaar reepje grijs daglicht op de donkere overloop vallen. "Hallo? Meneer Casutt?" riep Sonia zacht.

Vanuit de kleine keuken kwam de stank van oud huisvuil. De bende was sinds haar vorige bezoek nog groter geworden. "Bent u daar, meneer Casutt?" riep ze wat harder. Er bewoog niets. Ze hield

haar adem in en liep door de keuken naar de deur van de woonkamer, die ook openstond. "Is er iemand thuis?" Ze ging de kamer binnen. Ook hier was de chaos erger geworden. Ze deed het raam open. De lucht die binnenkwam, was koel en vochtig en rook naar de damp van nat hout.

Casutt lag op bed, zijn hoofd op zijn gebogen linkerarm. Zijn rechterarm hing op het vloerkleed en in zijn mondhoek zat een speekseldraadje.

Sonia vermande zich. Ze raakte zijn schouder aan en duwde. "Meneer Casutt? Alles goed?"

Hij bewoog niet.

Ze pakte zijn schouder wat steviger beet en schudde. "Hallooo, wakker worden!"

Casutt sloeg zijn ogen op, rooddoorlopen en uitdrukkingsloos, en deed ze weer dicht.

Ze was hiernaartoe gekomen om hem ter verantwoording te roepen. Ze wilde van hem weten of hij bij het plan van Reto Bazzel betrokken was geweest en of hij wist wie het nu afmaakte.

Ze keek uit het raam. Beneden op de binnenplaats stond een man die naar boven keek. Toen hij Sonia zag, ging hij verder met brandhout op een kruiwagen te laden. Ze sloot het raam.

Sonia verliet de woning en deed beide deuren achter zich dicht. Haar vermoeden dat het misschien Casutt zelf was geweest die het kruis op de kop had gedraaid, was in elk geval ontzenuwd.

Als gescheurde zeilen van grote schepen dreven de wolken langs de beboste hellingen aan de overkant van het dal. Het was nog maar tegen het eind van de middag, maar in de woonkamers en keukens van de oude huizen brandde al licht. Sonia was nog maar net op straat of de regen kletterde neer, alsof hij haar had opgewacht.

Voor een huizenblok in Engadiner stijl werd ze staande gehouden door een vrouw. Het was Ladina, de moeder van de gehandicapte jongen. Sonia nam haar uitnodiging aan om bij haar binnen te wachten tot de regen zou zijn opgehouden.

In een kamer met een lichte, grenen betimmering moest ze op een hoekbank gaan zitten. Ladina borg een breiwerk op dat op tafel lag. In een verrijdbaar kinderbedje lag de jongen te slapen. "Eigenlijk moet ik op dit tijdstip met hem aan de slag. Dankzij jou mag hij nu slapen."

Ladina serveerde koffie, haalde een pak koekjes uit een ingebouwd kastje met houtsnijwerk en ging bij Sonia zitten. "Hij zal nooit goed kunnen lopen als ik deze therapie opgeef, heeft ze gezegd."

Sonia wuifde haar opmerking weg. "Het is gewoon een oude heks."

Ladina keek haar geschrokken aan. "Geloof jij in heksen?"

"Natuurlijk niet."

"Ik wel." Ze zweeg even en ging toen verder: "Voor iedere behandeling heeft ze met ons gebeden voor succes. Maar geen gebeden die ik ken. En tijdens de behandeling heeft ze soms wat gemompeld. Het leken wel bezweringen. Christoph huilde niet alleen maar vanwege de behandeling. Hij huilde ook omdat hij bang voor haar was."

"Ik geloof dat ze bij een of andere vreemde sekte zit."

"Dat doen heksen ook."

De koffie was te heet. Sonia zette het kopje weer neer. "Er gebeuren vreemde dingen in het hotel."

"Ik weet het, zoiets gaat snel rond in zo'n klein dorp."

"We dachten dat Reto Bazzel erachter zat. Maar het gaat door."

Ladina zei niets. Op Sonia kwam dat veelzeggend over.

"Ken je de sage van de duivel van Milaan?"

"Waar gaat het over?"

"Een jong meisje verkoopt haar ziel aan de duivel, maar ze moet de prijs pas betalen als er zeven dingen zijn gebeurd."

"Wat voor dingen?"

"Dingen die de laatste tijd gebeurd zijn. Brand in het water, een vogel die een vis wordt, een dier dat een mens wordt, het kruis dat naar het zuiden wijst."

"Nee, dat ken ik niet."

"Vandaag hing het kruis in de leeskamer verkeerd om. Mevrouw Felix ontdekte het en ze was volledig overstuur. Als ze een heks was, had ze blij moeten zijn."

"Misschien heeft ze jullie voor de gek gehouden en het kruis zelf op zijn kop gezet." Ladina doopte een koekje in de koffie en bracht het naar haar mond. "Er zijn veel mensen die iets tegen mevrouw Peters hebben." Het zacht geworden deel van het koekje brak af en viel op het geborduurde tafellaken. Ladina zei niets, ging naar de keuken, kwam terug met een doekje, een rol keukenpapier en een

kom met sop en begon het tafellaken schoon te maken alsof Sonia er niet bij zat.

"Wie nog meer dan?" vroeg Sonia uiteindelijk.

Ladina tilde het tafellaken op en schoof een paar lagen keukenpapier onder de natte plek. "Ik wil niemand beschuldigen."

"Wie behalve de familie Bazzel had er nog meer belang bij het oude hotel Gamander?"

Ladina bracht de schoonmaakspullen naar de keuken. Toen ze terugkwam, zei ze: "Hij zou zoiets nooit doen."

"Wie?"

"Peder. Peder Bezzola, de kok van de Steinbock. Dat is een fatsoenlijk man."

"Wat voor belang had hij bij hotel Gamander?"

"Het was van hem."

Sonia zette het kopje neer zonder dat ze iets gedronken had. "Is Peder Bezzola de vorige eigenaar?"

"Het was van zijn ouders. Toen die met pensioen gingen, nam zijn broer het over. Drie jaar geleden is die met zijn zweefvliegtuig neergestort. Peder werkte als kok in Lausanne en werd hiernaartoe geroepen."

"En waarom heeft hij het verkocht?"

"Hij had het met schulden en al overgenomen en zat vol ideeën en plannen hoe het gesaneerd en weer op orde gebracht zou kunnen worden. Weet je wat hij wilde maken?"

"Een wellnessgedeelte?"

"Precies."

"En waarom is het mislukt?"

"Door de bank. Die deed eerst mee. Ineens werd er geen krediet meer verstrekt en bovendien werd de hypotheek opgezegd. Het hotel werd geveild. Drie keer raden wie het gekocht heeft."

"De bank."

"En vlak daarna is het voor een vermogen verkocht. Volgens Peder werden zijn plannen voor de zwembaden er gratis bij geleverd."

Sonia knikte nadenkend. "En nu imiteert ze ook nog zijn gerechten."

"Maar Peder heeft er niets mee te maken. Die is veel te fatsoenlijk." Christoph begon te huilen. Ladina stond op en ging naar hem toe. Het leek weer alsof ze Sonia's aanwezigheid vergat.

"Het regent niet meer. Bedankt voor alles." Sonia stond op.

Zonder op te kijken zei Ladina: "Dan nog eerder zijn tante."

"Welke tante?"

"Mevrouw Felix."

Tot nu toe had ze Bob niet willen inlichten. Alsof ze daarmee een neutrale zone had gecreëerd, waarin het allemaal niets meer betekende. Een andere werkelijkheid, waar ze naartoe kon vluchten. Maar aan het einde van deze enerverende dag verlangde ze ernaar om er met iemand over te praten die haar na stond. En dat Bob deze status inmiddels had bereikt, durfde ze vanavond aan zichzelf toe te geven. Ergens tijdens deze nacht zou ze het hem vertellen.

Ze verheugde zich erop om in de bar te zitten, naar hem te luisteren en te kijken, terwijl hij zichzelf steeds opnieuw liet verrassen door zijn eigen spel.

Maar in de deuropening zag ze al via de grote spiegel achter de bar dat maman er zat. Ze droeg een zwarte jurk met decolleté en haar parelketting van drie rijen dik, waarvan de flinke parels duidelijk afstaken tegen de altijd bruine huid. Ze zat damesachtig op een barkruk, met de obligate sherry voor haar neus en lachte net hartelijk over iets wat Barbara Peters tegen haar had gezegd.

Sonia bleef staan. Ze had geen zin om haar ex-schoonmoeder hier te ontmoeten.

Terwijl ze nog besluiteloos in de deuropening stond, liet Barbara Peters maman weer alleen, liep dwars door de zaal, achter Bob langs en verdween uit Sonia's blikveld. In het voorbijgaan had ze hem terloops in zijn nek gestreeld.

Sonia ging terug naar haar kamer.

Als de duivel bestond en je een pact met hem kon sluiten, zou Barbara Peters het doen.

Sonia had haar jurk uitgetrokken en lag op bed. De gevelspot wierp de schaduw van de berkenbladeren op het schuine dak. Door de nachtelijke wind veranderden de omtrekken in grimassen, die kwamen en weer verdwenen. Ze waren allemaal van Barbara Peters.

Als tiener had ze urenlang op het bed in haar zolderkamertje gezeten en haar persoonlijke miss-haatverkiezingen georganiseerd. De kandidaten waren haar steeds weer van rol wisselende vrien-

dinnen en vijandinnen. Ze was voorzitter en enig lid van de jury, onomkoopbaar en meedogenloos. Ze liet ze in een vernederende afvalrace tegen elkaar uitkomen, totdat ze uit de drie finalisten de haatkoningin koos. Haar liet ze verschrikkelijke dingen overkomen, waarbij ze passief toekeek. Soms, als ze niet kon kiezen, alle drie de finalisten.

Nu, twintig jaar later, waren de finalisten Barbara en maman verwikkeld in een spannende nek-aan-nekrace. Ze gaven elkaar geen ruimte, eindigden de wedstrijd ex aequo en moesten de kroon met elkaar delen. Juist toen Sonia wilde bepalen hoe de eerste prijs eruitzag, werd er geklopt.

Ze hield zich heel stil.

Er werd weer geklopt. Toen Manuels stem: "Kom, doe nou open. Ik ben het."

Ze stond op en deed in slip en bh voor hem open.

Hij was een beetje buiten adem: "Als je niet naar beneden komt, kaapt ze hem voor je neus weg."

Ze hief haar schouders op. "Als hij zich láát wegkapen ..."

"Klets niet, ze is uitzonderlijk mooi. Je vraagt te veel van hem."

Ze liet haar schouders weer zakken.

"Natuurlijk, jij ziet er ook goed uit, maar ... Ach, shit, kom nou maar gewoon naar beneden. Vlug."

"Ik heb al geslapen."

Hij keek haar aan. "Met al je make-up? Kom naar beneden. Vecht!"

"Waarom doe je dit?"

Manuel lachte. "Ik gun het haar gewoon niet."

Sonia pakte haar jurk van het hangertje. "Ik doe het voor jou."

Het was een gemakkelijke overwinning. Toen ze beneden kwamen, zat maman in de eetzaal bij Barbara aan tafel te eten en af en toe was haar gekunstelde lach te horen. Bob was verdiept in zijn *dinner music*. Zij, Manuel en dr. Stahel waren de enige gasten in de bar. De twee vrouwen zaten nog steeds in de eetzaal.

Bob kwam tussen het spelen door bij hen zitten en gedroeg zich hetzelfde als altijd. En toen hij zijn laatste stuk speelde – *In the still of the night* van Cole Porter – hadden de beide dames zich allang teruggetrokken, zonder nog een keer in de bar te komen kijken.

Eerst verontschuldigde dr. Stahel zich, toen Manuel, toen gaf

Vanni zijn eerste teken van ongeduld en ten slotte gingen Sonia en Bob naar haar kamer, als een goed op elkaar ingespeeld artiestenpaar op tournee.

"Bob?"
"Hmm?"
"Hoe kom je aan die krassen?"
"Welke krassen?"
"Op je rug."
"Die zullen wel van jou zijn."
"Ach, Bob. Masseuses hebben altijd korte nagels."

Het bos onder Alp Petsch was slordig in watten verpakt. De grijze lucht werd in het westen doorbroken door een stralend wit, waardoor de bekoorlijke takken van de lariksen nat glommen. Het smalle pad was dik bedekt met de bruine naalden van de afgelopen herfst. Daartussen verspreid lagen de kleine dennenappels, waarvan ze als kind een pijp had gemaakt en had gespeeld dat ze rookte.

Ze had zich bij Manuel voor vandaag afgemeld. Hij had haar enige afspraak overgenomen en gevraagd: "En als miss Gamander naar je vraagt?"

"Ze kan de pot op."

"Duidelijk."

Niets denken, niets denken, herhaalde Sonia in het ritme van haar snelle passen. Onder haar kleren zweette ze, maar haar handen, oren en het puntje van haar neus waren ijskoud. De temperatuur was het afgelopen uur behoorlijk gezakt.

Niets denken, niets denken.

Aan de linkerkant van de weg stond de bank, vanwaar ze had gezien hoe de wereld in korte tijd veranderde. Hoe lang was dat geleden?

Niets denken, niets denken.

De weg ging steil omhoog langs het dunner wordende bos, waardoor ze steeds meer zicht kreeg op de boomloze alpenweiden.

Buiten adem bereikte ze de boomgrens. Boven haar ging de diepgroene helling verder omhoog, tot ze verdween onder de dunne mistflarden. Er waren twee, drie witte alpenhutten tegen de helling geplakt, zoals een kind ze neerzet in het landschap van een modelspoorbaan. Een loodrechte naad van kiezelstenen, waarlangs een

sneeuwwitte beek naar beneden viel, verstoorde de harmonie van het beeld.

Het gras stond hoog, slechts één wei was op een van de spaarzame droge dagen van de afgelopen weken door een doortastende boer gemaaid. Het hooi lag in glimmend witte plastic balen verpakt langs de kant van de weg.

Sonia klom over de omheining en ging dwars over de gemaaide wei verder omhoog.

Hier loopt de piepkleine Sonia Frey tegen een steile berg op. Zoals op dit moment miljoenen mensen tegen een steile berg op lopen, zoals op dit moment honderdduizenden mensen een beetje bang tegen een steile berg op lopen, zoals op dit moment tienduizenden mensen een beetje bang en met een beetje liefdesverdriet tegen een steile berg op lopen.

Niets denken, niets denken.

Langs een met koeienvlaaien bepleisterde trog met een houten, met blik beklede pomp. Langs een zwarte houten hut met een zonnecollector. Langs de resten van een kleine aardverschuiving.

Ze kwam aan bij de rand van het mistgebied. De omtrekken werden vager. Ze klom verder, tot de weiden onder haar helemaal verdwenen waren en ze alleen nog maar omgeven werd door deze stille, witte mist.

Toen pas gunde ze zichzelf een pauze. Ze ging op een steen zitten die oprees uit de keurig gemaaide wei en wachtte tot de beroering in haar lichaam tot bedaren kwam.

Niets denken.

Haar ademhaling werd rustiger. Haar hartslag vertraagde.

Om haar heen en boven haar was er niets. En in dit koele, ondoorzichtige niets hulde ze zich als in een lichte doek.

In de verte hoorde ze het geluid van een motor, dat veranderde in een lichtoranje lijn, die oscilleerde in de witte nevelsluiers.

De lucht rook rond en zacht.

Ineens, alsof de wind tegen vitrage blies, werd het wit waar ze naar keek opgetild. Boven haar ging een ijsblauwe lucht open. Onder haar lag Val Grisch, dat voor eeuwig in een zee van nevel ondergedompeld leek te zijn.

Het leek wel alsof ze door een witte sluis een andere werkelijkheid was binnengegaan, die verlicht werd door een vreemd, fel zonlicht.

De tijd was stil blijven staan. Er bewoog niets.

De eerste beweging die Sonia waarnam, was de koude wind. Hij had een wolk op sleeptouw. Deze gleed dichterbij en de wereld die Sonia even had mogen zien, werd weer aan het oog onttrokken.

Toen Sonia klein was, had haar vader voor haar getoverd: hij hield zijn vlakke hand tegen zijn voorhoofd en glimlachte. Toen liet hij hem langzaam naar beneden glijden. Het gelukkige gezicht verdween en boven zijn duim kwam een verdrietig gezicht tevoorschijn. Hij liet zijn hand weer naar boven glijden en toen verscheen de glimlach weer.

Op dezelfde magische wijze was de wereld zojuist veranderd en weer terugveranderd. Nu, op de terugweg, waren het bos en het dorp weer duidelijk en scherp omlijnd te zien, terwijl achter haar opnieuw grijze wolken tegen de hellingen hingen.

Bergafwaarts door het bos met zijn licht hellende wandelpad dat met naalden was bekleed, tussen lopen en zweven. Verder over de knersende kiezelstenen van het geërodeerde natuurpad. Langs het huis waar gerouwd werd door Luzi Bazzel. Door het steegje van Casutt met de fletse sgraffito en de afgebladderde gevels, waartegen stapels brandhout lagen die door plasticfolie werden beschermd.

Bij de kruidenierswinkel was mevrouw Bruhin het reclamebord en de krantenstandaard aan het opruimen. Toen ze Sonia zag, wees ze naar de lucht: "Daar komt weer wat aan!"

Sonia keek naar boven. Het eenvormige neveldek had zich samengepakt tot grijze wolken, waarvan de randen geel en bruin begonnen te verkleuren.

Sonia liep verder door de dorpsstraat, langs de Steinbock, langs de fontein met geraniums, recht op de kerk af. Ze duwde de zware deur open en inhaleerde het mengsel van grenenhout, kaarsroet en wierook. Door de gebrandschilderde ramen kwam maar weinig licht van de schemerige middag naar binnen.

Van het zijaltaar met de Moeder Gods kwam kaarslicht. Ze ging erheen.

Een oude vrouw in het zwart zat daar geknield, diep in gebed verzonken. Sonia was liever alleen geweest. Ze sloeg voor het Mariabeeld een kruis en haalde haar sportportemonnee uit haar broekzak. Hij had een sluiting met klittenband en maakte een scheurend geluid toen ze hem openmaakte. De biddende vrouw

draaide haar hoofd om en keek naar haar op. Sonia herkende de vrouw bij wie Casutt inwoonde. Ze knikten elkaar zwijgend toe.

Sonia wierp een munt in het offerblok en stak drie kaarsen aan. Alle drie voor haarzelf.

De oude vrouw sloot haar gebed af met een hoorbaar "amen", sloeg een kruis en kwam moeizaam overeind. Ze knikte naar Sonia en vertrok. Vlak daarna begonnen de kaarsen op het altaar te flakkeren. Sonia hoorde hoe de zijdeur kraakte en daarna in het slot viel.

Het Mariabeeld droeg een wit gewaad tot over de voeten, een witte sluier die overging in een stola en een hemelsblauwe sjerp om de taille. Aan haar rechteronderarm hing een gouden rozenkrans die tot haar tenen kwam. Haar handpalmen lagen tegen elkaar, haar blik was naar de hemel gericht en ze bad voor ons arme zondaars.

Sonia hoorde het geluid van zachte voetstappen. Ze keek om en zag een gestalte verdwijnen in de sacristie.

Opnieuw flakkerden de kaarsen en kraakte de zijdeur. "Sandro!" riep een gedempte vrouwenstem.

Het was de oude vrouw van daarnet. "Sandro!"

Ze liep met snelle, korte passen op Sonia af. "Hebt u de koster gezien?" Ze was bleek en haar ogen stonden wijd open. Ze ademde met horten en stoten, alsof ze zich zwaar had ingespannen.

"Misschien in de sacristie", antwoordde Sonia. "Is er iets gebeurd?"

De vrouw knikte. "Het kruis." Ze ging naar de sacristie en kwam meteen weer met de koster naar buiten. Ze liepen naar de zijdeur. Sonia ging achter hen aan.

De lucht was nu bijna zwart. Een ijzige wind liet grote sneeuwvlokken door het dorp dwarrelen. De koster en de oude vrouw waren niet te zien, maar het kleine smeedijzeren hek van het kerkhof stond open.

De kransen en boeketten op het graf van Reto Bazzel, die nu begonnen te verwelken, hadden al een dun laagje sneeuw. De oude vrouw stond voor het graf, de koster was in de weer met een eenvoudig kruis.

Het stond verkeerd om in de aarde.

De koster trok het eruit, legde het op de grond en ging naar een klein schuurtje met gereedschap, aan de andere kant van het kerkhof. Sonia en de oude vrouw stonden zwijgend bij het graf en

keken naar de sneeuw, die nu neerviel als een dik gordijn en de sporen van aarde op het kruis bedekte. "Ik heet Sonia Frey", zei Sonia om de stilte te doorbreken.

"Seraina Bivetti", antwoordde de vrouw. Toen zwegen ze weer.

De koster kwam terug met een puntige schop, groef een klein gat en zette het kruis neer zoals het hoorde. Hij drukte de aarde stevig aan met zijn schoen en deed een stap achteruit.

Seraina pakte een gebruikt papieren zakdoekje uit haar handtas en gaf het zwijgend aan de koster. Die maakte het kruis schoon tot de tekst weer leesbaar was en keek hoe het geheel er nu bij stond.

Seraina sloeg een kruis, Sandro Burger deed haar na en Sonia volgde hun voorbeeld.

"Als ik die te pakken krijg", zei de koster dreigend.

"Pas maar op dat hij jou niet te pakken krijgt", mompelde Seraina.

Sonia bleef rillend bij het graf van haar vijand staan en keek toe hoe de zomersneeuw op de schouders van Seraina's zwarte gebreide vest neerkwam als een dunne boa.

Ze schrok toen de kerkklok kwart over sloeg.

Alsof de klok het teken was geweest waarop ze hadden gewacht, zetten de twee anderen zich in beweging. Sonia volgde hen. Haar schoenen lieten al een spoor achter op het smalle tegelpad.

Bij de poort van het kerkhof gingen ze ieder huns weegs.

"Ursina schudt haar dekbed uit", zei Seraina bij het afscheid.

Zelfs in de dorpsstraat bleef de sneeuw nu liggen. Sonia kon geen tien meter ver kijken. De huizen aan de andere kant van de straat lagen achter een gordijn van sneeuw.

Voor haar in de sneeuw dook een gestalte op. Eerst heel vaag, toen werd het een iets donkerder silhouet. Nu kreeg het kleur. Geel. Een oude vrouw kwam op haar af. Ze droeg een gele regenjas, waar een broek onderuit kwam met een voornamelijk gele Schotse ruit. Ze passeerde haar zonder op te kijken. Sonia keek haar na tot de gestalte in de sneeuw verdween.

Ze liep verder. Achter haar kwam het geluid van een motor dichterbij. Ze ging dicht tegen de muur van een huis staan.

Twee dimlichten gaven de sneeuwvlokken een gele tint. Er werd een zwarte limousine zichtbaar, die ook meteen weer verdween. Maar er was genoeg tijd om de auto van de senatore te herkennen.

De bandensporen leidden naar het hotel, maar de limousine stond er niet meer. Op de oprit speelden Pascal en Dario in de onverwachte sneeuw.

De glazen wand van het zwembad was verlicht. Door de sneeuwvlokken was heel vaag mevrouw Kummer te onderscheiden. Ze had haar armen uitgestrekt en haar hoofd in haar nek gelegd, alsof ze een bepaalde dans uitvoerde. Uit het gedeelte van het thermale bad dat zich in de openlucht bevond steeg een verlichte stoomwolk op.

Meneer en mevrouw Lüttger kwamen de ingang van het hotel uit gelopen. Ze droegen wandelkleding en deden alsof ze niets van de dwarrelende sneeuwvlokken merkten. Ze hielden alle twee denkbeeldige skistokken in hun vuisten en vergezelden hun passen met mechanische armbewegingen.

Het was net alsof deze waanzinnige, plotseling ingevallen winter Val Grisch volledig van de werkelijkheid had afgesneden.

Sonia was van plan geweest de rest van de dag in haar kamer door te brengen. Ze had geen zin om Barbara, Bob of maman te zien. Ze zou een reep chocola opeten en wat televisie kijken.

Maar in de avond trok ze toch nog een keer haar vochtige wandelschoenen en windjack aan en verliet ze het hotel.

Het was opgehouden met sneeuwen en de smeltende sneeuw druppelde al van de daken. Uit veel schoorstenen steeg rook op en de besneeuwde huizen met hun verlichte ramen zagen eruit als de plaatjes op een adventkalender.

De lamp boven het portaal van CHASA CUNIGL brandde. Sonia klopte aan en meteen ging de deur open, alsof ze werd verwacht.

Nu herkende Seraina haar wel. "Het gaat niet beter met hem", zei ze, "ik geloof niet dat u hem kunt spreken."

"Ik wil u graag spreken."

Seraina deed een stap opzij, liet Sonia binnen en sloot de zware deur. Het rook naar de appeltaart die op een commode in de hal stond af te koelen. Ze maakte geen aanstalten Sonia in haar woning uit te nodigen. "Ik heb weinig tijd, ik verwacht nog bezoek."

"Toen het begon te sneeuwen, zei u dat Ursina haar dekbed uitschudde."

"Dat zeggen we hier als het op een ongewoon tijdstip sneeuwt."

"Het komt uit de sage van de duivel van Milaan."

"Dat is geen sage."

Sonia was even sprakeloos.

"Ik heb u vandaag in de kerk zien bidden. Wie in Onze-Lieve-Heer wil geloven, moet de duivel op de koop toe nemen."

"Kunt u mij de geschiedenis vertellen? In mijn boek ontbreekt een deel."

"Mijn bezoek kan elk moment komen. Komt u morgen terug." Seraina opende de deur en wachtte. "Na het middageten. Om twaalf uur. Ik eet vroeg."

Sonia liep langs haar naar buiten.

"Toen mijn moeder jong was, is Ursina een keer 's nachts aan haar verschenen. Ze had verschrikkelijk gehuild, vertelde ze. De volgende ochtend waren de zwarte haren van mijn moeder sneeuwwit geworden."

Op de terugweg ging de verlichting uit. De straat was ineens donker, de vensters waren zwart. En het was stil geworden. Een televisie, die ergens boven haar steeds gedempt te horen was geweest, zweeg nu.

Ze bleef staan en zocht in haar handtas naar haar zaklamp. Ze had hem in haar kamer laten liggen. Ze liep verder, zo snel als het in de duisternis mogelijk was.

Ook in de dorpsstraat pikzwarte nacht. Achter een paar ramen flakkerde kaarslicht, en ze zag schaduwen bewegen. Ze begon te rennen.

Waar anders hotel Gamander verlicht was als een passagiersschip in de nacht, was nu alleen nog een dreigende omtrek te zien.

Maar toen ze bij de oprit kwam, hoorde ze het gedempte geluid van een generator die aansprong. Langzaam gingen de lichten in het hotel aan. Ze knipperden een paar keer en bleven toen branden.

Het dorp bleef donker.

Die nacht deed Sonia niet eens een poging om zonder temesta te slapen. Maar toen ze wakker werd, was het uitgewerkt en was de nacht nog lang niet voorbij.

Ze had een geluid gedroomd. Een zacht gerinkel, geratel en gerammel, alsof Pavarotti vlakbij bezig was in zijn kooi. Het was zo duidelijk geweest, zo kleurig en driedimensionaal, dat ze het licht aandeed en naar de badkamer ging.

Maar daar stond geen kooi. Alleen het stompje van de kaars, die

ze in de wastafel had laten branden, voor het geval de generator uitgeschakeld werd voordat het weer licht werd. Het geluid van een motor in de verte was nog steeds te horen. Ze ging terug naar haar kamer en schoof het gordijn een stukje opzij.

Vanaf het dorp kwam nog geen licht. Maar de straatlantaarn bij de parkeerplaats brandde op de generator en wierp een zwakke lichtbundel op de natte straat.

Ze dacht even dat ze daar een gestalte in zag.

10

De volgende dag was de sneeuw in het dorp gesmolten. Maar op de momenten dat de wind het mistgordijn even open blies, waren in de verte de bergtoppen nog glinsterend wit.

Sonia had in de ochtend een afspraak met dr. Stahel. Hij had geen last van hoofdpijn en had ook geen kater. "Doe maar wat je goeddunkt", zei hij tegen Sonia.

Sonia dacht dat een hoofd-shiatsu heel goed zou zijn voor een neuropsycholoog. Ze masseerde met de vingers van haar beide handen de huid van zijn hoofd, van voorhoofd tot nek. Hij was onder de douche geweest en zijn dikke witte haar voelde aan zoals de natte vacht van een ijsbeer moest voelen.

Stahel sloot zijn ogen. Na een tijdje zei hij: "Morgen ben ik hier voor het laatst."

"Dat zou ik ook wel willen", antwoordde Sonia.

Hij deed zijn ogen open en ze keken elkaar ondersteboven aan. "O ja? En ik dacht dat je het net een beetje leuk begon te vinden."

"Dat dacht ik ook." Ze nam in iedere hand een pluk haar en trok er zachtjes aan.

"Het omgekeerde kruis?"

Sonia pakte twee andere plukjes haar en vertelde hem over het tweede omgekeerde kruis. "Iemand gaat verder waar de melkrijder is opgehouden. Of iets." Ze pakte zijn oorlellen en begon de oren tussen duimen en wijsvingers te masseren. "Iets bovennatuurlijks."

Hij ging er niet op in. "En de pianist?"

"Wat is er met hem?"

"Ik ben toch niet blind."

"Dat was geloof ik niet voor het leven."

"Jammer. Jullie waren een mooi stel."

Sonia drukte een paar seconden lang in de binnenste hoek van de oogkassen van dr. Stahel. Daarna kneedde ze de verdikkingen waarop zijn borstelige wenkbrauwen groeiden. "Mag ik iets vragen wat misschien niet direct op uw vakgebied ligt?"

"Als het niet over de liefde gaat."

Ze liet haar vingers cirkelend naar zijn slapen glijden en verder naar beneden tot aan de spierknobbel van het kaakgewricht. "Houdt u het voor mogelijk", vroeg ze aarzelend, "dat in een van deze vele werkelijkheden de duivel bestaat?"

Stahel nam de tijd voordat hij een antwoord gaf.

"Waarschijnlijk in alle werkelijkheden."

```
hier regent het
en verder
verder niks het regent alleen maar
hier heeft het gesneeuwd
ook niet mis
```

Een wolkendek met gaten wierp onrustige schaduwen op Val Grisch. In de smalle stegen hingen kookluchtjes en uit een raam klonk een zwaarmoedig jodellied.

De deur van Seraina's huis stond open, vanuit de hal kwamen gedempte stemmen. Toen haar ogen gewend waren aan het half-duister van de Pierten, zag ze twee vrouwen in gesprek met een lange, magere, gebogen man. Het was Casutt. Hij kwam naar het portaal en nu zag Sonia dat hij geschoren en gekamd was en een schoon overhemd met stropdas droeg. Hij rook naar eau de cologne, die zijn zweetlucht niet helemaal wist te verdoezelen. Zijn ogen waren rood.

"Komt u voor mij?"

"Nee, ik heb een afspraak met Seraina."

Casutt wisselde zwijgend een blik met de twee vrouwen. "Ze is vannacht weggehaald", zei hij zachtjes, alsof hij haar een geheim vertelde.

"Wat is er gebeurd?"

Een van de vrouwen deed verslag uit de eerste hand: "Midden in de nacht werd ik wakker van een geluid op straat. Alsof er werd gezongen. Of gehuild. Ik ging naar het raam en zag een witte gestalte. Net een geestverschijning. Ik maakte mijn man wakker en die zag de gestalte ook. Hij deed het raam open en riep: 'Hé!'

Ze gaf geen antwoord, maar keek naar boven. En toen zagen we wie het was: Seraina. In haar nachthemd. We zijn naar beneden gegaan en hebben haar naar binnen gehaald. Ze zei geen woord en

trilde alleen maar. Ze zag er afschuwelijk uit met haar losse haar en zonder gebit. En ze trilde. God weet hoe lang ze daarbuiten al had rondgelopen. We hebben haar in een deken gewikkeld en hiernaartoe gebracht. De deur stond open. Maar toen ze merkte dat we met haar mee naar binnen wilden, begon ze te schreeuwen en verzette ze zich met handen en voeten. Toen hebben we haar weer mee naar ons huis genomen en de dokter gewekt. Die heeft een ambulance gebeld. Toen ze haar wegbrachten, trilde ze nog steeds. Maar ze heeft geen woord gezegd."

"In shock", vulde de andere vrouw aan.

Door de dramatische verandering van licht leek het dorp ineens wel het decor van een openluchtvoorstelling. Sonia haastte zich. Ze wilde weg van dit huis en dit verhaal.

Op weg naar het hotel hoorde ze vanuit een smalle zijstraat hoefgeklepper. Het echode langs de gevels, alsof er een hele cavaleriebrigade door Val Grisch draafde. Sonia bleef op de kruising staan en keek voorzichtig om de hoek van het huis.

Het was de blauwe landauer van het hotel. Nogal snel voor zo'n nauwe straat. Curdin, die anders altijd groette, zat op de bok en keek strak voor zich uit.

Onder de kap van de landauer herkende ze een lachende Barbara Peters. En ook, luidkeels lachend, il senatore.

In de hal van het hotel werd ze opgewacht door Manuel. Hij was altijd de mening toegedaan geweest dat zijn werk voor genoeg lichaamsbeweging zorgde, maar nu wilde hij haar per se op hun gezamenlijke vrije middag vergezellen op haar wandeling.

Hij droeg een nieuwe knickerbocker. Boven zijn wandelschoenen uit, die ook niet vaak gedragen waren, staken zijn blote onderbenen, die op de kuiten kaal waren geschuurd.

"In elk geval geen wandelsokken", merkte Sonia op.

"Ik kan ze omhoogrollen als ik het koud krijg", legde Manuel uit en hij deed het voor.

"En wat zit er in je rugzak?"

"Regenpak, trui, wat te drinken, een beetje proviand, EHBO-spullen ... wat je zoal nodig hebt. Reservesokken."

"Reservesokken."

"Ik heb een hekel aan natte voeten."

"Die schoenen zien er waterdicht uit."

"Misschien moeten we door een beek waden."

"Dan bouwen we een touwbrug. Heb je touw bij je?"

Hij keek haar even verbaasd aan en toen liet hij de brede ruimte tussen zijn voortanden zien.

Op de oprit stond de familie Häusermann klaar voor een uitstapje, allemaal op een mountainbike, die ze bij de sportwinkel hadden gehuurd. Bango danste opgewonden om hen heen.

Toen de spaniël Sonia zag, rende hij op haar af en begroette haar. Manuel negeerde hij. Toen deze bukte om hem te aaien, tilde hij zijn bovenlip op en gromde.

"Ik ben nou eenmaal meer een kattenmens", grijnsde Manuel.

Gian Sprecher had eindelijk de wei naast zijn huis gemaaid. Als het dit weer zou blijven, zou het gras genoeg drogen om de balenpers te laten komen. En als het weer zou omslaan, zou hij bij iemand een hooidroger gaan lenen.

Hij reed de eenassige tractor de schuur in, ging op het bankje voor de stal zitten om even uit te rusten en keek naar beneden naar het dorp.

Voor hotel Gamander was een kleine samenscholing van mensen. Hij stond op en pakte de veldkijker van zijn haak.

Een paar minuten later stond hij bij de oude wandtelefoon in de keuken. Hij had zijn ronde stalen bril opgezet, waardoor hij er ineens nogal intellectueel uitzag, en draaide een nummer dat op een bierviltje stond.

Ondanks zijn overgewicht en dertig sigaretten per dag was Manuel verbazingwekkend goed in vorm. Het eerste halfuur had hij achter haar gelopen en toen haalde hij haar in, met de mededeling dat hij in zijn eigen tempo niet zo snel moe werd. Sindsdien liep hij voorop, keek soms naar haar om en wachtte af en toe tot ze weer bij hem was.

Nu had ze hem al een tijdje uit het oog verloren. Maar toen ze bij haar bank kwam, zat hij daar. Hij had een papieren servet op de zitting gelegd, waarop een opengesneden Salsiz lag. Uit een veldfles goot hij een gele vloeistof in twee plastic bekers. "Elk uur tien minuten pauze, zo heb ik het geleerd", riep hij tegen haar.

Sonia bleef naast de bank staan. "Dank je, ik heb geen honger."

"Neem dan een slokje drinken. Het is appelsap, geen bier." Hij gaf haar de beker. Ze nam hem aan en dronk hem staand leeg.

"Wil je niet gaan zitten?"

"Ik kan op deze bank niet picknicken." Sonia vertelde wat haar overkomen was.

"Snap je? Dat was een mystieke ervaring. Het zou net zijn alsof ik op een kerkbank zat te picknicken."

"Ben je religieus?"

Sonia dacht even na. "Ik zou het graag zijn."

"Je bent op de goede weg. Je ziet al verschijningen. Zoals een heilige."

"Dat was geen verschijning. Ik heb niets gezien wat niet bestaat. Ik heb alleen iets gezien wat anderen niet kunnen zien."

Een eind verderop was het pad breed genoeg om naast elkaar te lopen. "Ik geloof in elk geval wel in het kwaad. Dat ben ik tegengekomen."

"Het kwaad is net als het goede een conventie. Het is iets waar men het over eens is. Mensen offeren was goed. Mensen eten was goed. Mensen radbraken was goed. Mensen bombarderen is goed. Mensen opblazen is goed. Het hangt er maar vanaf."

Sonia bleef een tijdje zwijgend naast hem lopen, tot ze zei: "Ik geloof dat er ook zoiets bestaat als het absolute kwaad, dat je niet naar willekeur kunt interpreteren. Het kwaad als kracht."

Toen hij daar niet op inging, voegde ze eraan toe: "En dus bestaat er ook het goede als kracht."

"Wat zeg ik: religieus."

Het pad werd smaller, waardoor ze gedwongen waren weer achter elkaar te lopen. Sonia liet hem voorgaan. "Soms denk ik dat het niet iemand uit het dorp was."

Ze dacht dat hij het niet had gehoord en besloot in dit geval haar opmerking niet te herhalen.

Maar toen vroeg hij: "Wie dan wel?"

Sonia lachte verlegen. "Ik vind het allemaal zo ongewoon. Heb jij dat nooit? Je zit ergens en ineens verandert alles. Alles wat vertrouwd was, is ineens vreemd en bedreigend. En dan heb je het gevoel dat er iets anders is, een andere aanwezigheid. Ken je dat?"

"Nee."

"Precies dit gevoel heeft me hier in de bergen overvallen. Het

gaat alleen niet meer weg. Mevrouw Felix, de ficus, de lichtstaven, Pavarotti, de kerkklokken, Bango, Bazzels dood, de kruisen, de senatore en Barbara, de gasten, de dorpsbewoners, de sneeuw, Seraina. Alles steeds vreemder, steeds gekker, steeds bedreigender."

Het smalle pad kronkelde omhoog. In de berm groeiden alpenrozen. Iemand had er nog niet zo lang geleden bijna alle bloemen van afgetrokken.

Met de regelmatige passen van een gids liep Manuel voor haar uit. Hij had niets gezegd toen ze uitgesproken was. Ze was een keer expres wat langzamer gaan lopen, om zijn gezicht te kunnen zien toen hij een smalle bocht omging. Ze verdacht hem ervan stilletjes voor zich uit te grinniken, maar dat bleek niet zo te zijn. Hij keek serieus en belangstellend.

"Ik mag je erg graag, Sonia", zei hij abrupt.

"Wat krijgen we nou? Een liefdesverklaring?"

Hij bleef serieus "Ik wil alleen maar dat je dat weet."

"Ik mag jou ook heel graag."

Ze waren bij de boomgrens aangekomen. De lucht was in het westen onbewolkt. Maar vanuit het oosten kwam er een nieuw wolkendek aangedreven.

"In het begin mocht ik je eigenlijk niet, eerlijk gezegd."

"O? En waarom niet?" vroeg Sonia verrast.

Ze dacht dat hij zijn schouders even ophaalde. "Vooroordeel. Herintreedster uit betere kringen en zo."

"Hoe wist je dat?"

"Van haar."

"Heeft Barbara Peters mij aangekondigd als herintreedster uit betere kringen?"

Ze kwamen bij een wildrooster en hij ging door de smalle doorgang voor voetgangers. "Misschien heb ik het ook alleen maar opgemaakt uit haar opmerkingen."

Het pad werd weer breder en Sonia kwam naast hem lopen. "Dat heb je anders mooi verborgen kunnen houden, dat je me niet mocht."

Hij hield zijn blik op het pad voor zich gericht. "Dat leer je wel in ons beroep."

"Mij is het nooit helemaal gelukt."

Manuel bleef staan en keek haar aan. "Misschien was het bij jou

nooit nodig om dat te leren."

"Hoe bedoel je?"

"Je bent mooi en hebt wat geld achter de hand."

"Kijk je zo tegen me aan?"

"Eerst wel."

"En nu?"

"Zoals ik zei: nu mag ik je graag."

De zon verdween door een naderend front. Sonia stelde voor om bij de volgende afslag de weg terug naar het dorp te nemen.

"We kunnen toch wel tegen een beetje regen?" wierp Manuel tegen.

"Wel tegen regen. Maar niet tegen bliksem."

"Ook bang voor bliksem."

"Ook voor bliksem", bevestigde Sonia.

En meteen begon het in het oosten langzaam te rommelen.

Val Grisch lag erbij alsof het probeerde te schuilen voor het naderende onweer. Beneden in de verte bewoog een landbouwvoertuig zich over een erf als een vluchtend insect. Iets dichterbij, aan de rand van het bos dat tussen hen en hun doel in lag, stond een gestalte, misschien een wandelaar of een boer. Hij bewoog en was meteen daarna tussen de bomen verdwenen.

Doordat ze naar beneden liepen, gingen ze vanzelf sneller. "Afdalen was op schoolreisjes altijd al het ergste", mopperde Manuel. "Je verheugde je erop bij het klimmen, maar het was pijnlijk voor je knieën en je stootte je tenen in je schoenen tot bloedens toe."

Ergens in het gewoel van de regenwolken flikkerde een salvo van bliksemschichten. De donder liet nog op zich wachten.

Het pad werd afgesneden door een elektrische omheining. Er zat een haak met een handgreep aan. Manuel maakte hem los en deed hem achter hen weer vast. Aan een paal van de omheining die langs de weg stond, zat een batterij die in een gelijkmatig ritme angstaanjagend tikte.

Sonia voelde de eerste druppels.

De sparren waar ze zojuist overheen hadden gekeken richting dorp, stonden nu hoog en slank voor hen. Nog twintig, dertig meter en dan zouden ze bij de voorste twee zijn. Die stonden aan weerszijden van het pad en vormden met hun zware takken een poort, alsof het de ingang van een sprookjesbos was.

De wind, die ze tot nu toe alleen hadden gevoeld, was nu ook te

horen. Hij ruiste door de naalden, alsof hij hen tot haast wilde aansporen.

Het bos werd dichter. Op de helling boven hen stond jonge aanplant. Onder een groene crinoline verdwenen de magere boomstammen geleidelijk in de geheimzinnige duisternis.

Ze liepen zonder iets te zeggen achter elkaar, beiden geconcentreerd op het hobbelige pad.

Sonia botste bijna tegen Manuel op. Hij was ineens blijven staan, als een dier dat gevaar ruikt.

In de verte, in de donkergroene schemering van het bos, stond een gestalte die strak hun kant op keek.

"Hij wacht ons op", fluisterde Sonia.

Langzaam kwam Manuel weer in beweging.

Manuel herkende hem als eerste. "De kok van de Steinbock", zei hij en hij versnelde zijn pas.

Sonia deelde zijn opluchting niet. Ze volgde hem aarzelend.

Onder de bomen was de regen nog steeds meer te horen dan te voelen. Alleen op plaatsen waar de wind of kettingzagen het bos hadden uitgedund, begon het parelgras glimmend nat te worden.

Peder Bezzola wachtte hen op met een versteende gelaatsuitdrukking.

"Geen goede dag om te wandelen", zei Manuel ter begroeting. Bezzola gaf geen antwoord. Hij stond wijdbeens op het smalle pad. Links van hem ging de helling steil omhoog, rechts ging ze abrupt en rotsachtig de diepte in tot waar het wandelpad verderging.

Sonia kwam erbij en knikte Bezzola toe. Haar groet beantwoordde hij. Maar met niet meer dan een kleine hoofdbeweging.

Sonia probeerde, zonder dat ze om hoefde te kijken, te bedenken of ze een vluchtweg had gezien.

Bezzola maakte geen aanstalten om hen door te laten.

"Zou u misschien een beetje aan de kant kunnen gaan?" vroeg Manuel. "Het regent namelijk."

Bezzola negeerde hem. Maar nu richtte hij het woord tot Sonia. "Zo zo. Aan de wandel met het duiveltje van Milaan."

Sonia voelde haar halsslagader kloppen. Ze wilde iets antwoorden, maar kon slechts gepijnigd glimlachen.

"Wilt u ons alstublieft doorlaten?" vroeg Manuel met een gevaarlijk vriendelijke ondertoon in zijn stem.

Bezzola gooide zijn sigaret op de grond en trapte hem uit. Hij

schopte de peuk van de helling naar beneden. Toen sloeg hij zijn armen over elkaar.

"Hallo, ik praat met u!" zei Manuel luid en duidelijk, alsof hij met een slechthorende te maken had.

De kok sprak verder met Sonia, alsof Manuel lucht was. "Mocht het verklede hondje niet mee, het arme dier? Die zou vast ook graag met het duiveltje gaan wandelen. Met zijn vrolijke jagershoedje."

"Laat ons onmiddellijk door!" snauwde Manuel.

"O, u weet het niet?" Bezzola richtte zich nog steeds rechtstreeks tot Sonia. "Het duiveltje werd geobserveerd, toen hij het verklede hondje in zijn kofferbak stopte." Hij keek Sonia aanmoedigend aan, als een leraar die weet dat zijn leerlinge het goede antwoord op de tong heeft.

Sonia had een beeld vastgelegd, zonder door te hebben wat er niet aan klopte: Bango die Manuel zijn tanden liet zien en gromde toen deze hem wilde aanraken. Ze kreeg het ineens koud.

Manuel draaide zijn linkerschouder naar voren en probeerde zich langs Bezzola te wurmen.

Misschien gleed hij uit, misschien hielp Bezzola een handje. In elk geval viel Manuel een stuk de helling af, kon zich aan een paar bosbessenstruiken vastgrijpen en bleef even hangen op een uitstekend stukje rots, tot de struiken hoorbaar losscheurden. Met een luid "Shit!" viel hij verder van de helling naar beneden.

Peder rende erheen, Sonia ging achter hem aan.

Manuel lag op het pad en kreunde toen ze bij hem kwamen. Hij bloedde uit een grote schaafwond op de rechterhelft van zijn gezicht. Hij lag op zijn rug, zijn linkerbovenarm lag in een vreemde draai achter zijn hoofd en zijn benen lagen over elkaar heen, alsof hij ontspannen op een stretcher lag te zonnen. Zijn dijbenen lagen naast elkaar, maar zijn linkeronderbeen lag over zijn rechteronderbeen heen. Onder zijn knie zat een knik, alsof daar een nieuw gewricht zat, dat snel opzwol en rood en blauw kleurde.

GABI, had Sonia bij haar opleiding geleerd. Geeft hij antwoord. Ademt hij nog? Bloedt hij? Is zijn hartslag voelbaar? "Manuel?"

"Shit", kreunde hij.

"Kun je je handen bewegen?" Ze zag hoe zijn vingers iets onzichtbaars beetpakten. "Je tenen?"

"Ik geloof het wel", fluisterde hij.

"Jeukt het niet? Voel je iets?"

"Heel veel."

Achter haar hoorde ze Bezzola in het Romaans telefoneren.

"Wat doet het meest zeer?"

"Mijn linkerschouder."

"Wil je proberen anders te gaan liggen?"

"Nee."

Ze pakte zijn rechterhand om zijn polsslag te voelen en hoorde iets kraken. Hij gilde. Voorzichtig legde ze zijn hand weer op de grond.

Bezzola was uitgepraat. "Beneden bij de bosrand is een plaats waar ze kunnen landen. Ik ga erheen en wacht de helikopter op. Hebt u een mobiele telefoon? Voor het geval dat." Hij gaf haar zijn nummer en vertrok.

Op de rotshelling waar Manuel van afgevallen was, groeiden geen bomen. Ongehinderd viel de regen op hen neer.

"In het voorvak van mijn rugzak zit een regencape. Misschien kun je hem eruit halen zonder mij te bewegen."

Het kostte Sonia een paar minuten om de oranje poncho onder Manuel vandaan te peuteren. Ze hurkte naast hem neer en legde de cape over hen beiden heen. Ze zaten een tijdje in het roodachtige licht van hun kleine tent en luisterden naar de regen die op het plastic roffelde.

Manuel deed zijn ogen dicht. "Wat hij zegt, klopt. Ik ben de duivel van Milaan."

Sonia had geprobeerd het onderwerp uit haar bewustzijn te verdringen. Ook nu deed ze alsof ze hem niet had gehoord.

"Ik was het. Het spijt me, maar het is waar. Ik was het."

Sonia zweeg nog steeds.

"Ik wilde het je vertellen. Vandaag. Daarom wilde ik met je mee."

"En waarom heb je het niet gedaan?"

"De regen. Het begon te regenen en jij wilde terug. Ik zou het je verteld hebben. Ik zweer het." Door de pijn en de inspanning van de bekentenis werden de lijnen in zijn ronde, gladde gezicht dieper.

Sonia merkte dat ze overvallen werd door een groot gevoel van onverschilligheid. Alsof ze heel ver verwijderd was van de man met wie ze gehurkt onder twee vierkante meter regencape zat.

"Ik heb het zuur in de ficus gegoten, Casutt overdag naar zijn

werk laten komen, de lichtstaven in het zwembad gegooid, met het slagwerk van de kerkklok geknoeid, Bango verkleed en het kruis omgedraaid."

"En Pavarotti?" informeerde ze, eerder voor de volledigheid.

Ze merkte dat hij knikte. Wat hij daarna zei, hoorde ze niet. Maar ze zag zijn stem. Deze was klonterig en olieachtig iriserend, rolde traag vooruit en had aan het oppervlak deuken die er door het geluid van de regen in waren gehamerd.

Toen het beeld van de stem verdween en alleen nog dat van de regen overbleef, vroeg ze: "En hoe zou het verder zijn gegaan, wat zou haar overkomen?"

"Wie?"

"Barbara Peters. Jouw Ursina."

Zwijgen. En toen op de terughoudende toon van de brenger van een slechte boodschap: "Het ging niet om haar. Het ging de hele tijd om jou, Sonia. Jij bent Ursina."

Sonia begreep het niet. "Ben ik Ursina?"

"Maar er zou jou niets overkomen zijn. Het is voorbij. Opdracht volbracht."

Er ging een windvlaag door de natte boomtoppen, waardoor de cadans van de regen versnelde.

"Opdracht?"

Manuel kreunde. Van de pijn en omdat ze zo traag van begrip was. "Frédéric", zei hij alleen maar.

Ze kreeg een metaalachtige smaak in haar mond. "Hoe ken jij Frédéric?"

"Van Waldweide. Ik heb daar als fysiotherapeut gewerkt."

Zijn stem kwam van heel ver en die van haar van nog verder. Ze hoorde zichzelf vragen: "Waarom?"

"Hij wilde met je afrekenen, zoals hij het noemde. Om wat jij hem hebt aangedaan."

"En waarom heb je meegewerkt?"

Ze hoorde hoe hij van de pijn lucht naar binnen zoog. "Ik had medelijden met hem."

"Medelijden? Met Frédéric?"

"Heb je weleens in de psychiatrie gewerkt? Na verloop van tijd kun je de patiënten en het personeel alleen nog aan de hand van hun kleding uit elkaar houden. Artsen met klitten in hun haar die in zichzelf zitten te praten, verplegers die steeds voor zich uit pra-

ten, nachtzusters die bang zijn in het donker, psychiaters die van hun patiënten stelen. Dan is het een weldaad om eens een normaal mens te ontmoeten."

"Die zojuist heeft geprobeerd zijn ex-vrouw te vermoorden."

Manuel wachtte weer om een pijnscheut te laten zakken. "Hij heeft me zijn versie verteld. Ik begreep hem. Toen."

"Zijn versie!"

"Vanaf het moment dat jullie getrouwd waren, heb je hem systematisch kapotgemaakt. Je wilde geen kinderen. Je mocht zijn vrienden niet. Je hebt zijn carrière ondermijnd. Je hebt hem voor schut gezet bij zijn familie. Bij zijn collega's. Bij iedereen. Hij wilde je niet vermoorden. Hij wilde je alleen tot rede brengen. Maar je hebt hem geprovoceerd." Nadat hij was bijgekomen van een pijnlijke hoestbui, ging hij verder: "En nu wilde je hem de nekslag geven: het gekkenhuis of de gevangenis."

"En toen", hoorde ze haar vreemde stem zeggen, "besloot je hem te helpen."

"Hij heeft me overgehaald. En het vooruitzicht dat ik op die manier uit Waldweide weg kon komen, heeft ook geholpen."

Er trok een windstoot aan de regencape en Sonia moest even kracht zetten voor ze zichzelf weer onder controle had. "Vanaf welk moment vond je me aardig?"

"Al na een paar dagen."

"En toch ben je doorgegaan."

Even waren alleen de regen en Manuels voorzichtige ademhaling te horen. "Tweehonderdtachtigduizend. Zoveel zou ik van mijn levensdagen niet bij elkaar kunnen sparen. Uit te betalen in zeven termijnen. Na iedere klus had ik er veertigduizend bij op mijn rekening."

Ja, dat was Frédéric. "De argumenten kracht bijzetten", noemde hij het altijd als geld een handje moest helpen.

"Makkelijk verdiend", ging Manuel verder. "Het moeilijkst was ervoor te zorgen dat je Frédérics boek met sagen zou vinden."

Door het hoofdgat van de regencape kwam het licht van een bliksemflits, dat het binnenste van hun geïmproviseerde biechtstoel even verlichtte. Bijna meteen daarna de donder.

"En hoe ben je hier gekomen?"

"Ik heb gewoon gesolliciteerd. Vlak na jou."

Nog een flits, nu iets zwakker, en de donder iets verder weg.

"En hoe wist hij het? Ik heb het aan niemand verteld."

Manuel kreunde. "Ik hoop dat ze zo komen."

Nee, dat klopte niet. Ze had het wel aan iemand verteld. Ze stelde de vraag waarop ze het antwoord niet wilde weten. "Had hij contact met Malu?"

"Ze heeft hem vaak opgezocht."

Sonia kon de nabijheid van Manuel ineens niet meer verdragen. Ze stond op en drapeerde de cape over hem heen zoals de politie bij een lijk doet.

Huilend en bibberend stond ze een paar meter verderop in de regen te wachten, tot ze boven zich de rotor van de reddingshelikopter hoorde klapperen.

Toen ze met hem langs haar kwamen, liep ze een stukje naast de brancard mee. "En waarom het tweede kruis?" Ze moest schreeuwen om boven het lawaai van de helikopter uit te komen.

"Dat was ik niet", schreeuwde hij terug.

```
bij ons alleen maar regen regen regen
...
hallo sonia waar ben je
je telefoon werd niet gestolen he
wel
dat hebben jullie verzonnen zodat ik me niet zou afvragen hoe
maman weet waar ik ben
wat bedoel je
hou maar op malu manuel heeft gekletst
...
waarom malu
...
waarom malu
eenzaam oud en blut
wat heeft hij betaald
te weinig
...
het spijt me echt
...
```

Een van haar grootste huwelijkscrises had Sonia meegemaakt in Namibië. Frédéric had haar ernaartoe gelokt met twee weken safari. Ze was nog nooit in Afrika geweest en had zich erop verheugd.

Ze had een semi-professionele camera gekocht en alle dieren- en plantengidsen die ze had kunnen vinden.

Pas toen ze onder de met geweien versierde poort van de 'Bushmans Hunting Lodge' door reden, werd haar duidelijk dat Frédéric geen fotosafari had geboekt. Ze bevonden zich op zo'n uitgestrekte jachtfarm, waarover ze in haar reisgidsen had gelezen. De gasten werden naar kuddes oryxen, zebra's, gnoes en springbokken gereden en op een gunstige schietafstand afgezet. Bij het avondeten kregen ze vleesfondue van gemengd wild.

Frédéric had haar een halfjaar eerder opgebiecht dat hij een jachtvergunning had. Ze reageerde op het nieuwtje net zo onverschillig als ze zich toen al tegenover hem voelde. Maar hij maakte eruit op dat ze wel openstond voor de jacht.

Ze pakte haar koffers niet eens uit en de volgende dag al landde ze als enige passagier van een klein vliegtuigje op de hobbelige landingsbaan midden in de bush van de 'Waterbuck Lodge', een klein complex met twaalf luxebungalows. Ze zat de hele dag vanaf een terras bij een drinkplaats te kijken naar de dieren die daar kwamen drinken. De giraffen die moeite moesten doen met hun voorpoten wijd uit elkaar, de springbokken haastig en nerveus, de leeuwen verveeld en blasé.

Bij de lodge bevond zich een minerale bron, die het hart van een gepland wellnesscomplex moest worden. Bij het afscheid zeiden de eigenaars, met wie ze bevriend was geraakt: "Als je ooit niet meer weet waar je heen moet, bij de 'Waterbuck Lodge' is altijd plaats voor een goede fysiotherapeute."

Nu was het moment gekomen dat ze niet meer wist waar ze heen moest.

Ze lag op bed in haar kamer en staarde voor de laatste keer naar het schuine dak boven haar.

Ze had geweigerd met de helikopter mee te gaan. Peder Bezzola bracht haar terug naar het hotel. Onderweg vertelde hij haar dat hij van Gian Sprecher had gehoord dat die de masseur met de verklede hond had gezien. Toen Sprecher hem vandaag belde om te zeggen dat Sonia en de masseur waren gaan wandelen, was hij hen achternagegaan. Hij wilde de masseur ter verantwoording roepen. Ter nagedachtenis van Reto Bazzel.

In het hotel was de dorpsarts gebeld. Hij had haar opgedragen

een warm bad en een grog te nemen, en had haar iets gegeven om te ontspannen. Ze had niet gevraagd wat.

Maar ze zou het navragen. Het was goed spul. Ze werd er niet door verdoofd en het maakte haar ook niet apathisch. Alles was haarscherp aanwezig – het verraad, de intrige, de woede, de angst, de teleurstelling, het liefdesverdriet – maar het sloeg niet op haar. Ze kon erover nadenken alsof het het noodlot van iemand anders was.

En net als bij het noodlot van een ander kon ze haar bewustzijn ervoor afsluiten, het licht uitdoen en zich door de regen in slaap laten sussen.

Die nacht brak de hoeveelheid neerslag overal records. Een lagedrukgebied strekte zich van de noordelijke rand van de Alpen uit over het hele land, en vanuit Duitsland en Oostenrijk kwam vochtige lucht het noordoostelijke deel van het kanton Graubünden binnen. In sommige regio's viel in vierentwintig uur bijna de helft van de gemiddelde hoeveelheid regen in de maand juni.

Sonia werd vroeg wakker. Ze bleef met gesloten ogen liggen, tot ze wist hoe het met haar ging.

Het was alsof al haar gevoelens waren ingekapseld in een breekbare cocon. Als ze geen bruuske bewegingen maakte, bleven ze daar misschien wel.

Nog voor zeven uur werd er schuchter geklopt. Sonia schoot in haar kimono. "Ja?" vroeg ze door de deur heen.

"Ik ben het, mevrouw Felix."

Sonia schrok. "Wat wilt u?"

"Ik ben gestuurd door mevrouw Peters."

Sonia deed open. Mevrouw Felix had haar witte schort voor. Ze glimlachte verlegen en deed haar bril af. Het gebaar had zoiets ontwapenends dat Sonia haar binnenliet.

"Ze zegt dat u moet uitrusten. Ik zal uw dienst overnemen." En ze voegde eraan toe: "Met alle plezier."

Ze bleef besluiteloos staan en keek Sonia aan. Zonder de vervorming door de brillenglazen zagen haar ogen eruit als de ogen van een niet eens zo onvriendelijke oudere vrouw.

"Acht breuken", zei ze. "Het ziekenhuis heeft gebeld. Maar geen inwendige verwondingen."

Sonia nam met een schouderophalen kennis van het medisch

bulletin. Mevrouw Felix bleef staan.

"Ik wil mijn excuses aanbieden. Ik heb u onheus bejegend." Ze stak haar hand uit en Sonia nam hem aan.

"Ik u anders ook", antwoordde ze. Ze opende de deur voor haar. Mevrouw Felix bleef dralen: "Als u zich vanmiddag beter voelt, zou ze u graag op de thee ontvangen. In haar woning. Om vier uur."

Sonia ging weer naar bed en probeerde haar gevoelscocon niet te beschadigen. De wekker wees acht uur aan toen ze werd gewekt doordat er iemand klopte. "Roomservice", zei een mannenstem.

Het was Bob. Hij droeg een dienblad met een ontbijt en trok een schuldbewust gezicht. "Ik vind het heel erg wat er met je is gebeurd", zei hij.

"Er zijn ergere dingen", antwoordde ze. Ze nam het blad uit zijn handen en deed de deur voor zijn neus dicht. Vriendelijk, maar beslist. Pas toen ze koffie inschonk, zag ze dat het een ontbijt voor twee was. Ze nam het mee naar bed en zette de televisie aan. In een paar regio's in het Mittelland was een hoogwateralarm afgekondigd. De meteorologen verwachtten nog meer neerslag.

Toen ze wakker werd, zat er iets op haar buik.

Ze gilde en kwam overeind. Het viel kletterend en rinkelend op de grond.

Met een bonzend hart ruimde ze de brokstukken van het ontbijt op. Het was gebeurd: ze had de bruuske beweging gemaakt en de cocon was verbroken. Alles wat ze er voor later in had gestopt, was plotseling in zijn volle werkelijkheid aanwezig. Ze haalde haar koffers en rolwagentje van de kast en begon te pakken.

Vanuit de wolken hingen donkere regensluiers tot aan de grond. De watervlekken op de gevels deden de sgraffito verbleken. De groente verdronk in de tuinen en de Flümella, de dorpsbeek die tijdens normale zomers praktisch droogstond, trad voorbij het dorp buiten zijn oevers, omdat drijfhout de loop verstopte.

De weinige leden van de vrijwillige brandweer die overdag in het dorp of op hun boerderijen aan het werk waren, hielden zich ermee bezig. Enkele anderen beschermden de twee, drie ramen van de kelders langs de dorpsstraat die altijd als eerste onderliepen met zandzakken.

Anna Bruhin stond in de deur van haar winkel en wachtte tot er iets gebeurde. Iets wat een einde maakte aan deze eentonigheid.

Het hotelrijtuig kwam klepperend aangereden. Curdin groette haar nors, zij zwaaide terug. Onder de kap zat de man met het witte haar die eruitzag als een Indiër. Hij wilde natuurlijk de postauto van halfdrie halen. Hij had bij haar een keer *Der Spiegel* willen kopen en zij, stommeling, had hem niet gehad. Ze had hem voor deze week besteld, maar nu vertrok hij. Eens kijken of er nu ook weer een nieuwe gast kwam.

```
sonia ik moet met je praten
ik niet
het is belangrijk eerlijk
eerlijk haha
```

Vlak daarna rinkelde Sonia's mobiele telefoon. 'Malu' stond er op het schermpje. Sonia zette het apparaat uit.

Ze had haar koffers gepakt, op haar natte, smerige wandelschoenen na. Ze wilde ze eerst hier laten. Maar nu nam ze ze mee in een apart tasje. Voor Namibië.

Het was nog maar halfdrie. Nog anderhalf uur tot de thee bij Barbara. Alsof ze ook maar de geringste zin had om met dit kreng thee te drinken. Het enige wat ze wilde, was haar ervan op de hoogte brengen dat ze nu, meteen, ogenblikkelijk ontslag nam en met de volgende postauto vertrok. Daar had ze geen thee met een koekje voor nodig. Drie minuten waren genoeg.

Ze zette de televisie aan. Nog steeds overal langdurige regenval. Op de noord-zuidas werden de eerste verkeersproblemen gemeld. Door aardverschuivingen beschadigde spoorlijnen, ondergelopen wegen.

Ze zapte langs de talkshows en goedkope soaps die 's middags werden uitgezonden en zette het toestel weer uit.

Wat als hier nu ook de wegen geblokkeerd raakten? Bruggen weggespoeld, straten onder het puin, passen ingesneeuwd.

Het idee van de omgeving afgesneden te zijn en verplicht te zijn om nog langer in deze kamer, dit dorp, deze gemeenschap en deze situatie door te brengen, vond ze onverdraaglijk.

Ze kon niet meer tot vier uur wachten. Ze moest hier weg. Nu.

Nog voordat ze kon aanbellen, ging de deur open en kwam een van de Albanese kamermeisjes naar buiten. "Is mevrouw Peters boven?" vroeg Sonia.

Het meisje knikte. "Ja, mevrouw Peters."

Sonia liep de trap op. De deuren naar de badkamer, keuken en slaapkamer op de eerste verdieping zaten dicht. Alleen de deur naar de tweede wenteltrap stond halfopen.

In de ronde torenkamer was niemand te zien. Ze werd ook niet begroet door Bango. "Hallo? Barbara?" riep ze.

Geen antwoord.

Het Albanese meisje had haar vraag vast verkeerd verstaan. Misschien of mevrouw Peters hier woonde.

Ze keerde om en wilde de trap weer aflopen, toen ze het slot van de deur hoorde en meteen daarna voetstappen op de onderste trap. "Barbara, ik ben al boven", wilde ze roepen.

Maar iets hield haar tegen.

De zachte voetstappen op de trap waren kobaltgroen van kleur. Toen ze dichterbij kwamen, werd de contour vager. Een zwakke glans. Een gekleurde mist. Een nevelwolk.

Haar hart sloeg over. Ze zocht wanhopig naar een schuilplaats, ontdekte de deur naar de omgang, deed hem zachtjes open en ging naar buiten.

Het begaanbare oppervlak was misschien vijftig centimeter breed en was belegd met geglazuurde tegels, die door de aanhoudende regen glibberig waren geworden. De balustrade was hooguit een meter hoog en was voorzien van schietgaten. De hele constructie stak uit, wat Sonia al huiverend van beneden af had gezien. Maar waar ze voor vluchtte, was nog veel angstaanjagender.

Ze ging op de tast en gebukt naar het raam dat het verst van de deur was verwijderd en gluurde de kamer in.

Hij was afgevallen. Zijn gezicht, dat zelfs bij hun laatste, rampzalige ontmoeting nog de volheid had van veel zakendiners, was nu ingevallen. Zijn ogen lagen dieper in hun kassen en boven zijn baard van drie dagen tekenden zijn jukbeenderen zich af.

Waar hij het meest door was veranderd, was de kleur van zijn gezicht: hij was bleek. Hij die zelfs bij het onderhandelen over de scheiding gebruind kwam opdagen. Hij die, waar ze ook gewoond hadden, altijd een zonnebank had gehad en in het geval van twijfel bij de keus van een hotel liever afzag van een ster dan van een solarium.

Hij droeg een te groot blauw trainingspak met drie witte strepen. En hij had een koffertje bij zich met gereedschap, dat er zwaar uitzag. Hij keek om en liep recht op haar raam af. Alsof hij haar had gezien.

Ze bukte. Van de goot van het koperen dak was een stuk afgebroken en de ene keer viel het regenwater met een plens op de omgang en de andere keer zachtjes over de balustrade.

Toen ze de kamer weer in durfde te kijken, was hij met zijn koffertje in de weer.

Op het vloerkleed stonden vijf kleine plastic flessen met een doorzichtige vloeistof. Hij droeg wegwerphandschoenen, had een schroevendraaier in zijn hand en was bezig een elektronische constructie die aan een van de flessen bevestigd zat, te verbinden met een dunne kabel. Hij had het puntje van zijn tong tussen zijn lippen geklemd en had de ingespannen blik die ze van hem kende wanneer hij aan het prutsen was met zijn high-end muziekinstallatie of zijn uitrusting inpakte voor een of andere vervolgcursus als majoor van de artillerie, in dat belachelijke uniform waar hij zo trots op was.

Het flesje zat nu aan de kabel. Hij liep ermee naar een van de ramen en zette het achter het zijden gordijn. Toen rolde hij de kabel af, die hij verborg onder de meubels en de franjes van het tapijt en terugleidde naar de koffer.

Sonia keek verlamd toe hoe Frédéric zijn aanslag voorbereidde. Als een pietje-precies, zoals hij ook een picknick samenstelde, de vakantiebagage in de kofferbak stopte of mamans traditionele kerstboom versierde.

Zelf was ze daardoor steeds nonchalanter geworden, hoewel dat eigenlijk tegen haar natuur inging.

Hij verstopte alle vijf de flessen in de kamer en richtte zich toen op een pakket dat met zwart plakband was dichtgeplakt. Ook daaraan zaten elektronisch uitziende delen. Hij verbond ze met de uiteinden van de kabels, die van alle kanten bij hem samenkwamen.

Hij pakte een klein geel voorwerp uit de koffer en bevestigde het met een elastiek aan het pakket.

Het was een mobiele telefoon. Er staken twee kleine kabeltjes uit. Frédéric sloot ze aan op de elektronica van het pakket. Alles met afgemeten, precieze, geoefende bewegingen. Het was Malu's zoekgeraakte telefoon.

Hij bekeek zijn werk.

Sonia had moeten weten wat daarna kwam: hij zou als in een reflex om zich heen kijken of er iemand was om hem een compliment te geven.

Ze had geen tijd meer om te bukken. Hij keek haar recht in haar ogen.

Hij hield het oogcontact even vast. Toen glimlachte hij, stond op en liep naar de deur van de omgang.

Ze zag hoe hij naar buiten ging. Hoe hij bleef staan. Hoe hij een beslissing nam.

Hij sloot de deur achter zich en nu was alleen zijn bovenlichaam nog te zien. Hij bukte, zodat ze hem niet langs de ramen kon zien lopen.

Frédéric had altijd hoog opgegeven over zijn instinct. Vanuit je buik beslissen en bij je beslissing blijven, dat was zijn motto.

Kroop hij linksom of rechtsom?

Tijdens hun huwelijk had Sonia zich er steeds op kunnen verlaten dat hij altijd het tegenovergestelde deed van wat zij zou doen.

Zij zou rechtsom zijn gegaan, dus kroop hij linksom.

Ze stond op en rende in dezelfde richting. Zo snel ze kon, voordat hij merkte dat ze hem niet in zijn armen liep.

Maar hij had het al gemerkt. Voordat ze de deur had bereikt, kwam hij de hoek om.

Ze greep de deurkruk, opende de deur, schoot naar binnen en kon hem nog net dichttrekken en de sleutel omdraaien.

En weer dezelfde beelden: de barstende ruit naast de deurkruk.

De hand die erdoorheen kwam.

De nog bloedeloos diepe snee tussen duim en wijsvinger.

De hand die de sleutel probeerde te pakken.

De snee die plotseling bloedde.

De speekseldraden in de mondhoeken.

De drie woorden. Drie messcherpe driehoeken van glanzend staal: Jij. Gaat. Dood.

Maar deze keer lukte het haar de sleutel eruit te trekken. Ze rende de wenteltrap af en deed de deur achter zich dicht. De sleutel zat nu niet meer aan de binnenkant, zoals in haar herinnering. Hij moest hem er aan de buitenkant ingestoken hebben. Ze draaide hem om in het slot en ging snel de tweede wenteltrap af, naar de lange labyrintische gang, met aan het einde haar kamer.

Op het bed de koffers die gepakt waren, op de grond de plastic tas met de vieze wandelschoenen, op het bureau haar handtas, in de prullenmand oude kranten, brochures, een aangebroken pakje mentholsigaretten en lege plastic mineraalwaterflessen – een hotelkamer vlak voor het einde van een aangenaam verblijf.

Sonia ging naar de badkamer, leunde met beide handen op de rand van de wastafel en keek hijgend in de spiegel.

Haar druipende haar lag als een badmuts op haar hoofd, het linnen pak kleefde als een dweil aan haar lichaam, haar gezicht was vertrokken zoals dat van meneer Casutt. En haar ogen: als een opgejaagd dier.

Ze ging terug naar de kamer, pakte haar mobiele telefoon uit haar tas en zette hem aan.

sonia pas op hij is ontsnapt

Ze koos Malu's nummer.

Malu's oude nummer.

De doffe knal voelde glad en veelhoekig aan, als een kristalformatie. Hij was kleurloos en doorzichtig. En had een kobaltgroene schaduw.

De rook was nauwelijks van de wolken te onderscheiden.

Hotel Gamander stond er verheven bij, als een getroffen oorlogsschip op zijn ankerplaats. De toren van Barbara Peters stond in brand. Uit het skelet van het dak sloegen vlammen en uit de ramen kwam dikke rook. De hotelbewoners konden op veilige afstand van de brandhaard op het zonneterras dekking zoeken onder bontgekleurde parasols. Gasten en personeel hadden legerdekens uit de voorraad van de brandweer over hun schouders gelegd en staarden in de vlammen. Ieder met zijn eigen gedachten, net als bij een open haard.

De vrijwillige brandweer was met zijn enige ladderwagen aan komen rijden en bestreed daarvandaan de brand. Er stonden een paar mannen op de aanpalende omgangen en balkons, die hun collega's vandaaruit ondersteunden met de brandslangen die op iedere verdieping waren aangebracht. Ze riepen naar elkaar, terwijl de pomp die bluswater ophaalde uit de gezwollen Flümella stond te brommen.

Vanni serveerde glühwein en warme thee.

Barbara Peters stond aan de arm van de senatore. Ze bekeken het schouwspel met een verbazingwekkende apathie. Vooral de senatore zag eruit alsof hij niet kon wachten tot het derde bedrijf was afgelopen.

Meneer en mevrouw Häusermann spraken op halfluide toon met hun opgewonden kinderen. De echtparen Lanvin en Lüttger vonden ondanks de taalbarrière steun bij elkaar. En mevrouw Kummer keek verwijtend naar juffrouw Seifert, alsof de ramp haar schuld was.

Sonia deelde een deken met Bob. Hij had zijn arm om haar heen geslagen en ze liet hem begaan.

Maman was de enige die erop gekleed was om de deur uit te gaan. Regenjas, paraplu, Hermèstas. Ze liep naar Sonia toe: "Kan ik je even onder vier ogen spreken?" Ze zag er geprikkeld uit. Deze brand kwam haar ongelegen.

"U krijgt de handtekening."

Maman nam met een kort lachje nota van deze mededeling. "Mooi. Maar er is nog iets. Iets persoonlijks." Ze keek verwachtingsvol naar Bob, tot hij de deken om Sonia's schouders heen legde en een eindje verderop ging staan.

"Ik moet onmiddellijk vertrekken. Ik heb een telefoontje gekregen. Frédé heeft gisteren zonder toestemming de kliniek verlaten. Het leek me van belang dat je dat zou weten." Ze maakte haar handtas open en haalde het verzoekschrift eruit. Ze had ook een vulpen bij zich. En ze bood Sonia zelfs haar rug aan als ondergrond.

Sonia keek haar na, toen ze op haar hoge hakken vastberaden richting dorp marcheerde. Voor het eerst in haar leven had ze een beetje medelijden met haar.

Er waren geen vlammen meer te zien en er kwam uit de resten van de toren alleen nog rook, die zich vermengde met de wolken van deze verregende junimaand.

Barbara Peters maakte een rondje langs haar gasten, zoals de gastvrouw op een cocktailparty. Alleen wisselde ze nu in plaats van beleefdheden details over de evacuatieplannen uit.

"Een uur later en we waren er bij de thee door overvallen", zei Sonia toen Barbara bij haar kwam.

Barbara keek haar niet-begrijpend aan.

"Je had me toch om vier uur op de thee gevraagd?"

"Om vier uur? Op de thee? Ik had om vier uur een afspraak in Storta."

Een uur later was de brand – mede dankzij de niet-aflatende regen – geblust. Politie en beroepsbrandweer, die inmiddels waren gearriveerd, gaven de hal van het hotel vrij voor de kleumende gasten en personeelsleden. Na een grondige inspectie van de brandhaard zou besloten worden of de gasten hun kamers mochten leeghalen.

Het lukte de keuken om wat hapjes te maken en algauw kwamen de gasten en het personeel in een voorzichtige feeststemming. Ze vertelden elkaar in wat voor situatie ze het brandalarm hadden gehoord en hoe ze erop hadden gereageerd.

Enigszins op afstand van alle opwinding stond mevrouw Felix, als het muurbloempje op een dansavond. Toen Sonia voor haar kwam staan, zette ze haar bril weer af.

"Hij zei dat hij een gemeenschappelijke vriend van u en mevrouw Peters was. Hij was heel aardig. Hij wilde u verrassen", stamelde ze.

Sonia voelde zich zo goed dat ze kon glimlachen en antwoordde: "Dat is hem gelukt."

De evacuatie vond die nacht niet plaats. De bergbeek uit de Val Tasna had tussen Ardez en Scuol de weg en de spoorlijn verwoest en de bewoners van de omliggende dorpen verdreven. De toegang tot de Vereinatunnel was door aardverschuivingen afgesloten en alle passen waren onbegaanbaar. Het Unterengadin was afgesloten van de buitenwereld en overal in het dal zat de noodopvang meer dan vol.

Politie en brandweer sloten het uitgebrande deel van het gebouw af, gaven de rest van het hotel vrij en richtten zich op dringender taken. Gasten en personeel betrokken hun kamers weer. Alleen de kamer van mevrouw Kummer was door het bluswater onbruikbaar geworden.

De hotelgasten waren geteld en er bleek niemand te ontbreken. Daarom had de politie toegegeven aan de druk van de hoteleigenares en de melding dat er op de plaats van de brand een ongeïdentificeerde dode man was gevonden, bewaard voor de volgende dag.

Sonia werd opgelucht wakker. De kamer was vriendelijker dan op andere ochtenden. Lichter, luchtiger.

Voorzichtig, zodat hij niet wakker zou worden, klom ze over Bob heen en ging bij het raam staan. Ze tilde het gordijn op en zag dat het licht was.

Er viel nog steeds regen uit een grijze wolkenlucht. Maar de berk voor het raam verduisterde de kamer niet meer.

Hij had in één nacht al zijn bladeren verloren.

DANKWOORD

Graag wil ik dr. Albert Hofmann en zijn vrouw Anita bedanken voor een fantastische middag bij hen thuis en voor de inzichten in de vraagstukken van waarneming en werkelijkheid. Ik wil Andrea Netscher de Jiménez bedanken voor haar inzichtelijke theoretische inleiding in de wereld van de heilgymnastiek en voor haar aangename praktische inwijding in de kunst van de massage. Ik wil Sabine Rolli bedanken voor het kritisch nalezen van het manuscript op geloofwaardigheid wat betreft fysiotherapie. Ik wil dr. Peter Brugger bedanken voor zijn tijd en hulp bij de neuropsychologische terminologie. Ik wil Stephan Haag bedanken voor zijn geduldige uitleg en grondige documentatie van de juridische kwesties. Ik wil Christoph Schmidt bedanken voor zijn snelle antwoorden op mijn vragen betreffende het hotelwezen. Ik wil Chasper Pult bedanken voor zijn hulp als kenner van het Unterengadin en de taal die er gesproken wordt en wil hem om begrip vragen voor het feit dat ik de reformatie in zijn geboortestreek heb teruggedraaid. Ik wil Ursula Baumhauer bedanken voor haar altijd inspirerende commentaar op mijn tekst. Ik wil mijn vrouw Margrith Nay Suter bedanken voor haar integere oordeel en haar opbouwende vasthoudendheid.

En ik bied de vvv-kantoren van het Unterengadin mijn excuses aan voor het weer.

Martin Suter

Van dezelfde auteur

Een perfecte vriend

Wilt u op de hoogte gehouden worden van de literaire
thrillers en romans van uitgeverij Signature? Meldt u zich
dan aan voor de literaire nieuwsbrief via onze website
www.uitgeverijsignature.nl

De duivel van Milaan